W9-BGA-355

AL CAER LA NOCHE

AL CAER LA NOCHE

MARY KUBICA

Editado por HarperCollins Ibérica, S.A.
Núñez de Balboa, 56
28001 Madrid

Al caer la noche
Título original: When the Lights Go Out

Publicada originalmente por Mira Books, Ontario, Canadá.

Diseño de cubierta: Mario Arturo
Imágenes de cubierta: Dreamstime.com y Shutterstock

ISBN: 978-84-9139-432-7
Depósito legal: M-35652-2020

Para Dick y Eloise, Rudy y Myrtle

El espíritu vive en sí mismo,
y en sí mismo puede hacer
un cielo del infierno,
o un infierno del cielo.
John Milton, *El paraíso perdido*

prólogo

La ciudad me rodea. Un paisaje asombroso. Con los brazos extendidos, no puedo evitar dar vueltas para verlo todo. Disfruto de la vista, sabiendo que esto podría ser lo último que vieran mis ojos.

Me quedo mirando los cuatro peldaños metálicos que tengo ante mí, consciente de lo frágiles y desgastados que parecen. Están anaranjados por el óxido, tienen la pintura descascarillada y algunos listones están sueltos, de modo que, al apoyar el pie en el primer peldaño, este cede y me caigo.

Aun así, no me queda más remedio que subir.

Vuelvo a incorporarme, apoyo las manos en las barandillas y asciendo por los peldaños. Noto el sudor en las palmas de las manos, que hace que el metal se vuelva resbaladizo. No puedo agarrarme con fuerza. Resbalo en el segundo peldaño y vuelvo a intentarlo. Grito, se me quiebra la voz, una voz que no parece la mía.

Al llegar a la cornisa del tejado, me tiemblan las rodillas. Tengo que hacer un esfuerzo para no caerme por el borde del edificio y precipitarme hacia la calle. Diecisiete pisos.

Me parece que estoy tan arriba que podría tocar las nubes. La sensación de vértigo es abrumadora. El suelo vibra bajo mis pies, los rascacielos y los árboles empiezan a agitarse hasta que ya no sé qué es lo que se mueve, si ellos o yo. Unas cajitas de fósforos de color amarillo recorren las calles de la ciudad. Son taxis.

Si estuviera a pie de calle, la cornisa me parecería muy ancha. Pero aquí arriba no lo es. Aquí arriba es como un hilo y yo estoy encima, haciendo equilibrios con los pies.

Tengo miedo, pero ya he llegado hasta aquí. No puedo regresar.

Se produce un momento de calma que viene y se va tan deprisa que casi no me doy cuenta. El mundo se detiene por un segundo. Estoy en paz. El sol cada vez está más alto, de un amarillo cegador entre los edificios, dándome calor y paz. Elevo las manos al ver pasar un pájaro volando. Como si mis manos fueran alas, me imagino en ese momento lo que sería volar.

Y entonces lo recuerdo de golpe.

Estoy sola. Todo me duele. Ya no puedo pensar con claridad; ya no puedo ver con claridad; ya no puedo hablar. Ya no sé quién soy. Si es que soy alguien.

Y en ese momento lo sé con certeza: no soy nadie.

Pienso en lo que sería caer. La levedad de la caída, el peso de la gravedad, la pérdida del control. Renunciar, rendirme al universo.

Percibo un ligero movimiento por debajo de mí. Un destello marrón y sé que, si espero más, será demasiado tarde. La decisión ya no será mía. Grito una última vez.

Y entonces me atrevo.

jessie

No me hace falta verme para saber qué aspecto tengo.

Tengo los ojos hinchados y rojos, tan inyectados en sangre que la esclerótica se ha quedado sin blanco. La piel en torno a ellos está enrojecida e irritada de tanto frotarme. Llevo días así. Desde que el cuerpo de mi madre comenzó a apagarse, con las manos y los pies fríos, porque la sangre ya no le circula por ahí. Desde que empezó a oscilar entre la consciencia y la inconsciencia, negándose a comer. Desde que empezó a delirar, hablando de cosas que no son reales.

A lo largo de los últimos días, su respiración también ha cambiado, volviéndose más ruidosa e inestable, desarrollando lo que el médico denominó «respiración de Cheyne-Stokes», en la que, durante varios segundos seguidos, no respiraba. Respiraciones cortas y débiles seguidas de la ausencia de aliento. Cuando no respiraba, yo tampoco respiraba. Ahora tiene las uñas azules y la piel de los brazos y las piernas gris y llena de manchas. «Es un síntoma de la muerte inminente», dijo ayer el médico al ponerme una mano firme en el hombro y preguntarme si había alguien a quien pudieran llamar, alguien que pudiera venir a hacerme compañía hasta que falleciera.

«No tardará», me había dicho.

Negué con la cabeza, no quería llorar. Llorar no es propio de mí. Llevo casi una semana sentada en el mismo sillón, con la misma ropa arrugada, y solo me ausento para ir a por café a la cafetería del hospital. «No hay nadie», le dije al médico. «Estamos solas mi madre y yo».

Solas mi madre y yo, como siempre. Si tengo un padre en alguna parte del mundo, no sé nada de él. Mi madre no quería que supiera nada de él.

Y ahora, esta tarde, el médico de mi madre se me pone delante, se fija en mis ojos rojos y me mira preocupado. Esta vez me ofrece una pastilla. Me dice que me la tome, que me tumbe en la cama vacía que hay junto a la de mi madre y que duerma.

—¿Cuándo dormiste por última vez, Jessie? —me pregunta, ahí plantado, con su bata blanca almidonada—. Me refiero a dormir de verdad —añade antes de que pueda mentirle. Antes de que pueda asegurarle que anoche dormí. Porque sí que dormí, durante treinta minutos, como mucho.

Me dice cuánto tiempo ha llegado una persona a estar sin dormir. Me dice que la gente se muere si no duerme. Me dice:

—La falta de sueño es un asunto muy serio. Necesitas dormir.
—Aunque no es mi médico, sino el de mi madre. No sé qué más le da.

Pero, por alguna razón, me enumera las consecuencias de no dormir. Inestabilidad emocional. Llorar y reír sin ninguna razón en absoluto. Comportamiento errático. Pérdida de la noción del tiempo. Visiones. Alucinaciones. Pérdida de la capacidad de hablar.

Y luego están los efectos físicos del insomnio: ataque al corazón, hipotermia, derrame cerebral.

—Las pastillas para dormir no me hacen nada —le digo, pero niega con la cabeza y me responde que eso no es una pastilla para dormir. Más bien una especie de tranquilizante, empleado para la ansiedad y las convulsiones—. Tiene un efecto sedante —me explica—. Te calma. Te ayudará a dormir sin los desagradables efectos secundarios de una pastilla para dormir.

Pero yo no necesito dormir. Lo que necesito es mantenerme despierta, estar con mi madre hasta que tome la decisión de marcharse.

Me levanto del sillón y paso frente al médico, que sigue en la puerta.

—Jessie —me dice mientras apoya con suavidad la mano sobre mi brazo, para intentar detenerme antes de que pueda irme. Su sonrisa es falsa.

—No necesito ninguna pastilla —le espeto y aparto el brazo. Me fijo en la enfermera que hay en el pasillo, junto al puesto de las enfermeras, y veo que su mirada solo transmite una cosa: pena—. Lo que necesito es café —digo sin mirarla a los ojos mientras me alejo por el pasillo, arrastrando los pies debido al cansancio.

Hay un tío al que veo en la cafetería de vez en cuando, un poco como yo. Un cuerpo débil que se pierde dentro de unas prendas arrugadas; ojos rojos y cansados, pero hasta arriba de cafeína. Al igual que yo, se le ve nervioso. Al límite. Tiene el rostro anguloso; pelo oscuro y revuelto; y unas cejas pobladas que a veces se ocultan tras unas gafas de sol para que los demás no veamos que ha estado llorando. Se sienta en la cafetería con los pies apoyados en una silla de plástico, la capucha roja de la sudadera cubriéndole la cabeza mientras bebe café.

Nunca he hablado con él. No soy la clase de chica con la que suelen hablar los chicos monos.

Pero esta noche, por alguna razón, cuando compro mi taza de café, me siento en la silla que hay junto a él, sabiendo que, en cualquier otra circunstancia, jamás me habría atrevido a hacerlo. A hablar con él. Pero esta noche lo hago, principalmente, para retrasar el momento de regresar a la habitación de mi madre, para darle al médico la oportunidad de examinarla y marcharse.

—¿Quieres hablar de ello? —le pregunto, y al principio me mira sorprendido. Incrédulo, incluso. Aparta los ojos de su taza de café y se queda mirándome, con unos ojos azules como las alas de una mariposa morpho.

—El café —me dice pasados unos segundos, [illegible] aparta su taza—. Sabe a mierda —añade, como si fuera [illegible] que le preocupa. Lo único. Aunque me fijo en la taza y veo que se ha bebido hasta los posos, así que no debe de estar tan malo.

—¿Qué le pasa? —le pregunto antes de beber de mi taza. Está caliente, así que le quito la tapa de plástico y soplo. El vapor me inunda la cara cuando vuelvo a intentarlo. Esta vez no me abraso la boca.

El café del hospital no tiene nada de malo. Está como a mí me gusta. Nada del otro mundo. Café de toda la vida. Pero, aun así, le añado cuatro paquetitos de edulcorante y agito el vaso porque no tengo palito ni cuchara para remover.

—Está flojo y tiene posos —me responde, mirando su taza abandonada con cara de asco—. No sé. —Se encoge de hombros—. Supongo que me gusta el café más fuerte.

Y aun así vuelve a alcanzar la taza antes de recordar que no le queda nada.

Percibo la rabia en su actitud. Y la tristeza. No tiene nada que ver con el café. Necesita algo con lo que desahogarse. Lo veo en sus ojos azules, noto que desearía estar en otra parte, en cualquier otra parte menos aquí.

Yo también querría estar en cualquier otra parte.

—Mi madre se está muriendo —le cuento, apartando la mirada porque no soporto mirarle a los ojos cuando pronuncio las palabras. En su lugar, miro hacia la ventana y compruebo que, en el exterior, el mundo se ha vuelto negro—. Se va a morir.

Se hace el silencio. No es un silencio incómodo, pero sí un silencio. No me dice que lo siente porque sabe, al igual que yo, que sentirlo no significa nada. En su lugar, pasado un minuto o dos, dice que su hermano ha tenido un accidente de moto. Que un coche le cortó el paso y salió disparado de la moto, de cabeza, hasta estamparse contra un poste telefónico.

—No saben si va a salir —me dice, utilizando eufemismos porque es más fácil así que decir que cabe la posibilidad de que se muera. Que la palme. Que estire la pata—. Hay muchas probabilidades de que tengamos que desconectarlo pronto. Por el daño cerebral. —Niega con la cabeza y se hurga la piel que rodea sus uñas—. No pinta bien.

—Vaya mierda —le digo. Porque es verdad.

Me froto los ojos y él cambia de tema.

—Pareces cansada —me dice, y admito que no puedo dormir. Que llevo tiempo sin dormir. No más de treinta minutos seguidos, y eso tirando por lo alto.

—Pero no pasa nada —le digo, porque la falta de sueño es la menor de mis preocupaciones.

Sabe lo que estoy pensando.

—No hay nada más que puedas hacer por tu madre —me contesta—. Ahora tienes que cuidar de ti. Tienes que estar preparada para lo que venga después. ¿Has probado alguna vez la melatonina? —me pregunta, pero niego con la cabeza y le cuento lo mismo que le he dicho al médico de mi madre.

—Las pastillas para dormir no me funcionan.

—No es una pastilla para dormir —me explica, se mete la mano en el bolsillo del vaquero y saca un puñado de pastillas. Me pone dos en la palma de la mano—. Te ayudarán —me dice, pero cualquier idiota se daría cuenta de que tiene los ojos cansados e inyectados en sangre. Es evidente que la melatonina no le ayuda una mierda. Pero no quiero ser grosera. Me meto las pastillas en el bolsillo de los pantalones y le doy las gracias.

Se levanta de la mesa, arrastrando la silla tras él, y dice que vuelve enseguida. Me parece una excusa y pienso que va a aprovechar la oportunidad para largarse.

—Claro —le digo, y miro hacia otro lado mientras se aleja. Intento no sentir pena de mí misma al verme invadida por aquella sensación de soledad. Trato de no pensar en el futuro, sabiendo que, cuando mi madre se muera, me quedaré sola para siempre.

Ya se ha ido y me fijo en el resto de las personas de la cafetería. Abuelos recientes. Un grupo de gente sentada en torno a una mesa redonda, riéndose. Hablando de los viejos tiempos, compartiendo recuerdos. Un técnico del hospital vestido con pijama azul comiendo solo. Alcanzo mi taza de café, vacía ya, y pienso que también debería largarme. Sé que el médico ya habrá terminado con mi madre, así que debería volver junto a ella.

Pero entonces el tío regresa. En las manos lleva dos nuevas tazas de café. Vuelve a sentarse en su silla y dice algo evidente.

—La cafeína es lo último que necesitamos —agrega que es descafeinado, y a mí se me ocurre entonces que esto no tiene nada que ver con el café, sino con la compañía.

Se mete la mano en el bolsillo y saca cuatro paquetitos arrugados de edulcorante, que deja caer sobre la mesa, junto a mi taza. Murmuro un gracias casi inaudible para ocultar mi sorpresa. Estaba observándome. Estaba prestando atención. Nadie me presta atención nunca, salvo mi madre.

Vuelve a colocar los pies sobre el asiento vacío que tiene en frente y los cruza a la altura de los tobillos. Se cubre la cabeza con la capucha roja.

Me pregunto qué estaría haciendo él ahora de no estar aquí. Si su hermano no hubiera tenido un accidente de moto. Si no estuviera a las puertas de la muerte.

Creo que, si tuviera novia, estaría aquí, dándole la mano, haciéndole compañía. ¿No es así?

Le digo cosas. Cosas que nunca le he contado a nadie. No sé por qué. Cosas sobre mi madre. No me mira mientras hablo, sino a un punto imaginario en la pared. Pero sé que me escucha.

Él también me cuenta cosas, sobre su hermano, y por primera vez desde hace mucho pienso en lo agradable que es tener a alguien con quien hablar, o con quien compartir una mesa cuando, con el tiempo, la conversación va apagándose hasta quedar los dos sentados juntos, bebiendo el café en silencio.

* * *

Más tarde, tras regresar a la habitación de mi madre, pienso en él. En el tío de la cafetería. Cuando las luces del pasillo del hospital se atenúan y todo queda en silencio —bueno, en silencio salvo por el pitido del electrocardiograma de la habitación de mi madre y el ruido de la saliva en su garganta, dado que ya no puede tragar—, pienso en él, sentado junto a su hermano moribundo, también incapaz de dormir.

En el hospital, mi madre duerme junto a mí un sueño inducido por los medicamentos, gracias al goteo constante del lorazepam y la morfina que se cuela en sus venas, una solución que le alivia el dolor y le permite dormir al mismo tiempo.

Pasadas las nueve de la noche, la enfermera entra en la habitación para dar la vuelta a mi madre una última vez antes de acabar su turno. Le revisa la piel en busca de escaras, pasándole una mano por las piernas. Tengo la televisión encendida, cualquier cosa para ahogar el sonido metálico y mecánico del electrocardiograma de mi madre, un sonido que me atormentará el resto de mi vida. Es uno de esos programas de noticias —*Dateline*, *60 Minutos*, no sé cuál—, el mismo que se emitía cuando encendí la tele. No me he molestado en cambiar de canal; me da igual lo que ver. Podría ser la teletienda o dibujos animados, no me importa. Lo que necesito es el ruido para ayudarme a olvidar que mi madre se está muriendo. Aunque, por supuesto, no es tan sencillo. No hay nada en el mundo capaz de hacerme olvidar. Pero, al menos durante unos minutos, los presentadores de los informativos hacen que me sienta menos sola.

—¿Qué estás viendo? —me pregunta la enfermera mientras examina la piel de mi madre.

—Ni siquiera lo sé.

Pero entonces ambas escuchamos a los presentadores, que cuentan la historia de un tío que había adoptado la identidad de un muerto. Vivió años haciéndose pasar por él, hasta que lo pillaron.

Es cosa mía si quiero ver un programa sobre gente muerta como manera de olvidar que mi madre se está muriendo.

Aparto los ojos de la televisión y miro a mi madre. Quito el sonido al aparato. Quizá el pitido repetitivo del electrocardiograma no sea tan malo después de todo. Lo que me indica es que mi madre sigue viva. Por ahora.

Ya le han salido úlceras en los talones, de modo que está tumbada con los pies en el aire, con una almohada bajo las pantorrillas para que no toquen la cama.

—¿Te notas cansada? —me pregunta la enfermera, situada entre mi madre y yo. Por supuesto, me noto cansada. Me duele la cabeza, uno de esos dolores leves que suben por la nuca. También siento un dolor agudo detrás de los ojos, que me hace verlo todo borroso. Aprieto las palmas de las manos contra las cuencas para que desaparezca, pero no se va. Me duelen los músculos, noto las piernas inquietas. Siento la necesidad constante de moverlas, de no estarme quieta. Me come por dentro hasta que ya no puedo pensar en otra cosa que no sea mover las piernas. Las descruzo, las extiendo, vuelvo a cruzarlas. Funciona durante unos treinta segundos. La inquietud cesa.

Y luego vuelve a empezar. La necesidad de mover las piernas.

Si cedo, durará toda la noche hasta que, como la noche anterior, me levante y me ponga a dar vueltas por la habitación. Durante toda la noche. Porque es más fácil que quedarme sentada.

Pienso entonces en lo que me dijo el tío de la cafetería. Lo de cuidar de mí misma, estar preparada para lo que viene después. Pienso en lo que viene después, en nuestra casa, vacía salvo por mí. Me pregunto si alguna vez volveré a dormir.

—El doctor te ha dejado clonazepam —me informa la enfermera, como si supiera en qué estoy pensando—. Por si cambias de opinión. —Me dice que podría ser nuestro pequeño secreto, suyo y mío. Me dice que mi madre está en buenas manos. Que tengo que cuidar de mí misma, igual que me dijo el de la cafetería.

Acabo por ceder. Aunque solo sea para relajar las piernas. La enfermera sale de la habitación para ir a buscar las pastillas. Cuando regresa, me subo a la cama vacía que hay al lado de mi madre y me trago un clonazepam con un vaso de agua, después me tumbo bajo las sábanas de la cama. La enfermera se queda en la habitación, observándome. No se marcha.

—Estoy segura de que tendrá cosas mejores que hacer que quedarse aquí conmigo —le digo, pero me contesta que no.

—Perdí a mi hija hace mucho tiempo —me dice—, y mi marido ya no está. En casa no me espera nadie. Nadie salvo el gato. Si no te importa, preferiría quedarme. Podemos hacernos compañía la una a la otra, si no te importa —me sugiere, y le respondo que no me importa.

Posee una cualidad sobrenatural, como un fantasma, como si tal vez fuera una de las amigas de mi madre de sus alucinaciones de moribunda, que ha venido a visitarme. Mi madre había empezado a hablar con ellas la última vez que estuvo despierta, con personas que no estaban en la habitación, pero que ya habían muerto. Era como si la mente de mi madre ya hubiera cruzado al otro lado.

La enfermera tiene una sonrisa amable. No es una sonrisa compasiva, sino auténtica.

—La espera es la peor parte —me dice, y no sé a qué se refiere con eso; esperar a que la pastilla haga efecto o esperar a que mi madre se muera.

Una vez leí una cosa sobre algo llamado «lucidez terminal». No supe si era real o no, un hecho —científicamente demostrado— o solo una superstición ideada por un charlatán. Pero espero que sea real. La lucidez terminal: un último momento de lucidez antes de que una persona muera. Un último torrente de inteligencia y de consciencia. Cuando se despiertan del coma y hablan por última vez. O cuando un paciente de alzhéimer tan grave que ya no reconoce ni a su propia esposa se despierta de pronto y recuerda. Personas que llevan décadas catatónicas se incorporan y, durante unos segundos, son normales. Todo está bien.

Salvo que no lo está.

No dura mucho ese periodo de lucidez. Cinco minutos, tal vez más, tal vez menos. Nadie lo sabe seguro. No le pasa a todo el mundo.

Pero, en el fondo, espero poder tener cinco minutos más de lucidez con mi madre.

Espero que se incorpore y que hable.

—Aún no estoy cansada —le confieso a la enfermera pasados unos minutos, convencida de que esto es una pérdida de tiempo. No puedo dormir. No quiero dormir. La inquietud de mis piernas persiste, hasta que no me queda otro remedio que sacar la melatonina del bolsillo cuando la enfermera se da la vuelta y tragármela también.

La cama del hospital tiene bultos y las mantas son ásperas. Tengo frío. Junto a mí, la respiración de mi madre es seca e irregular, tiene la boca abierta como una cría de petirrojo. Le han salido costras en la comisura de los labios. Se agita y se retuerce mientras duerme.

—¿Qué ocurre? —le pregunto a la enfermera, y me dice que mi madre está soñando—. ¿Pesadillas? —Me preocupa que eso pueda atormentar su sueño.

—No lo sé con seguridad —responde la enfermera. Recoloca a mi madre sobre el lado derecho, le pone una manta enrollada bajo la cadera y examina el color de sus manos y sus pies—. Nadie sabe siquiera con certeza por qué soñamos —me cuenta, y pone una manta extra en mi cama por si acaso hay corriente mientras duermo—. ¿Lo sabías? —me pregunta, pero niego con la cabeza y le digo que no—. Hay gente que cree que los sueños no sirven para nada —añade, y me guiña un ojo—. Pero yo creo que sí. Son la manera que tiene la mente de gestionar un problema y reflexionarlo. Las cosas que vemos, sentimos y oímos. Lo que nos preocupa.

Lo que queremos lograr. ¿Quieres saber lo que creo? —pregunta, y responde sin esperar una respuesta—. Creo que tu madre está preparándose para entrar en su sueño. Está haciendo las maletas y despidiéndose. Está buscando el bolso y las llaves.

No recuerdo la última vez que soñé.

—Puede tardar hasta una hora en hacer efecto —dice la enfermera, y esta vez sé que se refiere a la medicina.

Me pilla mirando a mi madre.

—Puedes hablar con ella, ¿sabes? —me dice—. Puede oírte —añade, pero me resulta incómodo. Hablar con mi madre mientras la enfermera está en la habitación. Además, no sé si puede oírme realmente, así que le digo a la enfermera:

—Lo sé. —Pero a mi madre no le digo nada. Le diré todo lo que necesito decir si alguna vez estamos a solas. A veces las enfermeras ponen los discos de mi madre porque, según me han dicho, la audición es lo último que desaparece. El último sentido que queda. Y porque creen que podría tranquilizarla, como si la voz conmovedora de Gladys Knight & the Pips pudiera penetrar en el estado de inconsciencia en el que se encuentra y formar parte de sus sueños. El sonido familiar de su música, esos discos que odiaba cuando era pequeña, pero que ahora sé que pasaré escuchando el resto de mi vida, una y otra vez.

—Esto debe de ser duro para ti —me dice la enfermera, mirándome mientras yo miro a mi madre, fijándome en la forma de su cara, en sus ojos, quizá por última vez. Entonces me confiesa—: Sé lo que es perder a alguien a quien quieres. —No le pregunto a quién, pero me lo dice de todas formas, me cuenta lo de la niña que perdió hace casi dos décadas. Su hija, de solo tres años cuando murió—. Estábamos de vacaciones. Mi marido y yo, con la niña. —Ahora es su exmarido, porque, según me cuenta, su matrimonio también murió aquel día, el mismo día que su hija. Me dice que a Madison le encantaba jugar en la arena, buscando caracolas en la orilla. La habían llevado a la playa aquel verano—. Mis últimos recuerdos buenos son de los tres juntos en la playa. A veces sigo viéndola cuando cierro los ojos. Incluso después de todos estos años. Agachada por la cintura con su bañador morado, hundiendo los dedos en la arena en busca de caracolas. Lo curioso es que me cuesta recordar su cara, pero veo con total claridad los volantes de aquella falda morada de tul agitándose en el aire.

No sé qué decir. Sé que debería decir algo, algo empático. Debería compadecerme. Pero, en su lugar, pregunto:

—¿Cómo murió? —Porque no puedo evitarlo. Quiero saberlo, y una parte de mí está convencida de que quiere que se lo pregunte.

—Un atropello —me dice mientras se deja caer en un sillón vacío situado en un rincón de la habitación. El mismo en el que yo he pasado los últimos días. Me dice que la niña salió a la carretera cuando su marido y ella no prestaban atención. Era una carretera de cuatro carriles con un límite de velocidad de solo cuarenta kilómetros, pues atravesaba el pequeño pueblo costero. El conductor tomó una curva casi al doble de velocidad, no vio a la niña y la atropelló. Después huyó—. El conductor… —me dice entonces, y de pronto suelta una carcajada—. La verdad es que nunca sabré si era un conductor o una conductora, pero para mí siempre ha sido un hombre, porque no puedo imaginarme a una mujer atropellando a una niña antes de darse a la fuga. Va en contra de nuestro instinto de cuidar y proteger.

»Es muy fácil culpar a otra persona. A mi marido, al conductor del coche. Incluso a la propia Madison. Pero la verdad es que fue culpa mía. Fui yo la que no prestó atención. Fui yo la que dejó que mi hija se pusiera en mitad de la carretera.

Y entonces sacude la cabeza con el agotamiento de alguien que ha recreado la misma escena durante muchos años, tratando de localizar el momento en el que todo salió mal. En el que Madison le soltó la mano y la perdió de vista.

No es mi intención, pero aun así noto que los ojos se me llenan de lágrimas al imaginarme a la niña con su bañador morado, tendida en mitad de la carretera. Un minuto estaba recogiendo caracolas en la palma de la mano y al siguiente estaba muerta. Me parece tan trágico, tan catastrófico, que mi propia tragedia palidece en comparación con la suya. De pronto el cáncer no parece tan malo.

—Lo siento —le digo—. Lo siento mucho. —Pero me dice que no, que es ella la que debería sentirlo.

—No pretendía entristecerte —me asegura al ver mis ojos llorosos—. Solo quería que supieras que empatizo contigo. Que me identifico. Nunca es fácil perder a alguien a quien quieres —repite, luego se levanta rápidamente del sillón y sigue atendiendo a mi madre. Intenta cambiar de tema—. ¿Ya te sientes cansada? —me pregunta otra vez, y esta vez le digo que no lo sé. Noto la pesadez en el cuerpo. Eso es lo único que sé. Pero pesadez y cansancio son cosas diferentes.

Me sugiere entonces:

—¿Por qué no te cuento una historia mientras esperamos? Les cuento historias a todos mis pacientes para ayudarles a dormir.

Mi madre solía contarme historias. Nos tumbábamos juntas bajo las sábanas de mi cama y ella me hablaba de su infancia. De su educación. De sus padres. Pero me lo contaba como si fuera un cuento de hadas, como los cuentos de «érase una vez», y entonces no era la historia de mi madre, sino la historia de una chica que creció, se casó con un príncipe y se convirtió en reina.

Pero entonces el príncipe la abandonó. Salvo que ella siempre omitía esa parte. Nunca supe si fue así o no, o si nunca estuvo a su lado.

—Yo no soy tu paciente —le recuerdo a la enfermera.

—Casi lo eres —me dice mientras atenúa las luces del techo para que pueda dormir. Se sienta al borde de mi cama, me sube la manta hasta el cuello con manos cálidas y competentes, y por un segundo envidio los cuidados que recibe mi madre.

La enfermera habla en voz baja, con un tono suave para no despertar a mi madre en su lecho de muerte. Su historia comienza en algún lugar a las afueras de Moab, aunque no llega muy lejos.

Casi de inmediato, empiezan a pesarme los párpados; se me entumece el cuerpo. La mente se me llena de niebla. Me vuelvo ligera, me hundo en la cama del hospital hasta fundirme con ella. La voz de la enfermera se aleja, sus palabras desafían la gravedad y levitan en el aire, inalcanzables, pero aun así presentes, inundando mi mente inconsciente. Cierro los ojos.

Y entonces, bajo el peso de dos mantas y el sonido de la voz hipnótica de la mujer, me quedo dormida. Lo último que recuerdo es algo sobre los caminos serpenteantes y los muros de arenisca de un lugar conocido como la Gran Muralla.

Cuando me despierto por la mañana, mi madre ha muerto.

Y yo estaba dormida cuando ocurrió.

eden

16 de mayo de 1996
Egg Harbor

Hoy Aaron me ha enseñado la casa. Ya estoy encantada con ella; una casita azul aciano ubicada en lo alto de un acantilado de trece metros que da a la bahía. Suelos de madera de pino y paredes encaladas. Un porche cubierto por una mosquitera. Una larga escalera de madera que conduce hasta el muelle junto al agua, donde el agente inmobiliario prometió unas puestas de sol majestuosas y barquitos de vela flotando en el agua. Pintoresca, encantadora y tranquila. Esas fueron las palabras que empleó la agente inmobiliaria. Aaron, como siempre, no dijo gran cosa, se limitó a quedarse de pie en el césped lleno de calvas con las manos en los bolsillos, contemplando la bahía, pensativo. Hace poco ha encontrado trabajo como cocinero de línea en uno de los restaurantes del pueblo, un asador de Ephraim. La casita reducirá a la mitad el tiempo que tarda en ir al trabajo. Además es una ganga comparada con nuestra hipoteca actual, y está ubicada en un terreno de casi una hectárea junto al mar que abarca desde la zona boscosa de detrás hasta las orillas rocosas de Green Bay.

Y tiene jardín. Un espacio de tres por seis o nueve metros cubierto de zarzas y malas hierbas. Necesita mucho trabajo, pero

Aaron ya ha prometido que construirá bancales elevados. Hay un invernadero, una imagen lamentable como jamás he visto, situado en una zona soleada del jardín donde aún crece la hierba. Pequeño, como un cobertizo, con ventanas de cristal viejo y una especie de tejado ondulado diseñado para atraer el sol. La puerta está desencajada, tiene rota una de las bisagras. Aaron le ha echado un vistazo y ha dicho que puede arreglarla, lo cual no me sorprende. No hay nada en este mundo que Aaron no pueda arreglar. Las telarañas se pegan a los rincones de la estancia como si fueran terciopelo. Ya me imagino las hileras de semilleros llenos de tierra, con las semillas empapándose de sol, a la espera de ser trasladadas al jardín.

Cerca de allí hay un columpio que cuelga de la rama de un roble. Ha sido el árbol lo que me ha decidido. O quizá no el árbol en sí, sino la promesa del árbol, la idea de tener niños algún día jugando en el columpio del árbol, un tablón de un metro atado a la rama con una cuerda. Me los imagino trepando por los agujeros del tronco del árbol, riéndose. Ya los oigo; son nuestros hijos, que aún no han nacido. Riéndose y chillando de alegría.

Aaron me ha preguntado si me gustaba lo mismo que él, y no he sabido si se refería a si me gustaba la casa tanto como me gusta él, o si me gustaba la casa tanto como le gusta a él, pero, de un modo u otro, le he dicho que sí.

Aaron le ha hecho una oferta a la agente inmobiliaria. Ha dicho que es un mercado que favorece al comprador, en un intento por rebajar el precio inicial un diez por ciento. Yo habría pagado lo que pedían, por miedo a perder la casa. Mañana sabremos si es nuestra.

Esta noche no dormiré. ¿Cómo es posible desear tanto algo cuando, hace solo unas horas, no sabía que existía?

1 de julio de 1996
Egg Harbor

Las cajas son abundantes. No terminan nunca las cajas de cartón que los de la mudanza introducen por la puerta principal y trasladan hasta sus habitaciones de destino —salón, dormitorio, baño principal—, deambulando por nuestro hogar con unas botas de trabajo cubiertas de polvo. Ciento cincuenta metros cuadrados de espacio por llenar, según las tareas que Aaron y yo nos repartimos en función de nuestro género; él dando instrucciones a los transportistas con los sofás y las camas mientras yo deshacía las cajas, lavaba los platos a mano y los colocaba en los armarios. Observé la cantidad de viajes que hicieron y me fijé en que la cabeza empezaba a brillarles por el sudor. A Aaron también le sudaba, aunque apenas cargó con nada de peso, y aun así la autoridad de su voz, aquel poder evidente mientras los hombres lo seguían por nuestra casa, cumpliendo sus órdenes, fue suficiente para llamar mi atención. Lo observaba por la casa una y otra vez y me preguntaba cómo podía ser tan afortunada de tenerlo todo para mí sola.

No era propio de mí ser afortunada en el amor. No hasta que conocí a Aaron. Los hombres con los que estuve antes de él eran holgazanes, nómadas, perdedores. Pero Aaron no. Salimos durante un año antes de que me pidiera matrimonio. Mañana celebramos nuestro segundo aniversario. Pronto llegarán los niños, una camada entera de pequeñajos que corretearán alrededor de nuestros pies. En cuanto estemos instalados, ha dicho siempre Aaron, y ahora, mientras observo la nueva casa, el impresionante paisaje, los ciento cincuenta metros cuadrados de espacio, tres dormitorios —dos aún por amueblar—, me doy cuenta de que ha llegado el momento y, como un reloj, algo en mi interior se pone en marcha.

Cuando los transportistas no miraban, Aaron me ha besado en la cocina, aprisionándome contra los armarios, con las manos en mis caderas. No se lo había pedido y, aun así, me he dado cuenta de que lo deseaba mucho mientras me besaba con los ojos cerrados, susurrándome que todos nuestros sueños por fin estaban haciéndose realidad. Aaron no es el típico sentimental o romántico, y aun así era cierto: la casa, su trabajo, alejarnos de la ciudad. Ambos habíamos deseado marcharnos de Green Bay, nuestro lugar de origen, desde el día que nos casamos, para que nuestros padres no pudieran presentarse en nuestra puerta cualquier día, sin avisar, librando una batalla secreta para ver qué familia política era capaz de robarnos más tiempo. No nos habíamos alejado mucho, ciento siete kilómetros, para ser exactos, pero lo suficiente como para tener que anticipar las visitas con una simple llamada telefónica.

Esta noche hemos hecho el amor en el suelo del salón a la luz de las velas. Todavía tenían que dar de alta la electricidad, de modo que, salvo por el baile de la luz de las velas sobre las paredes encaladas, la casa estaba a oscuras.

Aaron ha sido el primero en sugerirlo, que dejara de tomarme la píldora, como si supiera lo que estaba pensando, como si pudiera leerme el pensamiento. Ha sido cuando estábamos los dos tumbados sobre el suelo de tarima, mirando las estrellas a través de las ventanas abiertas, con la mano de Aaron deslizándose por mi muslo, considerando la posibilidad de un segundo asalto. Ha sido entonces cuando lo ha dicho. ¡Y le he contestado que sí! Que estoy lista para tener una familia. Que estamos listos. Aaron tiene veintinueve años; yo, veintiocho. No gana mucho, pero sí lo suficiente. No somos derrochadores; llevamos años ahorrando.

Y, aunque yo sabía que aún no era posible, que la pastilla que ya me había tomado aquel día cortaría de raíz la posibilidad de quedarme embarazada, me he imaginado que una criatura más pequeña que un guisante empezaba a tomar forma cuando Aaron ha vuelto a penetrarme.

9 de julio de 1996
Egg Harbor

Comenzamos el día tomando café en el muelle, con los pies descalzos colgando sobre el agua, mirando hacia la bahía. El agua está fría, pero de todas formas no alcanzamos a tocarla. Como nos prometieron, hay barcos veleros. Aaron y yo nos pasamos las horas mirándolos, además de los zarapitos y demás pájaros costeros que vienen de visita, con sus patas alargadas atravesando las aguas poco profundas en busca de comida. Nos quedamos mirando a los pájaros y los veleros, vemos salir el sol, que nos calienta la piel y, a medida que asciende por el cielo, disipa la niebla de primera hora de la mañana. El cielo en la tierra, dice Aaron.

Sentados en el muelle, me habla de sus noches en el asador, que lo aleja de mí durante diez horas al día. Me habla del calor de la cocina y del ruido incesante. El murmullo de las voces haciendo pedidos a la vez. El chisporroteo de los costillares en la parrilla, el corte y el guiso de las verduras.

Su voz es sosegada. No se queja, porque Aaron, siempre fácil de tratar, no es de los que se quejan. En su lugar, me habla de ello, me lo describe para que me imagine lo que hace cuando se pasa la mitad del día lejos de mí. Lleva una chaquetilla blanca de cocinero, pantalones negros y un gorro, algo parecido a una boina, también de color blanco. A él le han asignado el puesto de *saucier*, o cocinero de salsas, algo nuevo para él, pero que se le da bien. Porque con Aaron es siempre así. Da igual lo que se proponga hacer, siempre se le da bien.

Nuestra propiedad está bordeada de árboles, de manera que, sentados al borde del muelle, es como si estuviéramos solos, apartados de la sociedad gracias al lago y a los árboles. Si tenemos vecinos, no los hemos visto nunca. Nunca hemos visto otra casa a través de los árboles. Nunca nos molesta el sonido de otras voces, solo el coloquio de los pájaros, posados en los árboles, mientras pían sobre lo que sea que píen los pájaros. A veces, los timoneles nos saludan desde detrás del timón de sus barcos de vela, pero en general están demasiado lejos para vernos a Aaron y a mí sentados en el muelle, con los pies colgando, agarrados de la mano, sentados en silencio, escuchando la brisa entre los árboles.

Estamos abandonados en una isla, aislados y náufragos, pero no nos importa. Así es como debe ser.

El turno de trabajo de Aaron comienza a las dos de la tarde y termina cuando se marcha el último cliente y la cocina está limpia. Casi todas las noches se mete en la cama en torno a medianoche o más tarde, oliendo a grasa y a sudor.

Pero podemos hacer con nuestros días lo que nos venga en gana.

La semana pasada, Aaron reparó la puerta del invernadero y le quitamos los bichos y las telarañas. Nos pasamos días cultivando el jardín y Aaron cumplió su promesa de instalar bancales elevados, de un metro por un metro y medio, con veinticinco centímetros de profundidad, fabricados con madera blanca de cedro, en los cuales algún día crecerán pepinos y calabacines. Pero este año no. La temporada está demasiado avanzada como para cultivar hortalizas este año, de modo que, por ahora, compramos la verdura en los diversos puestos que hay a lo largo de la carretera. Vivimos a tres kilómetros del pueblo y, aunque la población aquí se multiplica por siete en los meses de verano gracias a los turistas, las afueras del pueblo siguen conservando su atmósfera rural, amplios tramos de caminos que solo se cruzan con el cielo.

En vez de plantar hortalizas, Aaron y yo hemos plantado semillas perennes para poder disfrutarlas el año que viene: gypsophila, lavanda y malvarrosa, porque parece que todas las verjas y casas de por aquí están flanqueadas de malvarrosa. Las plantamos en semilleros en el invernadero y las pusimos en el sitio más soleado que pudimos encontrar. Más o menos dentro de un mes las trasplantaremos al jardín. Tardarán un tiempo en florecer, la primavera próxima. Pero, aun así, voy al invernadero y contemplo esperanzada los semilleros, imaginando lo que estará sucediendo bajo la tierra, si las raíces de las semillas estarán agarrando, impulsándose hacia abajo para anclar el vástago a este mundo, o si, por el contrario, la semilla se habrá secado y habrá muerto ahí debajo, como un embrión muerto en el vientre de su madre.

Mientras tiro el resto de las pastillas anticonceptivas y me paso la mano por lo que imagino que es el útero, me pregunto también qué estará sucediendo ahí dentro.

jessie

Incineré a mi madre, como ella había solicitado. Ahora la llevo en una urna de cerámica con una tapa de corcho que ella misma compró cuando el cáncer se extendió. Es cilíndrica y pasa desapercibida; el corcho está pegado con una generosa cantidad de pegamento, para no perder a mi madre sin darme cuenta.

Mi madre tenía dos deseos cuando murió, cosas que reveló en sus últimos momentos de consciencia antes de quedarse dormida, en un sueño del que nunca se despertaría. Uno era que la incineraran y lanzara sus cenizas desde la parte de atrás del ferri de Washington Island en Death's Door, la puerta de la muerte. Otro era que me encontrara a mí misma y descubriera quién soy. Ese segundo deseo rozaba lo esotérico y no tenía mucho sentido. Lo achaqué a la fuerte medicación y a la inminencia de la muerte.

No estoy cerca de cumplir ninguno de los dos, aunque sí que rellené una solicitud *online* para la universidad. Pero no tengo intención de separarme de los restos de mi madre en un futuro próximo. Es la única cosa de valor que me queda.

Llevo cuatro días sin dormir, desde que un médico se apiadó de mí y me ofreció una pastilla. Tres si contamos el día en el que casi me quedé dormida en la lavandería esperando a que se secara la ropa, anestesiada por el sonido de las sudaderas dando vueltas en la secadora. Los efectos son odiosos. Estoy cansada. Estoy de mal humor. No logro concentrarme en nada y mi tiempo de reacción es lento. He perdido la capacidad de pensar.

Ayer llegó un paquete de UPS y el conductor me pidió que lo firmara. Se quedó delante de mí, agitando un bolígrafo y una hoja de papel ante mis narices, y yo me quedé mirándolo, incapaz de sumar dos y dos. Lo repitió. «¿Puede firmarlo?». Me puso el bolígrafo en la mano. Señaló la línea reservada para la rúbrica. Me pidió por tercera vez que firmara.

E incluso entonces escribí con la tapa del bolígrafo puesta. El hombre tuvo que quitármelo y destaparlo.

Además, estoy bastante segura de que he empezado a ver cosas. Cosas que podrían no ser reales, que podrían no estar ahí. Un ciempiés cruzando la superficie de la mesa, una hormiga en el suelo de la cocina. Movimientos súbitos, rápidos e inmediatos, pero, cuando me doy la vuelta, ya no están.

Llevo la cuenta de las noches sin dormir gracias a las arrugas que se me van formando bajo los ojos, como los anillos anuales con los que se calcula la edad de un árbol. Una arruga por cada noche que no duermo. Me quedo mirándome al espejo cada día y las cuento todas. Esta mañana había cuatro. Los efectos superficiales del insomnio son incluso peores que los efectos internos. Tengo los ojos rojos e hinchados. Se me cierran los párpados. De un día para otro, las arrugas aparecen en masa, mientras permanezco tumbada en la cama contando ovejas. Podría ir a la clínica y solicitar algo que me ayude a dormir. Un poco más de clonazepam. Pero, con pastillas en el torrente sanguíneo, me quedé dormida mientras mi madre se moría. No quiero pensar qué otras cosas podría perderme.

En el McDonald's me preguntan si quiero kétchup con las patatas, pero me quedo mirando al empleado sin decir nada, porque lo que he entendido es: «¿No es triste cuando se hunden las fragatas?». Y asiento con pesar, porque sí, es triste, y aun así estoy tan desconcertada que no puedo responder con palabras.

Cuando deja caer unos paquetitos de kétchup sobre mi bandeja, mi cerebro logra hacer la traducción, aunque ya es demasiado tarde, porque odio el kétchup. Los dejo sobre la mesa cuando me marcho, para alguien a quien le guste. Cuando voy a salir por la puerta, tropiezo, porque la coordinación también se ve afectada por la falta de sueño.

Hace un par de horas arrastré mi cuerpo pesado fuera de la cama tras otra noche en vela, y ahora estoy en mitad de la casa, decidiendo cuáles de nuestras pertenencias quedarme y cuáles dejar. No puedo soportar quedarme aquí mucho más tiempo, decisión que he tomado deprisa a lo largo de los últimos cuatro días. Ya he hablado con un agente inmobiliario y he pensado en los próximos pasos. Primero debo guardar todo lo que quiero quedarme y, después, todo lo demás se venderá en una liquidación de patrimonio antes de que el servicio de recogida de basura se lleve el resto de nuestras cosas al vertedero.

Entonces otra familia se instalará en el único hogar que he conocido en mi vida.

Estoy mirando el sofá, preguntándome si debería llevármelo o dejarlo, cuando suena el teléfono.

—¿Diga?

Una voz al otro lado de la línea me informa de que me llama de la Oficina de Ayuda Financiera de la universidad.

—Hay un problema con su solicitud —me dice la mujer.

—¿Qué problema? —le pregunto por teléfono, temiendo que vayan a acusarme de evasión de impuestos. Es una posibilidad; había dejado en blanco todas las preguntas del formulario de solicitud de beca que hablaban sobre el ingreso bruto ajustado y la devolución de impuestos. Puede que también mintiese en la solicitud. En una pregunta debía responder si mis padres habían fallecido. Respondí que sí, aunque no sé si es cierto.

¿Mi padre está muerto?

Al otro lado de la línea, la mujer me pide que verifique mi número de la seguridad social y así lo hago.

—Ese es el que tengo aquí —me dice.

—Entonces, ¿cuál es el problema? —pregunto—. ¿Me han denegado la solicitud? —El corazón me da un vuelco. ¿Cómo es posible? Es un centro de estudios superiores. No es que haya pedido plaza en Yale o en Harvard.

—Seguramente sea una equivocación con el registro civil —me dice.

—¿Qué equivocación? —le pregunto, y me siento aliviada porque una equivocación no es lo mismo que una solicitud denegada. Una equivocación puede arreglarse.

—Es una cosa muy extraña —me dice—. Había un certificado de defunción archivado para Jessica Sloane, de hace diecisiete años. Con su fecha de nacimiento y su número de la seguridad social. Según parece, señorita Sloane —me dice, y yo le corrijo, «Jessie», porque la señorita Sloane es mi madre—. Según parece, Jessie —repite, y las palabras que pronuncia a continuación son como un puñetazo en el estómago que me corta la respiración—. Según parece, ya estás muerta.

Y entonces se ríe, como si de un modo u otro aquello fuese divertido.

Hoy estoy buscando un nuevo sitio para vivir. Quedarme en nuestra antigua casa ya no es una opción viable debido a los fantasmas residuales de mi madre que permanecen en cada rincón de la casa. El olor de su crema de manos Crabtree & Evelyn que inunda el cuarto de baño. El tacto de los compartimentos forrados de terciopelo en la cómoda de caoba. Los pañuelos de la quimio. Los cartones de Ensure en la balda de la nevera.

Me acomodo en el asiento trasero de un Kia Soul, tratando de no pensar demasiado en la llamada de la Oficina de Ayuda Financiera. Es más fácil decirlo que hacerlo. Solo de pensarlo me duele el estómago. Una equivocación, dijo la mujer, pero aun así cuesta asimilar las palabras «ya estás muerta» en una frase referida a ti. Aunque lo intento, no logro expulsarlas de mi mente. Según acordamos, debo proporcionar a la universidad una copia de mi tarjeta de la seguridad social antes de que puedan volver a echar un vistazo a mi solicitud para concederme un crédito, lo cual es un problema porque no tengo ni idea de dónde está la tarjeta. Pero es más que eso. Porque la mujer además me habló de un registro de mortalidad en el que figuraba mi nombre. Un registro de mortalidad. Mi nombre en una base de datos de la Administración de la Seguridad Social donde figuran millones de personas que han muerto, anulando sus números de la seguridad social para que nadie más pueda usarlos, para que yo no pueda usar mi propio número de la seguridad social. Porque, según la Administración de la Seguridad Social, estoy muerta.

«Tal vez te interesaría echarle un vistazo», me sugirió antes de colgar, y a mí me sigue inquietando todavía, horas más tarde. Mi nombre en una base de datos de muertos. Aunque es un error, por supuesto.

Pero, aun así, rezo para que esto no sea una especie de premonición. Una profecía de lo que ha de venir.

Miro por la ventanilla mientras una mujer va sentada al volante del Kia, conduciendo por las calles de Chicago. Su nombre es Lily y se hace llamar una «buscadora de apartamento». La primera vez que oí hablar de Lily fue hace unos días, al volver a casa después de estar trabajando como limpiadora; no me gustaba volver a esa casa vacía, y entonces deseé que ella estuviera allí, aun sabiendo que nunca sería así, y tomé la decisión inmediata de vender la casa y marcharme. Volví a casa, dejé la bici en la acera y allí, colgado del picaporte de nuestra puerta, estaba el cartel que anunciaba los eficientes y gratuitos servicios de Lily. Buscadora de apartamento. Nunca había oído nada semejante, y aun así era justo lo que necesitaba. El colgador en la puerta era *marketing* directo, de esos que no podía reciclar junto con el resto del correo basura. Así que llamé a Lily y quedamos en vernos.

La capacidad de Lily para aparcar en paralelo es casi nula, aunque parece fácil para alguien como yo, que nunca ha conducido un coche. Me crie en un viejo bungaló de ladrillo en Albany Park, así que nunca fue necesario conducir un coche. Ni siquiera teníamos. La Línea Marrón o el autobús nos llevaban donde quisiéramos ir. O eso o andando. Y también tengo mi bicicleta Schwinn, Siempre Fiel, que es sorprendentemente resistente incluso en el peor clima posible, salvo, claro, con un metro de nieve.

Tenía quince años cuando a mi madre le diagnosticaron el cáncer, lo que significó que, por el momento, mi vida quedaba en pausa, dejando relegada cualquier cosa que no fuera esencial. Iba a clase. Trabajaba. Ayudaba con la hipoteca y ahorraba todo lo que podía. Y le sujetaba el pelo a mi madre cuando vomitaba.

Se encontró el bulto ella misma, palpándose el pecho con los dedos delgados porque sabía que, tarde o temprano, aquello sucedería. No me dijo lo del bulto hasta después de que se lo hubieran diagnosticado, con una mamografía y posterior biopsia. No quería preocuparme. Primero le quitaron el pecho, después vinieron meses de quimioterapia. Pero el cáncer no tardó en regresar, en el pecho y en los huesos esta vez. Los pulmones. Volvió con fuerza.

«Jessie, me estoy muriendo. Me voy a morir», me había dicho entonces. Estábamos sentadas en el porche, de la mano, el día que supo que el cáncer había vuelto. En ese momento, su esperanza de vida de cinco años se precipitó al vacío. Solo vivió dos más, y ninguno de ellos fue fantástico.

El cáncer es hereditario. Algún gen aberrante que se traspasa en nuestra familia, como pequeñas chinchetas rojas que forman parte ya de mi ejército. Al igual que mi madre y su madre antes que ella, es cuestión de tiempo que yo me hunda también.

Ocupé el asiento trasero del Kia después de que Lily dejase caer su bolso en el del copiloto. Conduce con una mano en el claxon en todo momento, para poder asustar a los peatones y que se quiten de en medio, aquellos a quienes, desde detrás del cristal de seguridad, grita que «muevan el culo» o que «espabilen». No tengo historial crediticio ni cuenta bancaria, cosa que le he confesado a Lily, y en su lugar llevo un montón de efectivo. Se le pusieron los ojos como platos cuando le mostré el dinero: treinta billetes de cien dólares doblados por la mitad y guardados en una cartera de pulsera.

—Eso podría ser un problema —dijo encogiéndose de hombros, no por el efectivo, sino más bien por la escasez de crédito, la ausencia de cuenta bancaria—, pero ya veremos.

Me sugirió que le ofreciera a cualquier casero más desde el principio para compensar el hecho de que soy de esas personas que guardan todo su dinero en una caja ignífuga debajo de la cama. Los cheques que gano limpiando casas los cobro en Walmart por una tarifa de tres dólares y después guardo el dinero en mi caja de ahorros. En una ocasión me planteé apuntarme a una agencia de trabajo temporal, pero me lo pensé mejor. Mi trabajo tiene ventajas que no encontraré en ninguna otra parte. Como limpio casas, no tengo que pagar impuestos al Tío Sam. Soy una trabajadora independiente. Al menos así es como siempre lo racionalizo en mi cabeza, aunque, que yo sepa, los de Hacienda podrían estar pisándome los talones, pensando en echarme el guante por evasión de impuestos.

Aun así, cargo mis útiles de limpieza en una cesta en el trasportín de Siempre Fiel cada día y me marcho pedaleando al trabajo, donde puedo llegar a ganar hasta doscientos dólares algunos días limpiando la casa de otra persona. Lo hago tranquilamente con los cascos puestos. No tengo que hablar. Nadie me supervisa. Es el mejor trabajo del mundo.

—O eso —me dijo Lily mientras recorría las calles de Chicago, antes de meterse por un callejón situado detrás de un rascacielos de Sheridan y detener el vehículo—, o necesitarás buscar a alguien que firme el crédito contigo. —Lo cual no es una opción para mí. No tengo a nadie que me firme el crédito.

La búsqueda de apartamento es casi un absoluto fracaso.

Lily me muestra un apartamento tras otro. Uno en una tercera planta en un rascacielos de Edgewater. Otro en Ashland, reformado recientemente, dentro de mi rango de precio, pero muy cerca del límite. Piso tras piso de habitaciones diminutas rodeadas por cuatro paredes de yeso, ventanas sucias que impiden que entre la luz. Las mosquiteras están rajadas, una de ellas tiene incrustado un aparato de aire acondicionado, lo que se supone que debe alegrarme, porque, como dice Lily, los inquilinos suelen tener que comprarlos ellos mismos, esos aparatos tan horribles de la ventana que impiden que la luz natural entre en la habitación.

Las cocinas son pequeñas. Los fogones son viejos y eléctricos. El moho se acumula en la lechada de las duchas. Los armarios huelen a orina. Las bombillas están fundidas.

Pero no es el moho ni las ventanas lo que me molesta. Es el ruido y los vecinos; gente desconocida al otro lado de la pared, con su vida doméstica separada de la mía por una insignificante combinación de yeso y papel. Me invade una sensación de claustrofobia mientras finjo escuchar a Lily, que no para de hablar de los veintiséis metros cuadrados del apartamento. Y la lavandería. E Internet de alta velocidad. Pero solo oigo el secador de pelo de alguien. Mujeres riéndose. Los hombres del piso de arriba gritando a la tele mientras ven un partido de algo. Una conversación telefónica que se cuela a través de las paredes. El pitido del microondas, el olor de la comida de otra persona.

Cuatro días sin dormir. Mi cuerpo está cansado, mi mente está deshecha. Me apoyo en la pared y noto que la fuerza de la gravedad amenaza con tirarme al suelo.

—¿Qué te parece? —pregunta Lily por encima del ruido del secador de pelo, y yo no puedo evitarlo.

—Lo odio —respondo, por octava o novena vez consecutiva, una por cada apartamento en que hemos estado. El insomnio también provoca eso. Nos hace ser sinceros porque no tenemos energía para elaborar una mentira.

—¿Y eso? —me pregunta, y le digo lo del secador de al lado. Lo alto que suena.

Lily mantiene la compostura, aunque debe de estar acabándosele la paciencia.

—Entonces seguiremos buscando —me dice mientras salimos por la puerta. Me encantaría creer que quiere que sea feliz, que quiere que encuentre el lugar perfecto para vivir. Pero al final se reduce todo a una cosa: mi firma sobre una línea de puntos. Lo que significa para Lily un acuerdo de alquiler es que una tarde conmigo no haya sido una absoluta pérdida de tiempo.

—Tengo uno más para enseñarte —me dice, y promete que será algo distinto a los muchos apartamentos que hemos visto ya. Regresamos al Kia y me abrocho el cinturón en el asiento trasero, detrás del bolso, que va de copiloto. Conducimos. Minutos más tarde, el coche se detiene ante un edificio de piedra en Cornelia y ocupa sin dificultad un hueco de aparcamiento. La calle es residencial y carece por completo de viviendas comunitarias. No hay apartamentos. No hay pisos. No hay rascacielos con ascensores que dan a los mercadillos mugrientos. No hay desconocidos amontonados en cada esquina.

La casa debe de tener cien años, es preciosa y, aun así, abruma por su grandiosidad. Tiene tres plantas de altura, con unos escalones anchos que conducen al porche de la entrada. Hay una hilera de ventanas en cada piso. El tejado es totalmente plano. Bajo la primera planta hay un apartamento ajardinado que queda a la vista.

—¿Es un bloque de tres pisos? —pregunto cuando nos bajamos del coche, e imagino los montones de viviendas independientes que llenarán el edificio, con una puerta común de entrada. Espero a que Lily me diga que sí.

Pero, en su lugar, se ríe de mí y dice:

—No, se trata de una casa residencial privada. No está a la venta, aunque tampoco podrías permitírtela si lo estuviera. Podría costar fácilmente millón y medio —me informa—. De dólares, claro.

—Y me detengo debajo de un árbol para preguntar qué estamos haciendo allí. Es un día cálido, uno de esos días de septiembre que mantiene a raya al otoño. Lo que queremos es ponernos sudaderas y pantalones vaqueros, beber chocolate caliente, taparnos con una manta y ver las hojas caer. Pero, en su lugar, chorreamos de sudor. Por las noches refresca, pero de día hace calor, con treinta y tantos grados de la mañana a la noche. No durará mucho. Según el hombre del tiempo, se avecina un cambio, y sucederá pronto. Pero, de momento, llevo unos pantalones cortos, camiseta de manga corta y una sudadera anudada a la cintura. Cuando caiga el sol, la temperatura caerá con él.

»Por aquí —dice Lily con un ligero movimiento de cabeza. Me apresuro tras ella, pero, antes de poder doblar la esquina del edificio, algo llama mi atención. Una mujer que camina por la acera hacia nosotras. Estará a unos diez metros de distancia, pero se nos acerca. Al principio no le veo la cara porque la fuerza del viento le revuelve el pelo y le tapa los ojos. Pero da igual. Lo importante es la postura. Eso y los pies pequeños que se arrastran por el suelo. Sus hombros curvados hacia delante. Su complexión, su altura. Es el tono y la textura de un abrigo color violeta, una parka tres cuartos, con cintura ajustada y capucha, aunque hace demasiado calor para llevar un abrigo con capucha.

El abrigo es el mismo que tenía mi madre.

El corazón me da un vuelco. Abro la boca y dejo escapar una única palabra de mis labios. «Mamá». Porque es ella. Es mi madre. Está aquí, viva, en carne y hueso, y viene a verme. Levanto el brazo de forma involuntaria y empiezo a saludar, pero, con el pelo en los ojos, ella no me ve allí de pie, en la acera, a dos metros de distancia.

Mi madre no me mira cuando pasa por delante. No me ve. Cree que soy otra persona. La llamo, se me quiebra la voz al pronunciar la palabra, así que apenas se oye. En su lugar, se queda en mi garganta. Las lágrimas se me agolpan en los ojos y creo que voy a perderla, que va a seguir caminando. Así que alargo la mano y la agarro del brazo. Es un acto reflejo. Para evitar que se aleje. Para que no se marche.

Le aprieto con fuerza el antebrazo. Pero, al hacerlo, la mujer se retira el pelo de la cara y me lanza una mirada. Y veo entonces lo que no había visto antes, que esta mujer tiene apenas treinta años, es mucho más joven que mi madre. Y lleva en la cara una cantidad enorme de maquillaje, al contrario que mi madre, que llevaba la cara lavada.

Su abrigo no es de color violeta, sino más oscuro, más bien de un tono berenjena o vino tinto. Y no lleva capucha. Al acercarse, lo veo con más claridad. Ni siquiera es un abrigo, sino un vestido.

No se parece en nada a mi madre.

Por un segundo siento que no puedo respirar, me he quedado sin aire. La mujer da un tirón para soltarse el brazo. Me mira con desconfianza y pasa frente a mí cuando me aparto de la acera y toco la hierba con los pies.

—Lo siento —susurro mientras ella esquiva mi mirada. Se coloca en el extremo opuesto de la acera, a medio metro, donde no pueda alcanzarla—. Pensé que era otra persona —murmuro antes de volverme hacia Lily, que tiene los brazos cruzados e intenta fingir que esto no acaba de suceder.

«Por supuesto que no es mi madre», me digo mientras veo alejarse a la mujer del vestido color berenjena; camina ahora más deprisa, ya no arrastra los pies, sino que camina con paso ligero para huir de mí.

Por supuesto que no es mi madre, porque mi madre ha muerto.

—¿Vienes? —me pregunta Lily, y le respondo que sí.

Sigo a Lily mientras recorremos un patio de ladrillo hacia el jardín de atrás. Todavía tengo el corazón acelerado. Siento los nervios a flor de piel. El jardín trasero da a otro patio y, al otro lado, veo un garaje de ladrillo rojo con una puerta de color verde.

—Por eso estamos aquí —me dice Lily señalando hacia el garaje.

—¿Quieres que viva en un garaje? —le pregunto.

—Es una cochera —me responde, y me explica que arriba tiene un espacio destinado a vivienda, cosa que queda clara gracias a un par de ventanas que hay en el segundo y tercer piso—. Son todo un hallazgo. A la gente le encantan. En cuanto salen al mercado, suelen desaparecer. Esta ha salido esta mañana —me dice, y me cuenta que las cocheras eran simplemente eso en otros tiempos, un lugar donde dejar el caballo y la calesa y donde podía vivir el chófer. Dependencias para el servicio. Suelen estar escondidas en un callejón, camufladas tras una vivienda menos humilde, a la sombra de algo mayor y mejor que ellos.

Lo cual me parece justo lo que necesito. Camuflarme, vivir recluida como un ermitaño, a la sombra de algo grandioso.

—¿Podemos verla? —pregunto, refiriéndome al interior, y Lily y yo atravesamos la puerta delantera, alta y estrecha, antes de subir un tramo de escaleras desvencijadas.

Es más grande que cualquier otra cosa que hemos visto hasta ahora, casi cincuenta metros cuadrados de espacio habitable, ruinoso y viejo, pintado en un tono marrón horrible. Los suelos de madera están destrozados. Los tablones crujen y no están uniformes, con clavos que sobresalen de la madera y puedes tropezar con ellos. La cocina está pegada a una pared del salón, si a eso se le puede llamar cocina. Un fogón antiguo, un viejo frigorífico y una pequeña hilera de armarios junto al lugar donde debería ir la televisión. Las lámparas son anticuadas y apenas iluminan. El espacio tiene los muebles mínimos; solo un par de elementos tan decrépitos como la casa.

Parece que en el baño han hecho alguna reforma. Los apliques y la pintura son nuevos, pero las baldosas parecen más viejas que yo.

—Desde aquí no oirás el secador de pelo del vecino —me dice Lily. El supuesto dormitorio está subiendo un segundo tramo de escaleras ruinosas; se trata de un espacio abierto con techo abovedado que sigue la línea baja del tejado.

En el piso superior no puedo erguirme del todo. Tengo que ir encorvada.

—Aquí apenas se puede vivir —dice Lily, con el cuello agachado para no golpearse la cabeza. Le cuesta bajar las escaleras de madera con las sandalias de tacón y se agarra a la barandilla por miedo a caerse. No cree que vaya a gustarme, pero me gusta.

Lily me dice que las cocheras como esta no siguen las mismas normas que prescribe la ordenanza de arrendamientos urbanos. No estaría igual de protegida. No están sujetas a inspecciones de seguridad. Solo hay una puerta, lo cual suele ir en contra de la normativa antiincendios, que exige que haya dos. Como los cubos de la basura quedan relegados al callejón que linda con esta vivienda, puede haber ruido. Me dice que el olor puede llegar a ser repugnante, sobre todo en los meses de verano.

—Las ratas están acostumbradas a comer de los cubos de la basura, lo que significa que... —empieza a decirme, pero yo levanto una mano para detenerla. No hace falta que me lo diga. Sé bien a qué se refiere—. ¿Qué te parece?

Escucho con atención por si oigo risas de mujeres, u hombres ruidosos gritándole a la tele. Pero no se oye ningún ruido.

—¿Dónde tengo que hacer la solicitud? —pregunto.

Lily se encarga del papeleo. La casera es una mujer que responde al nombre de señora Geissler, una viuda que vive sola en la casa principal. No nos vemos en ningún momento, aunque Lily le proporciona mi solicitud cumplimentada, una lista de referencias —mujeres en cuyas casas limpio— y una carta de recomendación de un antiguo orientador del instituto. Le entrego tres de los grandes, lo suficiente para cubrir el alquiler del primer y el último mes, y dos más por si acaso. Como suelen decir, el dinero manda.

Lily me sugiere que espere en el coche mientras entra a hablar con la casera. Contengo la respiración, sabiendo que es posible que la casera no tarde en descubrir el mismo error que descubrieron en la Oficina de Ayuda Financiera. Que mi número de la seguridad social pertenece a una chica fallecida. Y rechazará mi solicitud.

Pero, por suerte, no lo hace. Lily tarda menos de quince minutos en salir por la puerta principal de la casa con una llave en la mano. La llave de la cochera. Respiro aliviada. Resulta que le ha contado lo de mi madre y, por esa razón, la señora Geissler ha aprobado mi solicitud sin investigarme primero. Por compasión. Porque sentía pena por mí, lo que me parece bien, siempre y cuando tenga un lugar donde vivir. Un lugar que no me recuerde a mi madre.

Mientras nos alejamos, me quedo mirando por la ventanilla y contemplo la imponente mansión. Ahora está ensombrecida, porque el sol está ocultándose por el otro extremo de la calle. La casa es señorial, pero solemne. Triste. Es una casa triste.

Veo que, en el tercer piso, la cortina de una de las ventanas se mueve lentamente, aunque no veo lo que hay al otro lado porque todo está en sombra. Pero me imagino a una mujer, una viuda, de pie al otro lado, observando hasta que nuestro coche desaparece de su vista.

eden

26 de julio de 1996
Egg Harbor

Resulta que sí que tenemos vecinos.

Han venido esta tarde después de que Aaron se fuera a trabajar; una mujer embarazada, Miranda, y sus dos hijos; Jack, de cinco años, y Paul, de dos. Han llegado por el camino de grava de la entrada. Miranda iba tirando de los chicos en un carrito rojo Radio Flyer, de modo que, cuando han llegado, estaba sudada y agotada. Había venido a traernos un regalo de bienvenida.

Ha sido el sonido de las ruedas sobre la grava lo que ha llamado mi atención, encaramada a una escalera mientras pintaba las paredes del salón de un gris claro, con las ventanas y las puertas abiertas para dejar salir el olor químico de la pintura. Así es como paso mis días ahora cuando Aaron no está. Deshaciendo cajas de pertenencias. Limpiando el interior de los armarios. Pintando la casa.

Primero los he visto a través de la ventana, he oído a la mujer, cansada, decirles a los niños que dejaran de llorar y se comportaran, con las mejillas sonrojadas por el calor, el embarazo y, supongo, el deseo de impresionar. La melena rubia se agitaba y se le metía en los ojos mientras caminaba. Llevaba un vestido corto de premamá pegado al cuerpo por el sudor. Calzaba unas sandalias

Birkenstock. En sus ojos se notaba el cansancio y el fastidio. Nada más verla a través de la ventana abierta, me he dado cuenta de una cosa: la maternidad no le sentaba bien.

He dejado las cosas de la pintura y he salido a recibirlos al porche. Miranda ha soltado el tirador del carrito y se ha presentado primero, después a los niños, ninguno de los cuales ha saludado, porque estaban demasiado ocupados bajándose del carrito y dándose codazos para ocupar el escalón del porche. No me ha importado. Tenían el pelo rubio igual que su madre y, de no ser por la evidente diferencia de edad, bien podrían haber sido gemelos. Se peleaban por el derecho a estrecharle a su madre la mano que le quedaba libre. Al final ha ganado el mayor, le ha dado la mano a Miranda y el pequeño se ha tirado al suelo hecho un mar de lágrimas. «Levanta», le ha ordenado Miranda con una voz severa que ha perforado el aire tranquilo. Después se ha disculpado ante mí por sus modales mientras trataba de levantar del suelo a Paul. Pero el niño era un peso muerto y no se levantaba. Al tirarle de las axilas para intentar ponerlo en pie, Paul ha gritado que le había hecho daño y ha seguido llorando.

—Maldita sea, Paul —ha dicho Miranda, tirándole de nuevo de las axilas—. Levanta.

Lo que ella veía eran unos niños malos montando una escena, avergonzándola, haciendo que se sintiera humillada. Pero yo no. Yo he visto algo totalmente diferente. Me he agachado junto al pequeño Paul y le he ofrecido una mano.

—Hay un columpio en el árbol del jardín de atrás. ¿Vamos a montarnos y así dejamos descansar a mamá un rato? —le he sugerido. Él me ha mirado con sus ojos verdes, con mocos en la nariz que resbalaban hacia los labios. Se ha limpiado la nariz con el dorso de una mano sucia y ha asentido con la cabeza.

Miranda había caminado mucho para traernos un pan de arándanos, más de una manzana con este calor. Tenía cercos de sudor bajo las axilas y el algodón del vestido se le pegaba a la tripa. Al hablar, su voz sonaba sin aliento, agotada por la energía que exigía criar a dos hijos ella sola, y me ha confesado que esta vez, mientras se pasaba una mano por la tripa, esperaba tener una niña.

Se ha sentado en una silla de jardín, se ha quitado las sandalias y ha apoyado los tobillos hinchados en otra silla mientras yo nos servía a ambas un vaso de limonada, sabiendo que tenía las manos manchadas de pintura seca.

Miranda me ha dicho que su marido trabaja en el Departamento de Obras Públicas. Ella se queda en casa con Jack y Paul, aunque lo que siempre quiso ser —lo que era antes de tener hijos— es abogada especializada en negligencias médicas. Me ha preguntado cuánto tiempo llevábamos casados Aaron y yo y, al decírselo, ha arqueado las cejas con curiosidad y me ha preguntado por los niños.

Si los tenemos.

Si pensamos tenerlos.

Me ha parecido una conversación bastante íntima para tenerla con alguien a quien apenas conozco, y aun así me ha emocionado decir la palabra en voz alta, como si eso hiciese que fuera más real. Me he sonrojado al pensar en esa misma mañana, antes del amanecer, cuando Aaron, como en un sueño, se me ha puesto encima y me ha levantado el camisón por encima de la cabeza. Fuera estaba oscuro, eran poco más de las cuatro de la mañana y teníamos los ojos aún somnolientos; nuestra mente aún estaba libre de los pensamientos que llegan con la luz del sol. Nos movimos juntos en la cama, hundidos en ese colchón tan viejo. Y después, sonriéndonos mientras tomábamos el café en el muelle y contemplábamos los veleros en la bahía, me he preguntado si había sucedido de verdad, o si solo habría sido un sueño.

Cuando Miranda me lo ha preguntado, le he dicho que estamos intentándolo. Intentando tener un hijo, formar una familia. Es una extraña elección de palabras para crear un bebé, en mi opinión. Intentar es lo que hace uno cuando aprende a montar en bicicleta. A coser, a hacer punto. A escribir poesía.

Y, aun así, eso era exactamente lo que hacíamos cuando Aaron y yo hacíamos el amor con un abandono temerario, y una semana o dos más tarde me hacía la prueba de embarazo. Las pruebas habían salido negativas hasta ahora, esa raya rosa solitaria en la pantallita, diciéndome una y otra vez que aún no estaba embarazada. Tampoco es que a Aaron y a mí nos importe el tiempo que hemos invertido «intentándolo»; de hecho, lo disfrutamos bastante, pero, con cada mes que pasa, anhelo cada vez más tener un bebé. Un bebé al que abrazar.

No le he dicho a Aaron que estaba haciéndome las pruebas de embarazo.

Me las hago cuando él está en el trabajo; miro por la ventana de casa mientras su coche se aleja y entonces, cuando ya se ha ido, corro al cuarto de baño, cierro la puerta con pestillo por si acaso Aaron se hubiera dejado algo y tuviera que regresar a buscarlo.

Y entonces, cuando la raya rosa aparece en la pantallita, como siempre, envuelvo la prueba con el resultado negativo dentro de un pañuelo de papel y la tiro discretamente en el cubo de basura.

Miranda se ha quedado encantada cuando le he dicho que estamos intentándolo.

—¡Qué emocionante! —me ha dicho, y su sonrisa ha reflejado la que se dibujaba en mi cara.

Después se ha servido una rebanada de su pan de arándanos y, mientras se pasaba la mano por la tripa por segunda vez, ha dicho que su bebé y mi bebé algún día podrían ir juntos al colegio.

Que algún día podrían ser amigos.

Y ha sido una idea que me ha llenado de alegría. He sonreído.

Durante mucho tiempo de mi vida fui un lobo solitario. Una persona introvertida. La clase de mujer que nunca se sentía cómoda consigo misma. Aaron me ayudó a cambiar eso.

La idea me ha hecho muchísima ilusión y, en respuesta, me he acariciado yo también el vientre vacío, pensando en lo mucho que deseo que mi bebé tenga un amigo.

jessie

Hoy hace cinco días que no duermo. Es la primera noche en mi nueva casa. No la paso durmiendo, sino imaginándome a mí misma muerta. Pienso en lo que debe de ser para mi madre estar muerta. ¿Habrá oscuridad a su alrededor, un vacío de nada, el más negro de los agujeros negros? ¿O simplemente todo ha dejado de existir para ella, y ya no existen los vivos y los muertos? A veces me pregunto si tal vez no está muerta, sino viva, dentro de esa urna de cerámica, gritando para poder salir. Me pregunto si habrá suficiente oxígeno en la urna. ¿Podrá respirar mi madre? Pero entonces recuerdo que da lo mismo.

Mi madre ha muerto.

Me pregunto si duele cuando te mueres. Si a mi madre le dolió. Y me imagino, con un horrible lujo de detalles, lo que debe de ser no poder respirar. Aguanto la respiración hasta que empiezan a quemarme los pulmones. Es un dolor punzante que se extiende desde el cuello hasta el torso. Abro la boca en un gesto reflejo y automático, y tomo todo el oxígeno que puedo para calmar el ardor.

Decido que sí duele. Morirse duele.

Hay un reloj en la pared, venía con la casa. Tic, tac, tic, tac, así toda la noche, contando los minutos que no duermo. Llevando la cuenta por mí. Hace ruido, como un tambor que resuena en mi oído, y aunque intento quitarle las pilas, el tic, tac no desaparece. Se queda.

Me siento fuera de lugar en este sitio extraño. La casa huele a algo diferente a lo que estoy acostumbrada, es un olor terroso, como a pino. Es más antigua que la casa en la que he vivido con mi madre toda mi vida. Una de las ventanas no cierra bien, así que, cuando sopla el viento alrededor de la casa, como sucede esta noche, el aire se cuela. No lo noto, pero lo oigo, el siseo del viento que entra por la rendija.

Me quedo tumbada en la cama, tratando de recuperar el aliento, de no pensar en morirme, de lograr lo imposible y dormir. Junto a mí, en el suelo, hay cuatro cajas; las únicas que me he traído de mi antigua casa. Algo de ropa, unos pocos marcos de fotos y una caja con papeles que guardaba mi madre, una sencilla caja blanca que se cierra solo con un cordel y un botón. A mi madre le parecía lo suficientemente importante para guardarla, así que yo también la he guardado. Se me ocurre entonces una cosa: ¿sería posible que mi tarjeta de la seguridad social estuviese en esa caja, guardada con los papeles financieros de mi madre?

Me levanto de la cama, enciendo la luz y me siento en el suelo junto a la caja. Desato el cordel, levanto la tapa y me encuentro con un montón de papeles. Si existe algún tipo de método en este desorden, no se lo encuentro.

Busco mi tarjeta de la seguridad social entre los papeles para asegurarme de que los números que escribí en el formulario de la beca no sean incorrectos. Porque nunca en mi vida me habían pedido el número de la seguridad social, así que es una posibilidad que haya equivocado los números. Busco la tarjeta, agarrando los papeles a puñados y agitándolos después con la esperanza de que la tarjeta caiga al suelo. Pero, en su lugar, encuentro las escrituras de nuestra casa y un viejo libro de contabilidad. Facturas de la luz y del gas. Años de declaraciones de la renta que hacen que me detenga, porque, si hay algo que sé es que el Tío Sam no va a pagar devoluciones de impuestos sin un número de la seguridad social.

Dejo todo a un lado salvo las declaraciones de la renta. Dirijo la mirada de inmediato hacia las exenciones, el lugar donde alguien escribiría el nombre de las personas a su cargo y el número de la seguridad social de las mismas, a saber, yo y mi número de la seguridad social. Salvo que, cuando acudo a buscarlo, descubro que la línea está en blanco. Mi madre no me puso como persona dependiente de ella y, aunque compruebo dos veces el año de la declaración para asegurarme de que hubiera nacido en su momento, veo que sí. Que tenía once años cuando se rellenó esa declaración.

Y, aunque no sé mucho sobre impuestos sobre la renta, sí que sé que le habría ahorrado a mi madre unos dólares si se le hubiera ocurrido utilizarme como deducción de impuestos. Un regalo del Tío Sam en forma de bebé.

Me pregunto por qué mi madre, que era austera hasta decir basta, no me declaró como persona dependiente aquel año.

Supongo que sería un error. Un descuido, nada más. Rebusco entre los papeles hasta encontrar otra declaración —esta de cuando yo tenía cuatro años—, busco en ella mi nombre y mi número de la seguridad social, pero no los encuentro por ninguna parte. Otro año más que mi madre no declaró mi existencia.

Las reviso todas, las seis declaraciones de la renta que logro encontrar —mis movimientos se vuelven más rápidos y frenéticos a medida que rebusco— y descubro que mi madre no me declaró como persona dependiente ni una sola vez.

Apago la luz y vuelvo a meterme en la cama. Me quedo ahí tumbada, preguntándome por qué mi madre no me declaró como persona a su cargo. ¿Qué sabía ella sobre Hacienda que desconozco? Probablemente mucho, imagino. Yo no pago impuestos. Nunca en mi vida me han enviado un cheque los de Hacienda. Mi único conocimiento se basa en las cosas que he oído, escuchando a clientes como el señor y la señora Ricci, cuando debaten sobre si podrían declarar los despilfarros de la señora Ricci como exenciones; toda esa ropa cara que traía a casa en el maletero de los taxis.

Mi madre debía de tener una buena razón para hacer lo que hizo.

Escucho el reloj. Tic, tac. No me molesto en cerrar los ojos salvo para parpadear, porque sé que no voy a quedarme dormida. Me subo la manta hasta el cuello porque en la habitación hace frío. Aunque el termostato de abajo está puesto a veinte grados, todavía no he oído ponerse en marcha la calefacción.

El otoño ya está aquí y pronto llegará el invierno.

Estoy frotándome las manos para intentar entrar en calor. Las froto con fuerza y después las aprieto contra mis mejillas. Froto y aprieto, froto y aprieto. Y es entonces cuando oigo un ruido.

Es algo súbito, la clase de ruido que me hace incorporarme en la cama, que me hace contener la respiración y escuchar.

La única manera de describirlo es un pitido. Un pitido y después nada. Es un sonido penetrante cuando se produce, como una especie de campanada mecánica. Los dos segundos que transcurren entre un pitido y otro suponen un breve alivio. Me froto las orejas, convencida al principio de que el ruido surge de ahí, de mis propios tímpanos. Que solo son acúfenos, un pitido en los oídos, algo que solo oigo yo.

Pero entonces me doy cuenta de que no procede de mis oídos.

Procede de algún lugar situado al otro extremo de la habitación.

Me quedo mirando la oscuridad, pero no veo nada. Está demasiado oscuro para distinguir nada, salvo mi propia mano cuando me la acerco a la cara. Así que me destapo, me levanto y sigo el sonido. Me muevo a ciegas, guiándome con los pies, a pasos cortos porque no sé lo que tengo delante. No sé dónde termina el dormitorio y empiezan las escaleras. He de tener cuidado para no caerme.

Bordeo la cama hasta llegar al otro lado de la habitación, con los hombros encorvados porque el techo abuhardillado me impide ponerme recta. Desde ahí, el ruido asciende procedente del suelo.

Me arrodillo y paso las manos por una rejilla metálica que hay en el suelo, una de esas rejillas situadas al final de un conducto de ventilación que, por debajo del suelo, conduce hasta otra habitación de la casa. De ahí es de donde procede el ruido, de otra habitación de la casa. En mi imaginación, veo un mazo golpeando las tiras metálicas de una rejilla de ventilación situada en otra parte, porque eso es lo que me parece a mí. Como un choque de metal contra metal, rítmico y constante.

Me tumbo en el suelo y pego la oreja a la rejilla para oírlo con más claridad. El golpeteo. Pienso en un sonar emitiendo ondas bajo el agua y esperando a que regresen, para ver si hay algo ahí fuera, algo como ballenas o submarinos. Salvo que la única cosa que hay aquí soy yo.

Se me ocurre entonces algo muy extraño. Algo irracional, pero que tiene sentido.

Hay alguien intentando hablar conmigo. Comunicarse conmigo.

Vuelvo a pegar los labios a la rejilla metálica y fría y digo:

—¿Hola?

Al principio no hay respuesta. El sonido desaparece y me quedo allí sentada, esperando como una tonta a que alguien me responda a través del conducto del aire, y entonces me doy cuenta de que esto es ridículo. Claro que no hay nadie al otro extremo del conducto intentando hablar conmigo.

Porque, si lo hubiera, eso significaría que estaría en la cochera conmigo.

Noto un escalofrío que me sube por la espalda, vértebra a vértebra.

¿Hay alguien en la cochera conmigo?

Me pongo en pie y avanzo a ciegas por la habitación; más deprisa esta vez, sin preocuparme por caerme escaleras abajo. Extiendo el brazo y enciendo la luz del dormitorio. Un brillo amarillento inunda la estancia y acaba con la oscuridad. Me sitúo en lo alto de las escaleras y contemplo el resto de la cochera, atenta a cualquier sonido o movimiento. Pero no hay nada.

—¿Hay alguien ahí? —digo desde lo alto de la escalera, con voz tímida y asustada. El corazón me late con fuerza; empiezan a sudarme las manos. No aparece nadie durante tres o cuatro minutos y, con el tiempo, la lógica empieza a hacer su trabajo. Sacudo la cabeza y me siento estúpida.

Claro que no hay nadie.

La culpable es la novedad de la casa. Por eso estoy nerviosa. Porque, por primera vez en mi vida, estoy sola en un lugar nuevo. Me siento perdida sin mi madre, sin saber quién soy ni a qué lugar pertenezco. Si acaso pertenezco a algún lugar.

Apago la luz del dormitorio y la oscuridad vuelve a tragarse la habitación. Ahora está más oscuro que antes porque mis ojos se han acostumbrado a la luz. Avanzo por la estancia hacia la cama, recordándome a mí misma que esta casa es vieja. Las casas viejas tienen todo tipo de ruidos raros, pero inofensivos. Ratas que viven bajo el aislamiento, los cimientos de la estructura, el agua que circula por las cañerías. De eso se trata.

Cuando llego a la cama, estoy casi convencida.

Hasta que, segundos más tarde, oigo las voces. Voces de mujer, a juzgar por el tono, más agudo que el de un hombre. Tomo una bocanada de aire y aguanto la respiración, sin poder creer lo que estoy oyendo.

Hay alguien ahí.

Resulta difícil oír las voces, como si estuvieran a un millón de kilómetros; el sonido queda entorpecido por la distancia y la red de tubos de aluminio que forma el sistema de ventilación. Al principio solo son sonidos, la cadencia de unas mujeres hablando, pero sin ninguna palabra inteligible.

Hasta que distingo algo.

—Ya no tardará —oigo que dicen, y al principio me asusto. Me tiemblan las rodillas. Se me cierra la garganta. Me llevo las manos al cuello sin pretenderlo y aprieto contra mis cuerdas vocales. Se me ha secado la lengua y, aunque tengo frío, el sudor recubre mi piel.

Me imagino a las mujeres en una especie de habitación aislada, a juzgar por cómo suenan sus voces. Pacientes en un hospital psiquiátrico, con las paredes cubiertas de plástico y espuma; una puerta, acolchada por dentro, pero reforzada con acero. No tiene picaporte. No hay manera de salir. Me imagino a las mujeres ahí.

Regreso hasta la rejilla de ventilación del suelo y me tumbo al lado. Pego la oreja a la rejilla, deseo que las voces vuelvan, pero, al mismo tiempo, espero que no lo hagan. Porque rezo para que no haya nadie allí.

Hablo hacia el conducto de ventilación y la voz me sale asustada al principio.

—¿Qué? ¿Qué es lo que no tardará? —Pero mis palabras son solo un susurro y, aunque estuvieran en la misma habitación que yo, a un metro de distancia, no me oirían.

Me rodeo los labios con las manos y los pego a la rejilla, tanto que saboreo el metal amargo con la lengua. Vuelvo a hablar con más fuerza y énfasis que antes.

—¿Me oyen? ¿Hay alguien ahí?

Las únicas palabras que distingo suenan bajas y lastimeras.

—No reacciona. —No es una respuesta a mi pregunta. Sea quien sea, no puede oírme.

Las voces suenan huecas al principio, pero después se callan. Desaparecen por completo y me quedo ahí sentada, con la oreja pegada a la rejilla. Pero el único sonido que oigo es el tictac del reloj de pared.

Tengo el pulso acelerado. Lo noto en la sien y en la muñeca. El viento sacude la cochera y se cuela siseando por la grieta de la ventana.

Justo entonces surge del suelo un sonido y me imagino que han vuelto. Las mujeres, las voces. El pitido. Pego la oreja a la rejilla metálica y escucho.

Pero esta vez lo único que sale es una ráfaga de aire tibio que me golpea en la cara.

La calefacción. Por fin se ha puesto en marcha.

Pienso en el laberinto de tubos que recorren la casa hasta llegar a esta habitación desde la caldera. Las tuberías y los conductos. Un sistema que, en una casa tan antigua, gimotea en cada curva como las voces agudas de las mujeres que hablan, un gimoteo que mi mente cansada ha convertido en palabras. No había mujeres aquí.

Era la caldera al ponerse en marcha y empezar a producir calor. La caldera que expulsa aire a la casa. Ahora suena como un chirrido, y acerco las manos a la rejilla para calentármelas.

De pronto soy consciente de que me duele todo el cuerpo.

El insomnio me ha robado el sueño y ahora también está robándome la mente. Deshaciendo mi materia gris. Me pregunto cuánto tiempo podré pasar sin dormir.

Vuelvo a la cama, me tumbo sobre el colchón y me quedo mirando el cielo a través de la ventana abierta. Está negro, aunque amanecerá antes de que me duerma. No en un abrir y cerrar de ojos, porque el insomnio no funciona así.

Cuando no puedes dormir, el tiempo es como un perezoso de tres dedos.

eden

2 de agosto de 1996
Egg Harbor

Los días se hacen más largos ahora que hemos terminado de instalarnos en la casa. Las paredes están pintadas; las cajas están vacías. Con el jardín es cuestión de dejar pasar el tiempo, mirando el suelo, a la espera de que aparezca algo. Siempre a la espera.

Cada día, cuando Aaron se ha ido a trabajar, las diez horas siguientes se me hacen eternas. Diez horas sin nada que hacer salvo esperar a que Aaron vuelva a casa y me haga compañía. Por las tardes me siento sola; cuando ceno me siento sola. No puedo quedarme dormida hasta que Aaron, completamente agotado tras otro turno de trabajo, se deja caer en la cama junto a mí, y tampoco puedo confesarle que me siento sola y aburrida.

Antes de abandonar Green Bay, trabajaba como recepcionista para un pediatra local. No era nada glamuroso ni ambicioso; respondía al teléfono, recibía a los clientes, codificaba los historiales médicos, me encargaba de las facturas, pero al menos era algo. Sin embargo, ahora Aaron ha sugerido que no trabaje, que me quede en casa, que dentro de poco tendremos un bebé que criar y entonces tendré algo que hacer.

De vez en cuando Miranda y sus hijos vienen de visita, porque sus tardes también son largas y solitarias. Nos sentamos en el jardín de atrás y vemos a Jack y a Paul jugar en el columpio del árbol. Escucho a Miranda despreciar la paternidad, quejarse de su marido y de sus hijos, del tedio de su día a día: los gofres congelados, el sirope en el pelo, la hora del baño, los libros que se supone que sus hijos y ella deben leer, pero que nunca leen porque es mucho más fácil dejar que vean la tele. Su marido, Joe, quiere que limite el tiempo de tele a una hora al día, y Miranda se rio y dijo que Joe no tenía ni idea de lo que era estar embarazada, de lo que era tener que criar a dos torbellinos como Jack y Paul. Necesita toda la tranquilidad que pueda hallar, incluso aunque eso suponga dejar a los niños sentados frente a la tele durante cinco horas seguidas, tan cerca de la pantalla que seguro que se quedarán sordos y ciegos. Le da igual. Cualquier cosa con tal de que estén callados.

Esas son las palabras que utilizó Miranda y yo me quedé mirándola con la boca abierta; no podía creer lo que estaba oyendo. Le di la razón a Joe y dije con mucha delicadeza que había leído que demasiada televisión puede producir obesidad infantil y agresividad, entre otras cosas, pero ella le quitó importancia y dijo que yo no sabía nada de ser madre.

—Espera a que seas madre —me dijo—. Entonces ya verás —agregó mientras apoyaba los pies descalzos en mi silla de jardín y bebía su limonada.

Y luego, cuando el adorable Paul vino corriendo, acalorado y sudoroso, e intentó sentarse en su regazo, Miranda lo apartó.

—Venga, colega, hoy hace demasiado calor para sentarse encima —le dijo quitándoselo de encima, como si el niño fuese una especie de bicho que le hubiera aterrizado en las piernas.

En ese momento, lo que quise hacer, lo que debería haber hecho, fue sentarlo en mi regazo. Dejarle apoyar la cabecita en mi hombro durante un rato. También estaba cansado, además de acalorado y sudoroso, y rogaba con la mirada un baño de agua fría y una siesta, aunque Miranda estaba demasiado ocupada quejándose de la cruz de la maternidad y todavía no estaba lista para irse.

De pronto deseé sentir su peso sobre mis piernas; anhelé notar el calor de su piel contra la mía. Quise apartarle los rizos rubios de los ojos.

He empezado a fijarme en los niños con más frecuencia que antes. Niños pequeños, niños mayores. Bebés. Niños en el parque. Niños en el mercado. Niños que pasean por las calles del pueblo, de la mano de sus padres y madres. Parece que, de pronto, todo el mundo tiene hijos, todo el mundo salvo Aaron y yo.

¿Acaso era así antes y no me daba cuenta?

¿O han llegado de pronto justo cuando Aaron y yo decidimos intentarlo?

No senté a Paul en mi regazo como quería hacer, en su lugar le vi hacer pucheros mientras se alejaba, ahuyentado del regazo de Miranda con sus propias manos. Miraba al suelo y le temblaba el labio. Empezó a llorar, pero no eran lágrimas de cocodrilo, sino lágrimas silenciosas, de vergüenza, las lágrimas de alguien al que le han dicho demasiadas veces que no llore.

Y, cuando desapareció por una esquina del jardín para estar triste, Miranda soltó un enorme suspiro de alivio, agradecida de que Paul se hubiera ido y ella pudiera respirar de nuevo.

14 de agosto de 1996
Egg Harbor

Empieza a quedar claro que el sexo por sí solo no nos va a dar un bebé.

Cuando me he despertado esta mañana con sangre en la ropa interior y un calambre en la tripa, he sabido que había pasado otro mes y seguía sin quedarme embarazada. Después del segundo mes intentándolo, esa sangre en la ropa interior ha sido un duro golpe, y allí, en el baño, encorvada sobre la taza del váter, mientras contemplaba las manchas rojas en el forro de mis bragas de encaje favoritas, he empezado a llorar. No he hecho ruido para que Aaron, que estaba en la cocina preparando el café, no se diera cuenta. No quería que supiera que estaba triste. Por alguna razón, me había convencido a mí misma a lo largo de los últimos días de que cada pinchazo o molestia que sentía eran los primeros síntomas del embarazo. La sensibilidad en el pecho, el deseo de devorar cualquier cosa que encontrara en la despensa, sobre todo cosas con mucha grasa y calorías.

Pero resulta que no eran síntomas del embarazo, sino del periodo. Los mismos que he sentido cada mes desde hace quince años, desde séptimo curso, cuando me bajó la regla en clase de Ciencias y la sangre roja se filtró a través de los vaqueros cortos de color blanco que llevaba puestos. Y ahora mi reloj biológico me había convencido de que estaba embarazada. Estaba segura de haber tenido náuseas matutinas, cuando en realidad era el cambio de las hormonas, mi útero, que despejaba la zona y preparaba el camino para recibir una vida que nunca llegaría.

Ahora me siento vacía, como si me hubieran robado algo que era mío, pero ¿por qué?

¿Cómo puedo llorar por algo que nunca he tenido?

Cuando Aaron se ha marchado a trabajar, me he limpiado las bragas con detergente y lejía y me he ido al pueblo. No me atrevía a contarle lo de la sangre. No hablamos de bebés y de embarazo, ni usamos palabras como «ovulación», o «concebir». En general, nos limitamos a tener relaciones sexuales, aunque en el fondo en lo que pienso, en lo que ambos pensamos cuando nos quedamos tumbados después de hacer el amor, yo con la cabeza apoyada en su pecho mientras sus manos cálidas me acarician la espalda arriba y abajo, es en el producto final, el resultado, nuestra creación; como si Aaron y yo nos fusionáramos y creáramos un bebé que tuviera lo mejor de él y lo mejor de mí.

Sé que lo desea tanto como yo.

Solo una vez me susurró, tumbados ambos en la oscuridad del dormitorio, mientras recuperábamos la respiración después de hacer el amor, que se preguntaba qué aspecto tendría. Le pregunté a quién se refería y me dijo: «Nuestra hija». Sonreí de oreja a oreja y, al decirle que no lo sabía, me dijo: «Seguro que se parece a ti».

Y me besó despacio, la clase de beso que me llegó hasta todos los rincones del cuerpo. Y, aunque no me lo dijo, supe que, a sus ojos, si nuestra hija se pareciera a mí, sería la niña más guapa del mundo.

Nunca en mi vida nadie me había hecho sentir tan especial como Aaron.

Le he visto ocuparse del jardín, he visto el cuidado con que transporta los semilleros del invernadero al jardín, con un evidente instinto paternal; excava los agujeros perfectos y se asegura de las dimensiones para que encajen bien; coloca los semilleros biodegradables en la tierra con el mismo cuidado con el que dejaría a un bebé en su cuna, después los cubre de tierra como si tapara a un niño con una manta. Riega la tierra y espera. Y, mientras lo hace, le observo, contemplo esa figura imponente que solo por su estatura debería ser cualquier cosa menos tierna y dulce, y sin embargo lo es. Últimamente lleva el pelo muy corto, porque es más fácil de esconder bajo el gorro de cocinero y que así nadie diga que ha encontrado un pelo en la comida, al menos no será un pelo suyo; tiene las manos y los antebrazos llenos de arañazos y quemaduras. Los tiene desde que recuerdo: medallas de honor, heridas de guerra de sus años de formación como cocinero.

Hay veces en las que no puedo apartar la mirada de esas cicatrices.

Cada vez que recorre con cuidado el jardín, ocupándose de las semillas, atento a no pisar los vástagos, pienso en lo buen padre que será, tan paciente, tan protector, tan cariñoso, igual que conmigo.

De modo que decirle que me ha bajado la regla sería como confesarle que, aunque hemos vuelto a intentarlo este mes, aunque hemos intentado concebir un bebé, hemos fracasado.

Tras secarme las lágrimas me he reunido con él en el muelle para tomar el café y ver juntos los barcos. Poco después de las dos de la tarde, como siempre, se ha marchado a trabajar y he vuelto a quedarme sola.

jessie

Todo cambia con el amanecer.

Cuando sale el sol e ilumina el horizonte, el mundo se vuelve brillante. La carga asfixiante de la noche desaparece. Por primera vez en ocho largas horas, puedo respirar.

A la luz del día, me sitúo sobre la rejilla de ventilación del suelo del dormitorio, con los pies a cada lado. Contemplo ese rectángulo negro que hay entre mis piernas. No tiene nada de siniestro; no es más que una rejilla metálica normal y corriente, fría ya, porque la caldera ya se ha apagado. Me froto los brazos para intentar que entren en calor.

Me ducho, me visto y comienzo mi día. Fuera hace frío, no más de cinco grados, que subirán hasta dieciocho a mediodía. El cielo está azul de momento, aunque hay pronóstico de lluvia. La hierba está húmeda por el rocío. Tengo los dedos fríos cuando cierro la puerta con llave.

Desde mi posición, veo a mi casera a través de la ventana de su cocina. Está de espaldas, no es más que un moño de pelo y un jersey azul que se junta con los listones de madera de la silla. Es una imagen muy distorsionada, enturbiada por el reflejo del mundo exterior en el cristal. No me ve.

Podría llamar a su puerta y presentarme, pero ese no es mi estilo.

Bordeo la cochera y recojo a mi Siempre Fiel del callejón donde la había dejado, apoyada contra la pared. La hiedra crece por el ladrillo del garaje, las hojas empiezan a ponerse rojas. El callejón está abandonado. No hay nada más que puertas de garaje y contenedores de basura del Ayuntamiento de Chicago. No hay gente. No hay ratas. No hay gatos salvajes. No hay rastro de vida por ninguna parte. Dejo la urna de mi madre en la cesta del trasportín, que no es más que una caja metálica de leche que llevo atada con cintas elásticas. Me pongo en marcha.

No es ningún secreto que Chicago es la ciudad con más callejones del país, con más de mil quinientos kilómetros de callejuelas sombrías. La clase de lugares oscuros donde la gente suele esconder su basura y sus miserias.

El tráfico de la mañana es un caos, como siempre. Millones de personas yendo de aquí para allá como ganado. Mi primera parada es la de siempre: café. Lo pido para llevar con un poco de azúcar en la pastelería, donde los dónuts están recién hechos y el café es barato y está caliente. No puedo gastarme seis pavos al día en café, y la dueña me conoce, más o menos. Siempre me saluda y me llama Jenny, y no tengo valor para decirle que, después de todos estos años, está equivocada. Dejo el café en el posavasos, empiezo a pedalear y me dirijo hacia el centro. Me tomo mi tiempo, voy rodeando los coches y las furgonetas que han aparcado ilegalmente en los carriles bici, con cuidado de evitar las alcantarillas de la ciudad. Me mantengo alejada de los baches.

Al no haber encontrado mi tarjeta de la seguridad social en la caja de papeles de mi madre, he empezado el día con una idea en la cabeza: conseguir una nueva. Eso y averiguar cómo sacar mi nombre de la lista de personas fallecidas. Me encamino hacia la Oficina de la Seguridad Social y allí, tras hacer cola durante una hora, descubro que para conseguir una nueva tarjeta de la seguridad social necesito demostrar quién soy. Algo más legítimo que solo mi palabra. Tengo que aportar algún tipo de documentación oficial, como un carné de conducir o un certificado de nacimiento donde diga que soy Jessica Sloane, pero no tengo ninguna de esas dos cosas.

Siguiendo el consejo de un empleado de la Oficina de la Seguridad Social, me dirijo después a la Oficina de Administración del Condado de Cook, situada en el Centro Richard J. Daley —la Oficina del Registro Civil— con la esperanza de localizar mi certificado de nacimiento.

Cuando llego al Centro Daley, la plaza está llena de gente. Encadeno a Siempre Fiel al aparcabicis de fuera y me fijo en los hombres y mujeres de traje que recorren la plaza a grandes zancadas. Paso por delante del Picasso y entro en el imponente vestíbulo, donde hago cola para pasar el control de seguridad, viendo cómo los demás se vacían los bolsillos a la velocidad de un caracol. Paso por la máquina de rayos X y registran el contenido de mi bolso. Cuando deciden que soy inofensiva, el guardia me envía a la Oficina de Administración, que está en la planta inferior del edificio.

Hay mucha gente esperando frente al ascensor, de modo que bajo sola por las escaleras y después ocupo mi lugar en una larga cola, suspiro en solidaridad con aquellos que esperan también, evitando el contacto visual, perdiendo la paciencia.

Cuando llega mi turno, una empleada grita «Siguiente», con la mano levantada para que la vea, encorvada sobre una pantalla de ordenador, con los hombros caídos. Me dirijo hacia ella y le digo lo que necesito.

De pronto me doy cuenta de toda la información que voy a poder encontrar cuando la mujer localice mi certificado de nacimiento. No solo la documentación que necesito para demostrar que soy Jessica Sloane, sino el lugar donde nací. La hora exacta a la que salí del vientre de mi madre. El nombre del ginecólogo que estaba allí, esperando para agarrarme al caer.

El nombre de mi padre.

Dentro de pocos minutos, sabré de una vez por todas quién es. No solo hallaré pruebas de mi propia identidad, sino también de la de mi padre.

Nunca habría hecho algo tan flagrante como buscar mi certificado de nacimiento en el Registro Civil si mi madre siguiera viva. Eso le habría roto el corazón, que yo tuviera acceso a todas esas cosas que nunca quiso que supiera. Registrar nuestro hogar me pareció algo inocente, pero localizar mi certificado de nacimiento me resultaría un acto atroz si ella siguiera aquí.

Pero mi madre me dijo que me encontrara a mí misma, y eso es lo que intento hacer. Ir a la universidad, hacer algo en la vida. Algo de lo que mi madre estuviera orgullosa, y no puedo hacer ninguna de esas cosas sin una tarjeta de la seguridad social.

—Necesito una copia de mi certificado de nacimiento —le digo a la empleada. Se me acelera el corazón cuando me acerca un formulario de solicitud por encima del mostrador. Me dice que lo rellene. Agarro un bolígrafo y relleno todo lo que puedo. No es mucho. No puedo responder a la pregunta relativa a mi lugar de nacimiento ni nada que tenga que ver con mi padre; su nombre o dónde nació.

La funcionaria se apiada de mí cuando dejo de escribir durante unos segundos. Suaviza ligeramente la mirada y me dice:

—No tiene que rellenarlo todo. —Y contempla la urna que llevo bajo el brazo, viendo que he detenido el bolígrafo sobre las palabras «nombre del padre»—. Solo aquellas cosas que conozca —añade, y me dice que puede intentar buscarlo con lo poco que sé. Le devuelvo el formulario, medio relleno, y me dice que solo necesita el pago y ver una identificación con foto.

Una identificación con foto.

Resulta fácil explicar por qué no tengo ninguna identificación con foto. Porque, llegado este momento en la vida, casi todo el mundo tiene carné de conducir, que es algo que tampoco tengo. Porque el cáncer apareció el año en que cumplí quince, el año en que debía inscribirme en las clases de conducir organizadas por el instituto después de clase. Porque, tras saber que mi madre tenía un tumor invasivo en el pecho izquierdo, saber conducir un coche —en una ciudad donde no necesitábamos ni teníamos coche— no era prioritario. Porque me pasaba las tardes con mi madre, montadas en el autobús para acudir al sinfín de citas médicas, o trabajando para ayudar a pagar la casa y sus facturas médicas. Porque, cuando supe que había muchas probabilidades de que mi madre muriera, quise pasar cada minuto que pudiera a su lado.

Y, aun así, no quiero contarle a la empleada la situación en la que me encuentro, porque sé cómo le va a sonar. Así que, en vez de sincerarme, rebusco en los bolsillos de los vaqueros y doy la vuelta al forro. Introduzco la mano en las profundidades de mi bolso en busca de algo que sé que no está allí. Saco treinta dólares de mi cartera —el certificado de nacimiento solo cuesta quince— e intento dárselos a la mujer.

—Quédese con el cambio, por favor —le digo, y me quejo de que llevaba el carné de conducir en el bolso esta misma mañana. Que debe de haberse caído de la cartera al entrar. Que estaba aquí, pero ahora no está.

Aprieto la urna contra mi pecho, con la esperanza de que la mujer se apiade de mí, se guarde los quince dólares extra y me dé lo que necesito. Se queda mirando el dinero durante un minuto y después me pregunta si tengo alguna otra identificación. Una tarjeta del seguro o del censo electoral, pero niego con la cabeza y le digo que no. No tengo ninguna de esas dos cosas. Mi madre tenía un seguro de salud. Un plan muy barato que ayudó a pagar el tratamiento del cáncer, aunque sigo más endeudada de lo que me atrevo a imaginar. Pero mi madre nunca me incorporó a su seguro porque decía que era algo que no necesitaba. Era joven, estaba sana y las visitas ocasionales a la clínica podían pagarse en efectivo. Las vacunas escolares me las ponía en el Departamento de Salud Pública porque eran baratas.

—¿Tiene algo de correo con su nombre? —me pregunta la mujer, pero me encojo de hombros y le digo que no. Se queda mirándome con incredulidad. Soy tan escéptica como cualquiera, así que sé cómo suena esto.

—Por favor, señora —le ruego. Estoy cansada y no sé qué más hacer. Noto los ojos cansados, a punto de cerrárseme. Siento el deseo imperioso de tumbarme en el suelo y dormir. Salvo que se trata de una broma que está gastándome mi cuerpo. Aunque me tumbara en el suelo de linóleo, seguiría sin dormir—. Necesito el certificado de nacimiento —insisto, arrastrando los pies sin moverme del sitio, y no sé si será porque se me quiebra la voz o porque los ojos se me llenan de lágrimas, pero la mujer se inclina hacia delante y retira el dinero del mostrador. Agarra los billetes con una mano y los cuenta uno a uno. Examina rápidamente la sala para ver si hay alguien mirando, escuchando.

—Vamos a hacer una cosa —susurra—. Primero veamos si encuentro algo. Luego ya veremos qué hacer con lo de la identificación.

Le digo que vale.

Agarra el formulario y empieza a escribir información con el teclado.

Noto el corazón acelerado en el pecho. Me sudan las manos. En pocos minutos sabré quién es mi padre. Empiezo a pensar en su nombre. En si seguirá vivo. Y, si es así, si piensa en mí como pienso yo en él.

Ya hay como veinte personas esperando detrás de mí. La sala no es muy grande. Es una estancia anodina y triste, y todos se miran entre sí como si fueran delincuentes. Las mujeres se aferran a sus bolsos. Un niño en la cola grita que tiene que hacer pis. Mientras chilla, miro por encima del hombro para ver a ese pobre niño, de unos cuatro años, con la mano en la ingle, los ojos muy abiertos, a punto de explotar, mientras su madre le lee la cartilla por sentir la llamada de la naturaleza.

—No se ha encontrado ningún registro —me informa entonces la mujer. No son en absoluto las palabras que esperaba oír. Me quedo desconcertada, con la boca abierta. Durante varios segundos me siento incapaz de producir pensamientos o palabras coherentes.

Me esfuerzo por recuperar la voz.

—¿Está segura de haberlo escrito bien? —le pregunto, y me la imagino buscando las teclas con la mirada, pulsando por error una letra de más, escribiendo mal mi nombre.

Pero su rostro permanece impávido. No vuelve a intentarlo, como esperaba que hiciera. No mira la pantalla del ordenador para comprobar si está bien.

—Estoy segura —me dice, y levanta la mano para llamar al siguiente cliente.

—Pero espere —le digo. No estoy dispuesta a rendirme todavía.

—No se ha encontrado ningún registro, señorita —vuelve a decirme.

—¿Qué significa eso de que no hay ningún registro? —le pregunto, incrédula, porque de pronto me doy cuenta de que, en vez de estar muerta, el quid de la cuestión es que ni siquiera hay registro de mi nacimiento.

No puedo estar muerta porque ni siquiera he nacido aún.

La Oficina del Registro Civil ni siquiera sabe que existo.

—Debe de haber encontrado algo —le digo sin esperar respuesta. Elevo la voz—. ¿Cómo no voy a tener un certificado de nacimiento si es evidente que estoy viva?

Y entonces me pellizco un trozo de piel del brazo y veo como se hincha y se pone rojo antes de volver a su tamaño normal. Lo hago para que tanto ella como yo veamos que estoy viva.

—Señorita —me dice, y percibo un cambio en su actitud, su empatía está dejando paso al fastidio. Me he convertido en una molestia—. Ha dejado en blanco la mitad del formulario.

Le respondo que me ha dicho que podía hacerlo. Que ella ha sido la que ha dicho que no era necesario rellenarlo entero. Me ignora y sigue hablando.

—¿Quién sabe si nació siquiera en Illinois? ¿Nació en Illinois? —me pregunta, desafiante, y me doy cuenta de que no lo sé. No sé dónde nací. Lo he dado por hecho toda mi vida. Porque mi madre nunca me dijo lo contrario y no se me ocurrió preguntar—. El hecho de que no se haya encontrado ningún registro significa que no podría localizar un certificado de nacimiento con la información que me ha proporcionado. Si quiere encontrar su certificado de nacimiento, tendrá que rellenar el resto del formulario —me dice, me devuelve el formulario y me quedo mirando impotente los espacios en blanco, «nombre del padre», «lugar de nacimiento», y me pregunto si lo que he rellenado será verdad.

¿Mi madre siempre se apellidó Sloane igual que yo? Eso también lo he dado por hecho. Pero, si estaba casada cuando nací, tal vez tuviera un apellido diferente, un apellido que abandonara en algún punto a lo largo de los últimos veinte años por razones que desconozco.

—Y la próxima vez —continúa la funcionaria mientras retrocedo, perdida la esperanza, y me choco con otra mujer que está en la cola—, asegúrese de traer su identificación.

Salgo por la puerta y subo de dos en dos los escalones hasta el primer piso. La escalera del edificio es industrial y oscura, un destello gris que voy dejando atrás a toda velocidad. Asciende en círculos durante treinta pisos o más. Cuando llego a la primera planta, salgo por la puerta de la escalera y me encuentro el vestíbulo del Centro Daley abarrotado de gente. Agradezco el anonimato. Me camuflo entre adolescentes descarriados que han sido convocados a un juicio, esos con el pelo teñido de morado y la cabeza oculta bajo la capucha de una sudadera. Salgo a la calle y sigo sin saber quién era mi padre y sin poder demostrar mi identidad.

A los ojos del mundo, sigo muerta.

eden

14 de septiembre de 1996
Egg Harbor

El pueblo estaba hoy lleno de gente, como sucede siempre los domingos; turistas que intentan aprovechar los últimos días cálidos antes de la llegada del otoño. Ya estamos en septiembre, los días se acercan al equinoccio y, cuando septiembre dé paso al mes de octubre, este mar de gente se marchará por fin. Vienen por los cientos de kilómetros de costa, las múltiples tiendas de regalos, la comida. Pero, llegado diciembre, estando tan al norte de Wisconsin, las temperaturas bajarán hasta los menos seis grados, la nieve bloqueará las calles y el cielo se teñirá de un gris infinito. Y entonces nadie querrá estar aquí, y mucho menos yo. Aaron y yo pasaremos el invierno en el Medio Oeste como siempre hacemos, imaginando todos esos lugares cálidos del mundo a los que esperamos ir algún día, lugares donde el frío y la nieve no existen. Santa Lucía, Fiyi, Belice.

Lugares a los que nunca iremos.

Mientras Aaron estaba en el trabajo, he pasado el día deambulando por las calles del pueblo, haciéndome pasar por turista. He visitado las tiendas de regalos; me he comprado una camiseta y un helado, además de un libro sobre navegación. He tomado el ferri de Washington Island y he atravesado Death's Door. He empleado las últimas horas de la tarde en explorar las aguas cristalinas y las piedras blancas pulidas de Schoolhouse Beach, tratando de lanzar piedras para hacer que rebotaran, pero sin lograrlo, igual que no logro quedarme embarazada.

De vuelta en el pueblo, he visto a las familias ir de tienda en tienda, madres con carritos, padres con niños subidos a hombros. Me he quedado mirándolos mientras la tarde daba paso a la noche, sentada en un banco de Beach View Park, viendo como las familias extendían mantas y ocupaban su pequeña parcela de terreno para disfrutar de la puesta de sol.

Había niños por todas partes y he empezado a preguntarme por qué algo que abunda tanto puede ser tan difícil de conseguir.

8 de octubre de 1996
Egg Harbor

Cada vez que Miranda se pasa por casa con sus hijos, tiene alguna nueva sugerencia que hacerme, algún consejo sobre cómo acelerar la concepción. No hay ningún tema demasiado personal y delicado para tratar, desde el tipo de ropa interior que utiliza Aaron hasta las diversas posturas que, supuestamente, ayudan a la fertilización, mientras se recuesta en mi jardín trasero o en el sofá del salón, dependiendo del tiempo, y me enumera las razones por las que cree que Aaron y yo aún no hemos logrado quedarnos embarazados, aunque nunca se las he pedido.

Mientras habla, Jack y Paul pasan el rato ante nosotras, me cantan una canción que se han aprendido, hacen un truco de magia y demuestran lo mucho que pueden bizquear. Se plantan delante de mí mientras Miranda explica con detalle los efectos de la ropa interior ajustada en los genitales masculinos, y repiten una y otra vez: «Míreme, señorita Eden. Mire lo que sé hacer», y doblan la lengua por la mitad, o intentan estirarla hasta tocarse la punta de la nariz. Y, mientras Miranda eleva el tono de su voz para igualar las voces de sus hijos, me doy cuenta de lo necesitados de atención que están, percibo que darían cualquier cosa con tal de que su madre los mirase durante un minuto y alabase sus talentos. Siempre tienen suciedad debajo de las uñas y comida en las mejillas o en la barbilla. Suelen ir vestidos con ropa que no pega y que no es de su talla.

Yo les aplaudo, pero Miranda les dice que se vayan. Que se vayan a jugar.

Todos los días.

A medida que su vientre crece y crece, Miranda me presiona para que me dé prisa, para que me quede embarazada y que así su bebé y el mío puedan ir juntos al colegio, como le prometí.

Si espero mucho más, irán a cursos diferentes.

Eso es lo que me ha dicho Miranda.

—El límite está en septiembre, ¿lo sabías?

Según la cronología de Miranda, tengo hasta septiembre del año que viene para tener un bebé. Doce meses, lo que me deja solo tres para quedarme embarazada.

—No es que no lo estemos intentando —trato de explicarle, y ella responde agitando la mano y diciendo «lo sé, lo sé», y entonces volvemos al tema de la ropa interior. Para ayudar con nuestros problemas de fertilidad, me sugirió colocar una almohada debajo de mis caderas para ayudar a orientar el esperma en la dirección correcta.

—Todo es cuestión de gravedad —me dice.

En cada visita veo como su tripa crece y sus camisas de premamá ya no logran cubrirle la barriga. Me digo a mí misma que sus sugerencias no son más que cuentos de viejas, que no están basadas en hechos reales, pero ¿cómo voy a saber si eso es cierto?

Aunque hoy, cuando se ha tumbado en mi sofá, mirándome con la misma expresión —con la boca abierta y las cejas arqueadas—, y me ha preguntado si llevaba la cuenta de mi ovulación, he caído en que yo había sido una estúpida y una ingenua.

Esta era nuestra primera incursión en la concepción de un bebé. Estaba segura de que era algo que sucedería sin más, que no era necesario planificarlo. En su momento le he dicho que sí, que claro que llevaba la cuenta de los días, porque no me atrevía a decir lo contrario, a admitir que nunca se me había ocurrido averiguar qué días estaba ovulando y qué días no. Tanto Aaron como yo venimos de familias numerosas, y nuestros padres han sido bendecidos con un gran número de nietos. Parecía algo evidente que, pasado un tiempo, después de meses despertándome por la mañana con los dedos de Aaron recorriendo mi piel desnuda, con sus pulgares que agarraban el elástico de mis bragas de encaje y me las bajaban con suavidad por los muslos, tarde o temprano lo conseguiríamos. Concebiríamos un bebé como habíamos planeado.

Pero, por primera vez, me he dado cuenta de que para esto va a hacer falta algo más que tiempo.

Después de que Miranda se marchara, he ido a la biblioteca a buscar una guía sobre el embarazo, y allí, entre pilas de libros, he averiguado mi ciclo menstrual aproximado. He deducido el primer día de mi última regla. He contado hacia atrás, he hecho los cálculos. No sería perfecto, lo sabía —mis reglas nunca habían sido perfectas—, pero se le acercaría. Y, para mí, algo cercano a la perfección siempre era mejor que nada.

Y ahora, sabiendo que dentro de dos días estaré ovulando, me invade de nuevo la esperanza. Aaron y yo estábamos haciéndolo mal desde el principio, ignorando los mejores momentos para quedarme embarazada, mis días más fértiles, esas horas insignificantes en las que puede tener lugar la concepción. De camino a casa he parado en el mercado y he comprado un calendario. Una vez en casa, con un bolígrafo rojo, he rodeado mis días más fértiles de los próximos tres meses, hasta final de año.

Esta vez lo conseguiremos.

jessie

Empujo las puertas giratorias, salgo a la calle y atravieso la plaza. Me detengo junto a la Eternal Flame, abrumada de pronto por la necesidad de saltar la valla y tumbarme junto a la pequeña llama en posición fetal. Caer de lado sobre el hormigón frío, junto al monumento a los soldados caídos. Llevarme las rodillas al pecho entre todas esas palomas que se acurrucan a su alrededor, tratando de mantener el calor. El terreno que rodea la llama está lleno de aves y el hormigón se ha quedado blanco por sus excrementos. Ahí es donde quiero tumbarme. Porque estoy tan cansada que ya no puedo permanecer en pie.

La gente pasa apresurada junto a mí. Nadie se molesta en mirar. Un hombro veloz se choca con el mío. El hombre no se disculpa y pienso: «¿podrá verme?, ¿acaso estoy aquí?».

Me dirijo hacia el aparcabicis y encuentro a Siempre Fiel atrapada bajo los pedales y los manillares de una docena de bicicletas mal colocadas. Tengo que tirar con todas mis fuerzas para sacarla, y aun así no lo consigo. La frustración provocada por mi identidad bulle en mi interior y de pronto siento que voy a perder los nervios. Con toda esta burocracia que me impide conseguir lo que necesito, que me impide demostrar quién soy. Estoy empezando a dudar de mí misma. ¿Acaso sigo aquí?

Regresan entonces los efectos debilitantes del insomnio, de pronto y sin previo aviso. Los dolores invaden cada músculo de mi cuerpo porque no puedo dormir. Porque llevo tiempo sin dormir. Me duelen los pies. Las piernas amenazan con doblarse. Cambio el peso de un pie a otro, necesito sentarme. Durante unos segundos solo puedo pensar en eso.

En sentarme.

Siento pinchazos en las piernas. Tiro de la bicicleta con todas mis fuerzas, pero sigue sin moverse.

—¿Te echo una mano? —oigo que dice alguien detrás de mí y, aunque es evidente que me vendría bien, una parte de mí se siente tan molesta que me doy la vuelta con la intención de decirle a esa persona que lo tengo controlado. Con tono cortante y expresión seria.

Pero, al darme la vuelta, veo unos ojos azules que me miran. Ojos de un azul klein como esas bolas de chicle que caen de las máquinas de chicles. Y se me pierden las palabras en la garganta mientras me froto los ojos cansados para asegurarme de que estoy viendo lo que creo que estoy viendo. Porque conozco esos ojos. Porque he visto antes esos ojos.

—Eres tú —le digo, con sorpresa evidente en la voz.

—Soy yo —responde. Entonces extiende el brazo, levanta a Siempre Fiel por encima de las demás bicis, esas que la tenían prisionera. No le cuesta ningún esfuerzo, como si no pesara nada.

Tiene un aspecto distinto al de la última vez que lo vi. Porque la última vez estaba encorvado sobre la mesa de la cafetería, bebiendo café con sudadera y vaqueros. Ahora va vestido de punta en blanco con unos pantalones negros, camisa de vestir y corbata, y sé lo que eso significa. Significa que su hermano ha muerto. Su hermano, que tuvo un accidente de moto cuando un coche se le puso delante y salió disparado antes de estamparse de cabeza contra un poste, sin casco que le protegiera.

Pasó las noches en vela junto a la cama de su hermano mientras yo hacía lo mismo junto a mi madre. Y ahora, seis días más tarde, sus ojos siguen cansados y tristes. Cuando sonríe, resulta un gesto forzado y poco convincente. Se ha cortado el pelo. Su melena oscura y revuelta luce mucho más corta y, aunque no resulta remilgada o relamida, ni de lejos, sí que parece limpia. Lo lleva peinado hacia atrás. Muy diferente al pelo que veía aquellos días en la cafetería del hospital, con la cabeza oculta bajo una capucha roja. Solo hablamos una noche, cuando se quejó del café y me dijo que preferiría estar en cualquier otra parte. Aun así, tengo la impresión de que lo conozco. De que compartimos algo íntimo. Algo mucho más personal que el café. Que nos une una pérdida similar, que estamos juntos en nuestro dolor. Ambos somos daños colaterales en el fallecimiento de su hermano y de mi madre.

Deja a Siempre Fiel en el suelo y me pasa el manillar. Yo la agarro y veo que tiene las uñas mordidas y padrastros a los lados. Lleva una hilera de gomas elásticas en la muñeca, la última de las cuales asoma por debajo del puño de su camisa. Tiene una palabra tatuada en el dorso de la mano con tinta azul. No veo lo que pone.

Se pasa las manos por el pelo y solo entonces pienso en el aspecto que debo de tener.

Seguro que es malo.

—¿Qué estás haciendo aquí? —le pregunto, como si yo tuviera más derecho que él a estar allí.

Al hablar, utiliza frases incompletas, pero aun así me hago una idea.

—El velatorio —me dice—. St. Peter's. Necesitaba tomar el aire.

Señala hacia una iglesia situada a un par de manzanas, una que está demasiado lejos para verla desde donde nos encontramos. Aun así, miro y veo que el sol ha desaparecido, se ha ocultado tras una nube. Mientras estaba en el interior del edificio, las nubes han invadido la ciudad, una a una. Han cambiado el cielo azul de la mañana por uno blanco, lleno de bolas de algodón; el día se ha vuelto enigmático y gris.

No le pregunto cuándo o cómo ha muerto su hermano y él no me pregunta por mi madre. No hace falta, porque lo sabe. Percibe en mis ojos que ha muerto. Ninguno de los dos ofrece sus condolencias.

Se mete las manos en los bolsillos del pantalón.

—No me dijiste tu nombre —me dice. Si yo fuera la clase de chica que se siente cómoda en situaciones como esta, respondería algo mordaz como: «No me lo preguntaste».

Pero no lo hago, porque no es ese tipo de conversación y no soy esa clase de chica.

—Jessie —le digo, y le ofrezco la mano a modo de presentación. Su apretón es firme y su mano cálida al estrechar la mía.

—Liam —me dice y desvía la mirada, lo que interpreto como una señal para marcharme. Porque no hay nada más que decir. La única conversación que mantuvimos en el hospital no tuvo muchas palabras, pero, al contrario que allí, ya no estamos haciendo tiempo, esperando a que la gente muera. Aquella noche, antes de que la conversación se apagara y nos quedáramos los dos en silencio durante más de una hora, bebiendo café, habíamos hablado de cosas privadas, asuntos que no estábamos preparados para compartir con el resto del mundo. Me contó que su hermano le pegaba cuando eran pequeños. Le dejaba encerrado fuera de casa bajo la lluvia, le metía la cabeza en la taza del váter y tiraba de la cisterna cuando sus padres no estaban en casa. «Qué capullo», me dijo, aunque me dio la impresión de que ya no era así. De que, con los años, las cosas habían cambiado. Pero no me dijo cuándo ni cómo.

Yo le hablé del pelo y de las uñas de mi madre, que perdió debido a la quimioterapia. También se le cayeron las pestañas. Le hablé de los mechones de pelo que se le caían, de lo horrible que era ver a mi madre arrancarse puñados con las manos. Le hablé de los pelos que dejaba sobre la almohada al levantarse por las mañanas, de los atascos que se formaban en el desagüe de la ducha. Le dije que mi madre nunca lloró, solo yo lloré. Volvió a crecerle cuando el cáncer remitió la primera vez, una pelusilla suave que se volvió un poco más gruesa que antes de la quimioterapia. Un poco más castaño. No le había llegado hasta los hombros cuando el cáncer regresó.

—Deberías volver al velatorio —le digo, de pie en mitad de Daley Plaza. Pero se encoge de hombros y me dice que el velatorio ya ha terminado. Que todos se han ido.

—El funeral es mañana —me informa mientras agarro el manillar de Siempre Fiel con ambas manos. No sé qué decir a eso. No hay nada que decir a eso.

Pero resulta que no me hace falta decir nada.

—No me has dicho qué estabas haciendo aquí —agrega, pero, cuando estoy a punto de explicárselo, me doy cuenta de que no hay una respuesta fácil, porque mi razón para estar frente al Centro Daley es más compleja que la suya. De modo que, en vez de responder, suspiro y digo: «Es una larga historia», pensando que dirá que vale y se marchará, porque lo más probable es que tampoco le interese saberlo. Seguramente solo lo haga por educación porque le he preguntado qué estaba haciendo aquí, así que habrá pensado que también debería hacerlo, por cuestión de cortesía.

Pero cambia el peso de un pie al otro y me dice:

—Tengo tiempo.

Y me doy cuenta de que quiere que me quede.

Veo tristeza en sus ojos, y un parecido asombroso con los míos.

Caminamos. Salimos de la plaza, bajamos por Washington hacia Clark Street, yo tirando del manillar de mi bici. Caminamos por la calle porque es ilegal montar en bici por la acera en la ciudad. No sé qué hora es, pero me doy cuenta de que ha pasado la hora punta, el atasco del tráfico matutino, como los pelos en el desagüe de la ducha. Imposible de atravesar. Ya no está, como si hubiera llegado un fontanero y hubiera echado cinco litros de desatascador por la calle para disolver el embotellamiento. La gente avanza ahora despacio. Se toman su tiempo. Sin el atasco, nos resulta fácil avanzar, esquivando a los peatones y los coches.

—He ido al Registro Civil —le digo—. Necesitaba mi certificado de nacimiento. Pero las cosas no han ido como esperaba —le explico cuando giramos a la derecha en Clark, que a esa altura es una calle de un único sentido. Los coches vienen hacia nosotros. En ocasiones están a punto de darnos, porque no hay carriles bici. Tampoco importa, porque la mitad de las veces, cuando los hay, los coches y las furgonetas aparcan ilegalmente en ellos y tengo que rodearlos y meterme en el tráfico. El número de muertes relacionadas con bicicletas en esta ciudad resulta alarmante; solo espero no ser una de ellas algún día.

Liam me pregunta por qué lo del certificado de nacimiento no ha ido como esperaba. Me saca unos veinticinco centímetros, tiene los hombros anchos y las caderas estrechas. Yo mido poco más de uno cincuenta y siempre me he considerado bajita, desde que tengo uso de razón. Los niños en el colegio se burlaban de mí. Me llamaban cosas como enana, cacahuete, renacuajo.

Es mucho más alto que yo y su cuerpo es delgado, aunque con el traje no lo parece. Lo recuerdo en el hospital, con la sudadera enorme y los vaqueros, dejándose engullir por la tela. Entonces sí que parecía delgado.

Empiezo por el principio y le cuento toda la historia. De lo contrario no tendrá sentido. Y ni siquiera entonces tiene mucho sentido, porque hasta a mí me cuesta entenderlo. Le cuento lo de la solicitud para la universidad y la llamada de la Oficina de Ayuda Financiera. Le hablo de la voz alegre de la mujer al otro lado de la línea, riéndose al decirme que estoy muerta. Le digo que perdí mucho tiempo buscando mi tarjeta de la seguridad social y que después he ido a la Oficina de la Seguridad Social para nada. Eso es lo que me ha llevado hasta el Centro Daley en busca de mi certificado de nacimiento, aunque eso también ha sido una pérdida de tiempo.

—No tengo certificado de nacimiento —concluyo—. Al menos no en el estado de Illinois. Y, sin un certificado de nacimiento o un número de la seguridad social, no puedo demostrar quién soy o ni siquiera que existo. Pero lo que más me asusta —admito— es la insinuación de que...

Pero, antes de poder terminar la frase, unos pájaros aletean a mi alrededor, procedentes de todas las direcciones. Palomas con ojos vidriosos que picotean algo tirado en la calle. Se pelean por ello, soltando chillidos furiosos. Trato de esquivarlas, pero sus movimientos son arbitrarios, sin sentido; no hay manera de predecir hacia dónde irán. Le piso las plumas de la cola a una por accidente y agita las alas para intentar liberarse.

Cuando voy a dar otro paso, veo a qué viene esa disputa. Es otra paloma, muerta, tendida en la calle, justo donde estoy a punto de poner el pie. Los demás pájaros la picotean, tratando de comérsela, y descubro que no sé dónde apoyar el pie. Pierdo el equilibrio. La paloma muerta está tumbada boca arriba, con las alas extendidas a cada lado del cuerpo y el vientre blanco expuesto; tiene el cuello torcido hacia un lado, probablemente roto. Veo uno de sus ojos, pero el otro ha desaparecido. Tiene el pico torcido y, junto al cuerpo, en la calle, veo las gotas de sangre.

Estoy a punto de pisar el animal muerto, tropiezo y sé que voy a caerme. Se me acelera el corazón, me sudan las manos, estoy a merced del pájaro y de la calle.

Suelto el manillar de Siempre Fiel por accidente. La veo caer en la calle, convencida de que caeré con ella. La gente se gira para ver a qué viene tanto escándalo, el estruendo de la bici al caer, el sonido de mis gritos. Agito las manos tratando de aferrarme a algo, aun sin encontrar nada, hasta que Liam me agarra de la muñeca y me estabiliza.

—¿Jessie? —me dice, y tardo casi un minuto en recuperar el aliento. Respiro con dificultad y solo veo palomas picoteando la carne sanguinolenta de un pájaro muerto. Pienso en ese pájaro y me pregunto cómo habrá muerto. Si habrá sido un coche o una bici, o si se habrá chocado con la ventana de un edificio. Quizá se haya estrellado contra el Centro Thompson antes de caer al suelo—. ¿Jessie? —me pregunta de nuevo Liam, porque no he respondido aún. Me observa, inquieto, para asegurarse de que he recuperado el equilibrio antes de agacharse para levantar mi bicicleta del suelo—. ¿Te encuentras bien? ¿Qué ha pasado?

Niego con la cabeza y le digo:

—Ese maldito pájaro. Las palomas.

—¿Qué pájaro? —me pregunta—. ¿Qué palomas?

Me doy la vuelta para señalarlas, pero, al mirar detrás de mí, no veo al pájaro. Ni a las palomas. Lo único que veo es un perrito caliente tirado en el asfalto. A medio comer, con grava pegada a los restos. Salsa de pepinillos que asoma por el panecillo y manchas de kétchup alrededor, como si fuera sangre.

No hay ningún pájaro muerto.

Nunca lo ha habido.

De pronto el mundo se desestabiliza a mi alrededor, siento la calle inestable e impredecible bajo mis pies. Pienso en los socavones, cuando la tierra decide abrirse de pronto, las carreteras se rompen como si fueran de plastilina y se tragan a la gente entera.

Niego con la cabeza.

—Me he tropezado con mis propios pies —respondo, pero en los ojos de Liam veo que no me cree.

Seguimos caminando.

Liam espera a que termine lo que fuera que estaba diciendo antes de ver el pájaro muerto, pero he perdido el hilo. Solo puedo pensar en el pájaro, en las palomas, en la sangre. Y entonces me lo recuerda. Y yo me acuerdo.

Lo que más me asusta, le digo, es la insinuación de que ya estoy muerta.

Me pregunta por la base de datos de los muertos. Qué es y cómo se llama, así que le digo lo que me explicó la mujer de la Oficina de Ayuda Financiera.

—Archivo General de Fallecidos —respondo, y me parece algo que llevaría consigo la Parca, una lista de todas las almas que tiene que llevarse. Liam lo busca en su *smartphone* y descubre que el acceso al archivo está restringido. No puede entrar cualquiera. Me dice lo que ya sé. Que es una lista de millones de personas que han muerto, junto con sus números de la seguridad social. Se utiliza para prevenir el fraude y el robo de identidad. Para impedir que la gente solicite tarjetas de crédito o hipotecas a nombre de alguien que ya está muerto—. Así que me pusieron en la lista y ahora mi número de la seguridad social no sirve para nada hasta que no resuelva este lío. Porque, sobre el papel, estoy muerta. Y no encuentro mi tarjeta de la seguridad social ni puedo conseguir una nueva porque no tengo la documentación necesaria.

—Escucha esto —me dice Liam, y cita textualmente un aviso legal que ha aparecido en la pantalla de su teléfono—. En ocasiones excepcionales es posible que los documentos de una persona que no ha fallecido se incluyan por error en el Archivo General de Fallecidos.

Le pregunto cómo puede suceder tal cosa.

—Un error de oficina —me dice, y se refiere a que, pulsando una tecla equivocada en el ordenador, alguien que está vivo pasa a estar muerto. O no muerto, sino indocumentado, lo que equivale casi a estar muerto, según parece.

Creo que la única razón por la que mi propia muerte ha pasado inadvertida todo este tiempo es que nunca me habían pedido el número de la seguridad social. Pero tarde o temprano estaba destinado a suceder. Cuando tratara de sacarme el carné de conducir o solicitar una tarjeta de crédito. Algo que me habrían denegado.

Entramos en la zona peatonal del puente de Clark Street y empezamos a cruzar el río Chicago. Pienso en la gente que estará en mi misma situación, sin poder acceder a su cuenta bancaria, arruinada. Esas personas que no tienen dinero para comida o alojamiento, salvo que sí que lo tienen; simplemente está bloqueado en una cuenta bancaria a la que no pueden acceder porque el banco está convencido de que han muerto.

—Mucha gente no puede acceder a su propia vida, es interrogada por la policía porque es sospechosa de robo de identidad, cuando la persona cuya identidad supuestamente han robado son ellas mismas —me dice Liam mientras se guarda el teléfono en el bolsillo trasero de los pantalones.

—Qué desastre —murmuro.

Miro hacia abajo, tras la rejilla metálica del puente, y veo una visita guiada, turistas que exploran las aguas contaminadas del río Chicago. La guía turística llama su atención sobre el puente —construido en 1929, un puente levadizo, según dice— y todos los ojos miran hacia Liam y hacia mí, sacan fotos, señalan a unos seis metros de altura sobre el puente, donde estamos nosotros.

—De verdad eres Jessie, ¿no es así? —me pregunta Liam con palabras secas, con intención de ser gracioso, aunque no lo es. Su tono es inexpresivo.

Aunque sé que es una broma, la pregunta me inquieta.

Soy Jessie, ¿verdad? ¿Soy Jessica Sloane?

Seguimos caminando. Bajamos por Clark y giramos a la izquierda en Superior Street; voy siguiendo los pasos de Liam. Vamos en silencio. No hablamos mucho. Me pregunta si estoy durmiendo bien. Dice que parezco cansada, me detengo, contemplo mi reflejo en la fachada de cristal de un edificio y veo lo que ve él. Los ojos hundidos rodeados de una piel enrojecida e hinchada, como la nariz.

Resto importancia al insomnio. Le digo que dormir es una pérdida de tiempo. Que hay cosas más productivas que podría hacer en vez de dormir.

—Eso no es sano, Jessie —me dice—. Tienes que dormir. La melatonina —insiste, igual que hizo en el hospital cuando me puso aquellas pastillas en la palma de la mano—. Podrías darle una oportunidad. —Pero ya se la di. Probé la melatonina —eso y el clonazepam— y me quedé dormida mientras mi madre se moría. Nunca más.

Le digo que lo haré, aunque no lo haré.

Y entonces se detiene frente a un edificio de mediana altura y dice:

—Aquí es. Aquí es donde vivo.

El edificio que tenemos delante tiene cinco o seis plantas y ventanales del techo al suelo. Un cartel anuncia que se venden espaciosos *lofts*. Hay un portero que vigila las puertas giratorias; aquello huele a dinero y hace que me sienta incómoda y fuera de lugar. De pronto, el Liam que tengo delante no se parece en nada al Liam que recuerdo del hospital, el chico desaliñado como yo.

La confusión debe de notárseme en la cara.

—Mi hermano y yo vivíamos juntos aquí —me explica. Su voz suena profunda, su entonación no cambia mientras habla—. Era programador de *software*.

Relleno los huecos que faltan. Su hermano era el que ganaba dinero. El que pagaba el piso. Y ahora ha muerto.

—¿Te apañarás? —le pregunto, y responde con cierta indiferencia.

—¿Qué es eso que se suele decir? —Se tira de las gomas elásticas de la muñeca para mostrarme la palabra que lleva tatuada en la mano. *Adam*. El nombre de su hermano, imagino—. Lo de la muerte y los impuestos.

Que no hay nada seguro salvo la muerte y los impuestos. Eso es lo que dicen. Pero no busca una respuesta. Lo que quiere decir es que tal vez se apañe y tal vez no, pero que de momento no hay manera de saberlo. Lo mismo que yo.

Nos despedimos. Le veo atravesar la puerta del edificio y desaparecer tras un muro de cristal.

eden

14 de noviembre de 1996
Egg Harbor

Ya estamos en noviembre.

El cielo gris lo cubre todo constantemente, volviéndolo triste. Los barcos han desaparecido de la bahía, la han dejado estéril y vacía, como mi vientre. Las tiendas de temporada han cerrado. Los turistas se han marchado.

Hace dos semanas, el 1 de noviembre, Miranda tuvo a su bebé, un precioso niño de tres kilos doscientos gramos al que Joe y ella decidieron llamar Carter. La visité en el hospital al día siguiente de que naciera, fui su única visita además de Joe. Lo vi en sus ojos nada más entrar en la sala de postparto; Miranda tenía al pequeño Carter en brazos y en su rostro se apreciaba la insatisfacción. Tenía los labios apretados, el ceño fruncido y patas de gallo alrededor de los ojos.

Cuando entré —y di el relevo a Joe, que se fue a la cafetería a por café—, me miró a los ojos y me habló en voz alta, para que el pequeño Carter pudiera oírla, sin molestarse en bajar la voz o taparle los oídos para amortiguar aquellas palabras crueles.

—Solo quería una niña. ¿Es demasiado pedir una niña? Pero, en su lugar, otro maldito niño.

Sus palabras me dejaron sin aliento. Me costaba respirar. Eran perversas, horribles, y advertí una mirada en los ojos de Miranda al hablar de él, al mirarlo. Una mirada que me rompió el corazón. Solo tenía un día de vida y ella ya aborrecía a su bebé.

Le pregunté si podía tomarlo en brazos y me dijo que sí. Me lo entregó con demasiada facilidad, como si estuviera agradecida de librarse de él. Me llevé al pequeño Carter a un sillón situado en un rincón de la habitación y contemplé sus inapreciables mechones de pelo rubio, sus ojos cansados y sus párpados hinchados. Y pensé: «¿Qué más le da que sea un niño o una niña? Lo importante es que sea feliz y esté sano».

Y por primera vez me sentí enfadada con Miranda. No solo molesta, sino enfadada de verdad. Enfadada porque tuviera tres maravillosos niños y yo no tuviera ninguno. Enfadada porque no quisiera a sus hijos ni los valorase, porque no pudiera entender que otra mujer, una como yo, daría su vida por tener un bebé.

Y qué no daría yo por tener un bebé.

Se me ocurrió entonces una cosa.

¿A Miranda le importaría si me levantara y sacase al pequeño Carter de la habitación?

¿Acaso se daría cuenta?

Para ella, la experiencia del hospital fue como unas vacaciones de la maternidad. Según me habían dicho, Carter se pasaba el tiempo en el nido, al cuidado de las enfermeras las veinticuatro horas del día, salvo cuando necesitaba comer, y solo entonces las enfermeras lo llevaban, llorando, junto a su madre, y esta lo recibía a regañadientes para darle el pecho. Y luego, en cuanto se quedaba saciado y empezaban a cerrársele los ojos, Miranda les pedía a las enfermeras que se lo llevaran para que ella pudiera dormir.

Tendida en la cama del hospital con una indiscreta bata de lunares, veía dormir a Miranda. O la veía fingir que dormía, para no tener que ocuparse de su hijo. Estaba agotada, sí, por las muchas horas de parto, por tener que amamantar a su recién nacido cada pocas horas, y aun así me pregunté si tendría los ojos cerrados solo para permanecer insensible a su bebé, que yacía entre mis brazos, con la cabeza sin terminar de formar y la piel arrugada y rosa, como debería ser la de un recién nacido. Miranda llevaba el pelo recogido en una coleta muy tirante que caía sobre la almohada. Tenía los brazos y las manos extendidos a los lados. Respiraba con la boca abierta y se le hinchaban las fosas nasales con cada inhalación y exhalación de aire.

Susurré su nombre. No hubo respuesta.

Era casi como si estuviera pidiéndomelo, rogándome, desafiándome a que me llevara a su hijo.

Así que lo hice.

Me levanté del sillón, muy despacio, para que no hiciera ningún sonido. Para que el suelo no crujiera. Para que mis propios pies no me traicionaran. Flexioné un músculo detrás de otro hasta acabar completamente erguida, sin respirar.

Atravesé la habitación muy lentamente para que los zapatos no chirriaran en el suelo. Miranda tenía los ojos cerrados y disfrutaba de la paz y serenidad de saber que otra persona se encargaba de su bebé.

No se le ocurrió ni por un instante que alguien pudiera intentar llevarse a su hijo.

Salí al pasillo sin emitir un solo ruido. Giré dos veces a la izquierda y allí estábamos Carter y yo, frente al nido, mirando a través del cristal a media docena de bebés dormidos. Estaban envueltos como burritos en mantas azules y rosas, con gorritos de punto en la cabeza. Dormían, todos y cada uno de ellos. Yacían en cunitas móviles dispuestas frente al cristal para que las abuelas y los abuelos pudieran verlos. De no ser por el trozo de papel que tenía cada cuna con el nombre del bebé y la fecha de nacimiento escrita en tinta azul, no habría manera de reconocerlos, salvo por la evidente distinción del rosa y el azul.

Qué fácil sería cambiar uno por otro, o que uno de ellos desapareciera sin más.

Había una enfermera montando guardia, un pastor alemán vigilando a sus ovejas. Habría dado lo que fuera por ser esa enfermera, por poder ocuparme del cuidado de todos los recién nacidos que entraban y salían cada día del nido.

Me pregunté si alguna vez sentiría debilidad por uno de esos bebés. ¿Habría un recién nacido con cólicos que llamara su atención, el más pequeño de una camada al que quisiera llevarse a casa como si fuera suyo?

Al final del pasillo se abrió una puerta y vi el resto del hospital al otro lado, zonas más allá del pabellón de maternidad. Un pasillo común. El mostrador de información del hospital. La puerta estaba a veinte pasos como mucho, y no había nada salvo dos puertas sin cerrojo que impidiera que Carter y yo nos marcháramos. No había alarma, o al menos yo no la veía. No había sistema de timbres para dejar entrar y salir a la gente. Solo era una puerta abierta, una invitación.

Con cuánta facilidad podríamos marcharnos Carter y yo.

Miré a mi alrededor; la enfermera del nido estaba de espaldas a mí, ocupándose de un recién nacido que intentaba despertarse. Detrás de mí había solo una mujer en el puesto de las enfermeras, una mujer de mediana edad al teléfono. Salvo eso, el pabellón estaba tranquilo, las puertas de las habitaciones se encontraban cerradas, y al otro lado estarían las madres dando a luz o durmiendo profundamente.

Volví a mirar hacia las puertas, esas puertas batientes a solo veinte pasos de donde me hallaba. No pensé en nada más, en lo que le diría a Aaron o en lo que podría hacer Miranda al despertarse y ver que Carter no estaba. El corazón me latía con fuerza y mi deseo y mi instinto me decían que lo hiciera, y que lo hiciera deprisa, que actuara con decisión, que no llamase la atención. En mis brazos tenía aquello que Aaron y yo llevábamos meses intentando conseguir. Un bebé.

Miranda ni siquiera lo quería. Estaba haciéndole un favor, pensé. Aquel bebé podría ser mío con mucha facilidad.

Pensaba solo en una cosa durante aquellos momentos, petrificada, mirando a los bebés dormidos al otro lado del cristal.

Qué fácil sería marcharse sin más.

No lo hice, por supuesto, pero mentiría si dijera que la idea no se me pasó por la cabeza.

jessie

Voy en bici hacia Roscoe Village. Mientras pedaleo, miro por encima del hombro en dirección al centro, hacia las azoteas de los rascacielos que ascienden por el cielo como lejanas cumbres montañosas. Veo como las calles urbanas van volviéndose residenciales.

Cuando llego a Roscoe Village, me meto en una hamburguesería de Addison. Tengo el estómago vacío, el subidón de azúcar de la mañana ha dado paso a una bajada de glucosa que me pone nerviosa e irritable. No he comido nada salvo un dónut en todo el día —un dónut y un café—, aunque desde la muerte de mi madre los huesos de las caderas sobresalen de mi cintura y las costillas se me notan a través de la piel.

No es que no coma a propósito, es que no siento deseo de comer.

Pido una hamburguesa y me la llevo a la barra para comérmela. Una vez allí, a través del ventanal contemplo el mundo, que sigue sin mí. Pasa un autobús, el 152 en dirección este. Una bolsa de plástico flota en el aire, sin rumbo. Los colegiales de secundaria caminan con sus uniformes de escuela privada; jerséis almidonados de cuadros, chalecos carmesíes, pantalones bien planchados; llevan mochilas tan pesadas que casi los tiran al suelo por el peso. Hay una mujer mayor junto a la parada del autobús. El 152 la recoge y se marcha, desaparece entre una nube de humo.

Me como parte de la hamburguesa y envuelvo el resto para tirarla a la basura. Cuando estoy a punto de marcharme, una voz me detiene. Me giro y veo a una mujer junto a mí vestida con vaqueros, una chaqueta de lana y unas deportivas blancas. Tiene el pelo gris recogido en un moño.

—¿Jessie? ¿Jessie Sloane? ¿Eres tú?

Pero, antes de que pueda decirle si soy yo o no, lo decide por mí.

—Sí que eres tú —declara, y me dice que recuerda cuando era así de alta, coloca la mano más o menos a un metro del suelo. Y entonces me abraza, esta mujer desconocida me rodea el cuello con sus brazos rechonchos y repite—: Sí que eres tú.

Salvo que no sé quién es ella. Hasta que me lo dice.

Y, aun así, tampoco lo sé.

—Soy yo —me dice—. La señora Zulpo. Eleanor Zulpo. Tu madre limpiaba mi casa cuando eras pequeña. En Lincoln Park —me cuenta, y me da detalles como si eso pudiera ayudarme a recordar—. Una calle llena de árboles, casas con techos de vigas, habitaciones con mucha luz natural —enumera; aunque su marido y ella ya no viven allí, no desde que explotó la burbuja inmobiliaria y tuvieron que renunciar a su casa. Mudarse a otra más pequeña. Eso es lo que me dice.

Me quedo en blanco. No la recuerdo.

Al igual que yo, mi madre limpiaba casas. Por lo general, casas de lujo que jamás podríamos permitirnos. Me enseñó todo lo que sé. Mi primera incursión en el negocio familiar fue en torno a los doce años, cuando me arrodillaba junto a ella y frotaba los suelos.

Pero antes de eso, cuando era demasiado pequeña para limpiar, me llevaba con ella y allí me pasaba los días jugando a las casitas en casas de desconocidos. Preparaba cenas imaginarias en sus cocinas palaciegas, arropaba a mis hijos imaginarios en sus enormes camas antes de que mi madre me echara de allí para poder lavar las sábanas.

—No te acuerdas de mí —decide Eleanor Zulpo al darse cuenta de que aquello debió de ser hace dieciséis o diecisiete años, cuando yo tenía tres o cuatro—. Claro que no te acuerdas de mí —repite, me suelta el cuello y me dice que estoy igual que entonces—. Son los hoyuelos. Esos hoyuelos tan adorables. Los reconocería en cualquier parte.

»Leí lo de tu madre en el periódico —me dice entonces, se sienta en su taburete junto a mí y desenvuelve un perrito caliente. Al verlo, en mitad de su envoltorio de aluminio, impregnado de kétchup y salsa de pepinillos —eso y el olor—, recuerdo el pájaro muerto. La paloma. Y, en vez de un perrito caliente, de pronto veo sangre, vísceras, y me da una arcada, noto cómo el vómito me sube por el esófago. Alcanzo mi vaso y bebo para asentar de nuevo el estómago, tratando de quitarme de la boca el sabor a vómito.

La señora Zulpo —Eleanor, le gusta que la llamen— no se da cuenta. Sigue hablando.

—Vi su necrológica. Un texto precioso, un tributo maravilloso para una mujer maravillosa —me dice. Y le digo que así es.

Envié la esquela al periódico. Me encargué de pagarla. Encontré una foto de mi madre, una que tenía por lo menos seis años, sacada antes de que enfermara.

Habíamos vivido nuestras vidas en privado, pero, por alguna razón, sentí que todo el mundo debía saber que había muerto.

—He tenido otras mujeres de la limpieza después de tu madre, pero ninguna tan buena como ella, tan tenaz, tan concienzuda. Era única, Jessie —me dice, y le digo que lo sé. Eleanor me cuenta historias. Cosas que yo no sabía, o tal vez sí. Recuerdos que he olvidado, que se han borrado del disco duro de mi cerebro. Me cuenta la vez que saqué su porcelana Wedgwood mientras mi madre limpiaba. La saqué del aparador y la dispuse sobre la mesa del comedor para tomar el té.

—La porcelana Wedgwood —me dice con una sonrisa—. Solo una taza y su platito cuestan unos cien dólares. Eran de mi madre y me las dio al morir. Son reliquias familiares. Tu pobre madre. —Se ríe—. Casi le da un infarto cuando te descubrió. Le dije que no importaba, que no se había roto nada. Además, era agradable que se usara ese juego de tazas para variar.

Y entonces me dice que, a sugerencia suya, las tres nos sentamos a la mesa del comedor y tomamos limonada en la porcelana Wedgwood.

De pronto me invade un sentimiento de nostalgia. El anhelo del pasado.

—¿Qué más cosas recuerda? —le pregunto, porque necesito más. Necesito que alguien rellene los huecos por mí, todos esos detalles que ya no recuerdo.

Eleanor me cuenta que sus hijos ya eran mayores cuando llegué, de modo que era agradable tener de nuevo a una niña pequeña en casa. No trabajaba fuera de allí. Cuando llegábamos mi madre y yo, agradecía la compañía. Deseaba que llegara el día en que debíamos acudir a su casa. Normalmente jugaba conmigo mientras mi madre limpiaba; jugábamos al escondite en su casa o construíamos fuertes con las sábanas recién lavadas.

—Eras una niña divertida, Jessie —me dice—. Graciosa y tozuda, con mucho sentido del humor. Con un poco de mal genio también. Pero esos hoyuelos —añade, y da un mordisco al perrito caliente y habla con la boca llena—. Con esos hoyuelos podías lograr cualquier cosa, Jessie. —Se ríe.

Dice que cualquier cosa que mi madre quisiera que yo hiciera tenía que pedírmela dos veces. Que me negaba a comer la comida que mi madre llevaba para mí. Que no era nada tímida y me pasaba la mitad del día en su casa creando un espectáculo para representar frente a ellas antes de marcharnos.

—Ibas por la casa dando vueltas insistiendo en que no te llamabas Jessie. Porque por entonces creo que no te gustaba —me dice entonces, y explica que yo insistía en que mi nombre no era Jessie. Que era otro, pero no recuerda cuál—. Hacías pucheros y aporreabas el suelo con el pie, insistiendo para que la gente dejara de llamarte Jessie. «No me llaméis así», gritabas, y se te ponía la cara roja. Tu madre al principio lo toleraba e intentaba ignorarte. Porque sabía que solo querías llamar la atención y, si no cedía, tarde o temprano te cansarías. Pero rara vez te cansabas. —Me sonríe y me dice que era una niña muy cabezona—. Sabías lo que querías.

Al final mi madre se hartaba, según me cuenta Eleanor, se agachaba para mirarme a los ojos y decía: «Ya basta, Jessie. Ya hemos hablado de esto, ¿recuerdas?».

Pero no recuerdo nada de eso.

¿Por qué iba a hacerme pasar por otra persona? No tengo tiempo para formular una respuesta porque Eleanor pasa a contarme que solía llevar conmigo un animal de peluche —un perro, un oso o un conejo—, pero a mí eso me da igual, porque lo que me pregunto es por qué diablos me pondría tan pesada con ese nombre. Con el nombre de Jessie. Por qué insistiría en que no era el mío.

—Y luego estaba lo del nombre de tu madre —me dice Eleanor antes de que pueda reflexionarlo.

—¿Qué pasaba con eso? —le pregunto.

Ella frunce el ceño. Se quita las gafas, las deja sobre el mostrador y se frota los ojos.

—Pues que casi todas las niñas llaman a su madre «mamá» o «mami».

Se queda callada y le pregunto:

—¿Y yo no? —Imagino que Eleanor se ha equivocado. Que el tiempo ha alterado sus recuerdos, o que nos ha confundido a mi madre y a mí con otra señora de la limpieza y su hija. Otra niña con hoyuelos como los míos. Porque, a lo largo de mi vida, para mí siempre fue eso, mamá, o eso creo.

Eleanor niega con la cabeza y entonces extiendo las manos y me agarro al mostrador.

—No lo hacías —me confirma—. La llamabas por su nombre de pila.

Me cuenta que mi madre lo toleraba hasta cierto punto, pero de vez en cuando se agachaba y me susurraba al oído: «Ya hemos hablado de esto, Jessie. ¿Te acuerdas?». Lo mismo que decía sobre mi propio nombre. «Tienes que llamarme mamá».

—Y durante un breve espacio de tiempo te acordabas. Te acordabas de llamar a tu madre mamá. Pero, al poco rato, se te olvidaba y volvías a llamarla por su nombre de pila. Eden.

Yo no recuerdo haber hecho eso.

eden

16 de enero de 1998
Chicago

Conduje todo el camino sin superar el límite de velocidad, no quería llamar la atención. Nevó casi todo el tiempo y las carreteras estaban resbaladizas, aunque siendo del Medio Oeste estoy muy acostumbrada a conducir por carreteras resbaladizas. No era mi primera vez con nieve. Y sin embargo sí era mi primera huida, mi primera fuga. Mi primera desaparición de lo que esperaba que no fueran muchas, porque rezaba para que el mundo me dejase desaparecer, para que él me dejase marchar.

Fui mirando por el espejo retrovisor casi todo el trayecto, por la autopista 42 y la interestatal, con los nudillos blancos por la fuerza con la que apretaba el volante, aunque sabía que no había ninguna manera lógica de que él supiera dónde estaba, o de que me hubiera visto marcharme. Pero aun así.

Podría estar ahí fuera.

Cuando llegué, lo primero que hice fue buscar un apartamento que pudiera permitirme, lo cual no fue fácil habida cuenta de que tengo muy poco dinero, casi nada, literalmente diez dólares más de lo que cuesta el alquiler, lo que significa que, en un futuro inmediato, comeremos solo pan y queso. Compré el periódico en un quiosco y, sentada en un banco del parque cubierto de nieve, busqué los anuncios de alquileres y me decanté por un estudio en Hyde Park. El edificio tiene una fachada de ladrillos amarillos ruinosos; parece abandonado, olvidado, desatendido, como yo. El anuncio alardeaba de un supuesto encanto de Renacimiento francés, pero, si es así, no se lo veo.

De camino a la entrada del edificio, he visto un intercambio de drogas en la calle. Ha ocurrido justo ahí, delante de mis narices; dos figuras sombrías merodeando junto al edificio, allí donde la estructura bloquea los rayos de sol, haciendo que los hombres fuesen más difíciles de ver. Eran hombres, por supuesto, porque me cuesta creer que dos mujeres pudieran plantarse en una esquina a intercambiar dinero por droga, un fajo de billetes doblados a cambio de una bolsa de plástico llena de pastillas que pasó de una mano a otra. No les vi la cara ni los ojos, porque llevaban la cabeza cubierta con la capucha de la sudadera. Y aun así los hombres eran altos, desgarbados y flacos. Sin duda eran hombres.

Pasamos deprisa, yo con la mirada fija en el hormigón roto de la calle, golpeando con los pies las piedrecitas a mi paso, convencida de notar su mirada clavada en mi espalda. Metí la llave y me refugié en el vestíbulo del bloque de apartamentos, agradecida por la separación que ofrecía aquel muro de cristal.

No podemos quedarnos aquí para siempre. No creo que sea seguro.

Y ahora, en el apartamento, echo el pestillo a la puerta y me asomo a la mirilla durante un par de minutos, para asegurarme de que nadie me ha seguido. Ni el traficante, ni el comprador, ni ninguna otra persona. Después me acerco a la ventana, separo con los dedos las minipersianas rotas y polvorientas, me asomo y se me quedan los dedos grises por el polvo. Contemplo la calle para estar segura de que no nos han seguido, de que nadie sabe que estamos aquí.

A la última inquilina la echaron hace poco y nunca reclamaron sus pertenencias. Debido a eso, ahora tengo un sofá apestoso, una mesa destartalada y un colchón con manchas sospechosas. Eso y un cartón de huevos que caducó la semana pasada. No creo que me los coma.

Abro el periódico y de nuevo acudo a los anuncios clasificados. Pero esta vez, en lugar de buscar los alquileres, me dirijo a la sección de ofertas de empleo, buscando un trabajo como limpiadora porque, en realidad, hasta ahí llegan mis cualificaciones, y después del numerito del hospital, tener referencias no es una opción. *Debe ser amable, meticulosa, preferiblemente con experiencia*, leo. *Debe hablar inglés. Tener buena capacidad de comunicación, una gran ética laboral.* Aparecen los salarios; calculo el número de horas que tendré que trabajar para pagar otro mes de alquiler en este bloque de mala muerte. Sesenta horas, eso es lo que tendré que trabajar. Pero también tenemos que comer.

Ya no se trata únicamente de mí.

Intento relajarme, pero la niña está pataleando, inquieta, y descubro que no puedo relajarme. Le digo que no pasa nada, que no hay de qué preocuparse, que está a salvo conmigo, aunque ni siquiera sé si eso es cierto porque aún tengo que averiguar si estamos a salvo aquí, si estoy a salvo. La acaricio, paso la mano por su piel sonrosada y, por un momento, solo un momento, deja de resistirse. Se rinde.

Pruebo a darle un nombre.

—Jessie —le digo, e interpreto su silencio como aprobación.

La llamaré Jessie.

Me recuerdo a mí misma que no soy una mala persona, aunque en ese momento, allí sentada, mientras veo una cucaracha que avanza por la moqueta gastada, llega hasta la pared y recorre el rodapié hasta donde sin duda estará el resto de su familia, reflexiono sobre las últimas veinticuatro horas de mi vida, los últimos veinticuatro días y semanas, y no tengo tan claro si eso es cierto. Tengo toda clase de emociones revueltas en mi interior, desde tristeza hasta vergüenza, pasando por el arrepentimiento, y pienso en él, ajeno a todo, en la casita, llamando en vano a la puerta.

—No eres una mala persona —murmuro, convencida de que, si lo pienso lo suficiente, si me lo digo las suficientes veces, mil veces seguidas, podría convertirse en cierto.

No me propuse hacer las cosas que hice. Nunca fue mi intención, no lo hice por malicia, solo porque anhelaba algo que no tenía, algo que necesitaba desesperadamente. No se condenaría a un niño hambriento por robar una barra de pan, ¿verdad? Ni a un propietario por disparar a un intruso armado para proteger a su familia.

Decido que no soy una mala persona, con más determinación esta vez.

Solo hice lo que tenía que hacer.

jessie

Cuando por fin regreso a Cornelia Avenue, ya está atardeciendo. Los colores del cielo han empezado a cambiar. Las sombras se alargan sobre la calle. El sol está pensando en ocultarse.

Camino por Cornelia junto a Siempre Fiel, contemplando las carísimas casas que bordean la calle. Casi todas son viviendas recién reformadas con pequeños tramos de hierba. Por cada casa hay un único árbol al borde de la carretera, un árbol adulto. Sus hojas forman un dosel sobre la calle donde se juntan con las del árbol de enfrente. Gemelos unidos.

Ha bajado la temperatura. No habrá más de doce grados fuera y noto el frío bajo la ropa, helándome los huesos. La calefacción de la cochera es bastante pobre, eso cuando funciona. Aunque manipulé el termostato esta mañana y ajusté la temperatura a veintidós grados, la caldera no se había encendido antes de marcharme. Cuando llegue, hará frío dentro.

Mientras camino por la calle, empiezo a sentir el miedo a la noche. El temor a otras ocho largas horas de oscuridad sin nada que hacer, con la única compañía de mis pensamientos malsanos.

La puerta principal de la casa de piedra está abierta cuando me acerco, aunque no veo a la señora Geissler por ninguna parte. Me detengo en la acera y me pregunto si debería decírselo o si debería seguir. Lo que quiero hacer es seguir, pero mi conciencia me dice lo contrario.

Hay un jardín en la parte delantera de la casa en el que no había reparado antes, pero ahora me fijo. No es enorme, porque la vida en la ciudad no permite tener cosas enormes. Pero es mágico. Un manto de flores amarillas, naranjas y rojas que calientan la tierra. Hay pequeñas mariposas blancas que revolotean sobre las flores.

Parpadeo y ya no están, porque lo más probable es que no fueran reales.

Recorro el camino de la entrada y subo los escalones hacia la puerta principal. La casa es grande; tres plantas con un apartamento ajardinado que asoma por debajo del nivel de la calle, oculto tras una verja metálica negra.

Llamo a la puerta y se abre un poco más que antes. Me fijo en el vestíbulo, un corredor enmoquetado, una lámpara de araña apagada que cuelga del techo.

—¿Hola? —grito hacia el espacio vacío, pero, si mi casera está allí, no me oye.

Pulso el timbre y oigo la campanada procedente del interior, pero aun así no hay respuesta.

—¿Hola? —repito, apoyo la mano extendida sobre la puerta y la abro del todo. Cruzo el umbral y entro en la casa.

Alcanzo un interruptor de la luz y lo pulso, pero no sucede nada. La lámpara de araña continúa apagada. La casa no está a oscuras porque el sol aún no se ha puesto del todo. Todavía queda algo de luz fuera, pero va disminuyendo deprisa. Pronto habrá anochecido.

—¿Señora Geissler? —pregunto, y explico quién soy y qué hago allí—. Soy Jessie. Jessie Sloane. Su nueva inquilina. Acabo de mudarme a la cochera. —Al principio me imagino lo peor: que está ahí, en alguna parte, pero que está herida. Que habrá sufrido una mala caída. Que no puede responderme porque está tirada en el suelo esperando a que la encuentre. Que está muerta.

No pienso en lo más evidente. Que la señora Geissler estará en la ducha y no me oirá. Que se olvidó de cerrar la puerta al salir, no al entrar. Que no está en casa.

—¿Señora Geissler? —grito de nuevo, esta vez con urgencia en la voz—. ¿Hola? ¿Está en casa?

Y es entonces cuando oigo el sonido de un piano procedente del piso de arriba. Música clásica, creo. De esa que has oído antes porque es famosa. Mozart. Beethoven. No sé cuál. El piano suena débil en la distancia, difuminado, pero aun así lo oigo, una música de *staccato*, aguda e inconexa.

Respiro aliviada porque sé que está ahí. Porque está bien.

Ya podría irme a casa.

Debería irme a casa.

Debería tirar de la puerta, cerrarla a mi espalda y marcharme.

Pero, en su lugar, vacilo al pie de las escaleras. Agarro la barandilla con la mano y miro hacia arriba, hacia el segundo piso, oscuro y cavernoso. Porque ahora la música clásica se ha convertido en una especie de balada que me resulta evocadora y hermosa.

Me está llamando, me pide que suba.

Me ruega que vaya a escuchar y a ver.

Y, en vez de marcharme, mis pies me llevan escaleras arriba antes de que pueda reflexionarlo. Aguanto la respiración mientras avanzo, escuchando solo el sonido del piano. Voy subiendo, peldaño a peldaño.

La casa es enorme, cada habitación imponente y amplia, aunque son difíciles de ver debido a la escasez de luz, que va disminuyendo a cada minuto que pasa. Arriba, mis piernas me llevan hasta el dormitorio del que sale la música. La única habitación que, según creo, tiene luz. La puerta está cerrada y solo sale una franja de luz por debajo.

Me acerco a ella.

De pie frente a la puerta cerrada, escucho la música del piano. Llevo la mano al picaporte y lo giro sin darme cuenta. No puedo evitarlo; sucede sin más. Presiono la puerta con la mano y la abro, tan despacio que no suena. La veo ahí sentada al piano, de espaldas a mí. Sus dedos se mueven con agilidad sobre las teclas del piano y, con el pie, pisa el pedal con evidente pericia. Me quedo fascinada por la canción, por el movimiento rítmico de sus manos y sus pies.

Y entonces deja de tocar.

Y me doy cuenta de pronto, soy consciente.

Sabe que estoy ahí.

No debería estar ahí.

De inmediato me siento como una intrusa. Como si hubiera ido demasiado lejos. Esta no es mi casa y no tengo derecho a estar aquí.

No se vuelve.

—¿Puedo ayudarte en algo? —me pregunta, y tomo aire antes de reírme. Es una risa nerviosa. Una risa cansada. No puedo parar, aunque lo intento. Y solo entonces se da la vuelta y me mira mientras me llevo las manos a la boca para sofocar la risa.

La señora Geissler debe de rondar los sesenta años. Lleva el pelo corto, teñido de rubio y algo despuntado. Lleva unas gafas de montura de plástico oscuro que reposan sobre el puente de su nariz. Posee cierta fragilidad, es delgada y lleva un vestido de algodón. Se pone en pie y solo entonces me doy cuenta de que es bajita. Tiene arrugas en la cara, arrugas de expresión, patas de gallo. Y aun así le dan un aspecto más majestuoso que anciano. Es una mujer hermosa.

—Jessie, ¿verdad? —me pregunta y, aunque tardo un minuto en recuperar la voz, le digo que sí. Me dice que se alegra de conocerme. Da un paso hacia mí y me estrecha la mano. A mí me tiembla como sucedió esta tarde, un temblor que no desaparece.

—Lo siento —le digo tartamudeando—. No pretendía interrumpir. —Aunque he hecho algo mucho peor que interrumpir—. He llamado al timbre. He golpeado la puerta. Estaba abierta —le explico con voz tan temblorosa como las manos, sin apenas lograr unir los recuerdos y acordarme de por qué estoy aquí—. Se ha dejado la puerta de la entrada abierta —repito, porque no se me ocurre nada mejor.

—Oh —responde, y culpa al pestillo de la puerta. Que es viejo. Que no funciona bien. Que tiene que arreglarlo, igual que tiene que arreglar tantas cosas en esta casa tan vieja—. ¿Qué tal está todo en la cochera? —me pregunta en su lugar, y le digo que bien. Le digo lo mucho que me gusta. Halago los suelos de madera porque no se me ocurre otra cosa que decir. Le digo que son preciosos. Le doy las gracias por dejarme vivir ahí. Me dice que no es ninguna molestia.

Resulta incómodo y raro, toda la conversación parece forzada. Creo que debería marcharme. Estoy abusando de su hospitalidad porque ni siquiera me había invitado a pasar.

Pero, cuando estoy a punto de despedirme y marcharme, oigo un ruido procedente del piso de arriba. Del tercer piso de la casa. Me parece el ruido de un libro de texto al caer. Algo pesado y denso. Miro hacia arriba y descubro allí una trampilla, una escalera extensible que, cuando está plegada y recogida, se fusiona con el techo, como sucede ahora.

—¿Qué es eso? —pregunto, pero de pronto la señora Geissler se queda en blanco y niega con la cabeza.

—¿Qué es qué? —pregunta.

—El ruido —respondo—. ¿Hay alguien ahí? —Señalo hacia el techo.

—Yo no he oído nada —me dice.

Aguanto la respiración y escucho con atención, pero ya no hay más ruidos. La casa está en silencio, y entonces me doy cuenta: me lo he inventado.

Me escuecen los ojos. Me los froto y se me ponen más rojos de lo que estaban antes, consciente aún del temblor de mis manos.

—Debo de haberme confundido —le digo, y extiendo las manos frente a mí para ver lo mucho que me tiemblan. Las tengo heladas. Pero esa no es la razón del temblor. Es algo mucho peor que eso, creo. Algo neurológico. La culpa es de mi cerebro. Porque, después de todas estas noches sin dormir, mis funciones cerebrales están agotadas.

Trato de convencerme a mí misma de que el temblor de manos no es degenerativo. De que no voy a empeorar. Y aun así es un hecho que no puede negarse.

Me tiemblan las manos mucho más de lo que me temblaban esta tarde.

Es como si la mujer pudiera leerme el pensamiento.

—Te está costando dormir —me dice, y es más una afirmación que una pregunta. No le hace falta preguntármelo porque lo sabe. Tras el cristal de las gafas, sus ojos son de un gris suave y me miran con compasión. Me pregunto cómo sabrá que no puedo dormir. ¿Tendrá algo que ver con las ojeras y las bolsas que tengo bajo los ojos, con las venillas rojas que surcan mi esclerótica?—. Vi que anoche tenías la luz encendida muy tarde —añade a modo de explicación, y pienso en la noche anterior. Fue cuando oí el ruido en la rejilla de ventilación del suelo, las voces, y por eso encendí la luz, para investigar. No era nada, claro, aunque aun así me pasé el resto de la noche tumbada en la cama, sin poder dormir, en deuda infinita con el sol cuando por fin decidió salir y me fui en busca de cafeína, mi poción mágica, que se vuelve mucho menos potente a cada día que no duermo.

Lo peor del insomnio no es el cansancio extremo, sino el aburrimiento de todas esas horas en vela. La tristeza. Los pensamientos oscuros que me acompañan durante toda la noche. Anoche empecé a pensar en cenizas y fragmentos de huesos. Eso es lo que queda después de que un cuerpo sea incinerado. Cuando mi madre regresó junto a mí del crematorio, me esperaba algo suave, como las cenizas que quedan en nuestra chimenea. En las noches frías, solíamos echar algunos leños, nos sentábamos en el suelo bajo la misma manta y tratábamos de entrar en calor. Cuando se apagaba el fuego, las cenizas que quedaban eran suaves. Delicadas. No sabía que las cenizas de mi madre serían gruesas como la arena, como la arena para gatos, y no suaves como la ceniza. Tampoco sabía que habría fragmentos de huesos.

Después de que los cincuenta y ocho kilos de mi madre fueran reducidos a menos de dos, no se me ocurrió llevar la urna al crematorio para que pudieran meterla dentro. Así que, en su lugar, me la devolvieron en una bolsita metida en una caja. Me encomendaron la misión de hacer el traspaso a la urna de cerámica, este artefacto en forma de lata que no se parece en nada al cuerpo redondeado y al cuello estrecho de la típica urna clásica. Ni siquiera se notaría que es una urna de no ser por el nombre de mi madre impreso en la arcilla junto con el año de su nacimiento y el de su muerte. Su paso por la Tierra. Cuarenta y nueve años.

Hice el traspaso en la mesa de la cocina, el día después de traer sus restos a casa desde el crematorio. La misma mesa en la que solíamos comer. Utilicé un embudo. El mismo embudo que usábamos para traspasar la cobertura de azúcar de las galletas a las mangas pasteleras. Cuando terminé, había un fino reguero de mi madre cubriendo la mesa. Lo limpié con la palma de la mano. Entonces mi madre se me quedó pegada, y no es que pudiera lavármela con agua y jabón. Porque era mi madre. No podía tirar a mi madre por el fregadero de la cocina.

Esas son las cosas en las que no piensas cuando alguien se ha muerto. No quieres pensar en ellas.

Y aun así esas son las cosas que me mantienen despierta toda la noche. Un fino reguero de mi madre en la palma de la mano.

—No podía dormir —le digo, y lo dejo ahí, fingiendo que ha sido una cosa puntual, no le cuento que llevo muchas noches sin dormir.

—Prueba con un vaso de leche caliente —me sugiere—. A mí siempre me ayuda a dormir como un bebé —me dice, y le contesto que lo haré. Pero no lo haré. Ya lo he intentado y además no soporto el sabor de la leche caliente.

Pero entonces se produce otra vez. El ruido, y esta vez estoy segura de que no me lo he imaginado. Otro golpe seco.

Y levanto la mano temblorosa en un gesto involuntario para tirar de la escalera y ver qué es lo que hay ahí dentro.

—Será mejor que no hagas eso —me dice la señora Geissler con brusquedad.

Me quedo quieta e insisto.

—Hay algo ahí. —Y solo entonces parece reconsiderarlo.

—No quería asustarte —me explica, y respiro aliviada. No me he imaginado el ruido. Era real—. Son ardillas. Lo tienen todo invadido —se lamenta—. Llevo tiempo sin subir ahí. —Dice que ha estado contratando a un servicio de control de plagas para que acaben con ellas, pero está segura de que la empresa mete más ardillas en su casa de las que saca. Por ahora el espacio no es habitable, hasta que se solucione el problema. No se atreve a subir ahí, no hasta que las ardillas se hayan ido y le reparen los daños—. Las ardillas —se queja— han hecho agujeros en las paredes. Se han abierto camino hasta los cables de la electricidad. Han echado a perder una lámpara muy buena. He cambiado de empresa, claro, pero librarse de las ardillas no es tarea fácil. Necesito un techador que venga y cambie las tejas para cortarles la entrada a las ardillas, pero el techador no vendrá hasta que no hayan echado a todas las ardillas. Esos malditos bichos la tienen tomada conmigo —me dice, suspira exasperada, y en ningún momento se me pasa por la cabeza no creerla.

—Parece un buen follón —le digo.

Por la ventana veo que el sol ha terminado de ponerse. La oscuridad ha llegado para anclarse a la Tierra durante la noche. Para poner fin a un día más.

—Se está haciendo tarde —le digo a modo de excusa, me despido y me marcho.

Rodeo la casa y atravieso el patio hasta llegar al césped. Ahí me detengo a mitad de zancada, con las manos en las caderas, y miro hacia el cielo para ver que las estrellas se han perdido detrás de las nubes. No hay una sola estrella a la vista. La luna está ahí, pero no es más que un hilo. Una luna creciente que apenas ilumina la noche. El aire otoñal es frío y se me pone piel de gallina en los brazos. Me los froto con la esperanza de que la fricción me haga entrar en calor. Por el momento funciona, pero anticipo con temor otra noche gélida en la cochera.

La casa está envuelta en la oscuridad cuando llego. Me cuesta trabajo encontrar con la llave el agujero de la cerradura. Se me cae dos veces, y rebusco por el escalón de la entrada hasta encontrarla.

Me sobresalta el ruido de una sirena a lo lejos. Al mirar hacia atrás, por encima del hombro veo las luces de emergencia rojas y azules iluminando el cielo, y descubro a la señora Geissler de pie en la puerta trasera de su casa. Está iluminada por las luces de la cocina, y resulta más fácil de ver que yo, que me encuentro en la oscuridad más absoluta.

Y aun así sus ojos están fijos en los míos, como si hubiera estado observándome todo el tiempo.

Encuentro el agujero de la cerradura y abro la puerta. Me apresuro a entrar.

Mientras subo los escalones torcidos, siento el peso de la fatiga en el cuerpo. Fatiga por el ejercicio físico y fatiga por la falta de sueño. Me tumbo en el colchón y me quedo mirándome las manos temblorosas. Tienen un aspecto anémico. Pálida y harinosa, la piel de los bordes va desapareciendo, esfumándose, como si tiraran del hilo suelto del dobladillo de una camiseta, deshaciendo la prenda entera por las costuras. Esa soy yo. Me deshago por las costuras. Poco a poco, voy desapareciendo.

Vuelvo a mirarme las manos y esta vez están bien. Intactas.

Pero siguen temblando.

Cierro los ojos y, aunque el sueño está ahí, a mi alcance, alargo la mano para agarrarlo, pero se me escapa. Esquivo y furtivo. Se aleja, se burla de mí. Se ríe en mi cara.

Porque, por muy cansada que esté, sigo sin poder dormir.

eden

21 de diciembre de 1996
Egg Harbor

Aaron y yo llevamos meses esclavos de los círculos rojos de mi calendario de bolsillo, y nuestros encuentros íntimos se planifican de antemano. Durante mis días más fértiles hacemos el amor dos y hasta tres veces al día, aunque ahora se ha vuelto inorgánico, mecánico y forzado. Parece que todo nuestro mundo gire en torno a la concepción de un bebé, y me esfuerzo por recordar cómo eran nuestras vidas antes de tomar la decisión de formar una familia.

Hace dos noches me quedé despierta hasta que volviera a casa del trabajo, en la cama, leyendo mi libro. Me levanté dos veces de la cama para mirar por la ventana, buscando entre los árboles desnudos la luz de los faros en la distancia —un amarillo cegador en la negrura de la noche—, serpenteando por el camino en dirección a casa. Pero no vi nada. La noche era negra como la boca de un lobo, sin luna ni estrellas. Pareció tardar una eternidad en llegar a casa.

La lámpara del dormitorio estaba atenuada y había una vela encendida sobre la cómoda para dar ambiente, aunque, cuando por fin llegó, Aaron se fijó en la vela y la apagó, pensando que me había cansado y se me había olvidado apagarla. La pequeña habitación se llenó con el olor asqueroso del humo mientras él se quitaba el uniforme de chef y lo dejaba caer al suelo. Se metió en la cama junto a mí y dijo que estaba muy cansado y le dolían los pies. Arrastraba las palabras con el cansancio. No se molestó en apagar la luz. Yo olía el asador en su cuerpo, el ajo, la salsa Worcestershire, la carne de los filetes y las costillas.

Y aun así allí estaba, otra fecha rodeada en rojo en el calendario.

Bajo la manta llevaba puesta una bata de satén y, bajo la bata, nada, aunque no me sentía tan *sexy* como había imaginado, como había esperado, sensación que se acrecentó cuando me desaté el cinturón de la bata y me mostré a él, y en sus ojos vi la duda, la excusa que estaba a punto de pronunciar.

—¿Recuerdas? —le pregunté con una esperanza infantil en la mirada—. Estoy ovulando —le recordé y, antes de que pudiera decir nada, antes de que pudiera explicarme por qué no era una buena noche, me metí debajo de las sábanas y no me costó trabajo hacerle cambiar de opinión.

No creo que le importara. De hecho, creo que le gustó bastante.

Cuando acabamos, Aaron se apartó y se retiró a su lado de la cama, dejándome sola con mis caderas elevadas y la esperanza de que, esta vez, la gravedad hiciera su parte.

Llevamos así tres días seguidos, aunque esta noche Aaron ha puesto resistencia y me ha costado mucho más hacerle cambiar de opinión, e incluso al lograrlo no he sentido mucha satisfacción ni deseo, solo la certeza de que estaba haciéndolo por mí. Porque yo quería. Porque le obligaba a hacerlo. Notaba el resentimiento y la desgana en todos sus movimientos. Cuando hemos acabado, le he dado las gracias y eso me ha hecho sentir mal, después nos hemos retirado cada uno a nuestro lado de la cama, con un océano de espacio entre nosotros.

Ha quedado claro que últimamente lo hacemos porque tenemos que hacerlo, no porque ninguno de los dos desee tener relaciones sexuales. Nos saltamos cualquier tipo de preliminar y vamos directos al grano; el sexo nos resulta tan placentero como cepillarse los dientes o lavar los platos. Nuestros movimientos se han vuelto tan repetitivos y predecibles como hacer la colada.

Igual que con el resto de nuestras tareas diarias, hemos empezado a hacer el amor de mala gana tres días al mes, y los otros veintisiete nos parecen un agradable respiro.

9 de enero de 1997
Egg Harbor

Tardamos casi treinta minutos en llegar al ginecólogo y, durante todo el camino, solo oía la nieve al espachurrarse bajo los neumáticos. Fuera hacía frío, cero grados, y las nubes plomizas parecían estar a punto de reventar en cualquier momento y cubrirlo todo con otros ocho centímetros de nieve. Aaron estaba dividido, le preocupaba no volver a casa a tiempo para irse a trabajar, pero sentía la necesidad de asistir. De estar presente en la cita. Vaciló durante cinco o diez minutos, de pie en la puerta abierta, mientras el aire frío se colaba en nuestra casa.

Al final decidió venir y, mientras conducíamos hacia el sur por la autopista 42, ambos callados, me sentía culpable por ello, sabiendo que, si llegaba tarde a trabajar, sería por mi culpa.

El ginecólogo estaba en Sturgeon Bay, a veintiocho kilómetros en coche. Era el más cercano que pude encontrar y además me lo había recomendado Miranda, la única mujer del pueblo con la que tenía confianza suficiente para preguntarle. Miranda, que la semana pasada trajo a sus tres hijos a mi casa en su Dodge Caravan —con el parabrisas cubierto de cristales de hielo, de modo que resultaba casi imposible ver a través del cristal— porque hacía demasiado frío para caminar.

Miranda, que se tumbó en mi sofá y apoyó los pies en la mesita del café mientras yo mecía a su pequeño Carter, de dos meses, para que se quedara dormido.

Miranda, que estaba tan superada por la maternidad que no soportaba quedarse a solas con sus tres hijos.

Miranda, que me contó que estaba embarazada otra vez, que esta vez había sido un accidente, que no estaban intentándolo. «Porque ¿quién en su sano juicio intenta tener más cuando ya tiene tres?», dijo, mirándome con pena, como si yo debiera apiadarme de ella por aquella desgracia, pero en su lugar me sentí furiosa, harta y enfadada.

Miranda me confesó que, aunque Joe y ella habían esperado las seis semanas recomendadas después de que naciera Carter para empezar a tontear, claro, Joe logró dejarla encinta al primer intento, y ya habían empezado las náuseas matutinas, así que sus hijos estaban obligados a ver más televisión que antes, porque Miranda no tenía energía para entretenerlos todo el día, y mucho menos para darles de comer. «El muy cabrón», dijo en referencia a Joe y a su evidente virilidad, y después me preguntó por qué Aaron y yo estábamos tardando tanto en concebir.

—No creerás que eres estéril, ¿verdad? —me preguntó con los ojos muy abiertos—. O que tu guapo maridito dispara balas de fogueo.

Sentada en el coche junto a él, de camino a la cita con el ginecólogo, escuchando la pulverización de la nieve bajo las ruedas y mirando las nubes, no pude evitar preguntarme si sería así. ¿Aaron dispararía balas de fogueo? ¿Sería estéril?

Aaron, que podía hacer cualquier cosa, arreglar cualquier cosa, ¿no podía concebir un bebé?

Aaron, a quien todo se le daba tan bien, ¿tenía problemas para engendrar un niño?

La idea me enfadó y me molestó. Estaba enfadada con Aaron porque, con todas las cosas que era capaz de hacer, no parecía capaz de hacer esto.

¿Por qué no podía arreglarlo? ¿Por qué no podía hacer las cosas bien?

Echar culpas se había convertido en la práctica habitual últimamente; señalar con el dedo y reprochar. ¿De quién era la culpa de que aún no tuviéramos un bebé?

11 de marzo de 1997
Egg Harbor

Lo que he descubierto tras ser derivada a un especialista en fertilidad es que, aunque me baja la regla todos los meses con una regularidad moderada, mi cuerpo no está ovulando correctamente, no siempre está ovulando. «Anovulación», se llama, una palabra que nunca había oído, pero en la que ahora pienso a todas horas y cuando debería estar durmiendo. Si soy sincera, no me sorprende mucho. Mi cuerpo hace lo que tiene que hacer, prepara el endometrio —el interior del útero se prepara para acoger el óvulo fertilizado— y después se produce el desprendimiento cuando no aparece el óvulo. No es que el óvulo no haya sido fertilizado por el esperma de Aaron. Es que simplemente no estaba allí presente desde el principio.

Hoy he comenzado mi tercer ciclo de Clomid. Después de meses así, no me queda sensación de humildad, ni modestia. He mostrado mis partes íntimas a todos los médicos, enfermeras y técnicos de la clínica de fertilidad, mientras que lo único que tuvo que hacer Aaron fue depositar una muestra de esperma y hacerse un simple análisis de sangre. No me parece muy justo. El primer mes no ovulé. El mes pasado subimos la dosis y, aunque el doctor Landry observó dos folículos al realizar la ecografía —introdujo la sonda transvaginal entre mis piernas y sé que debería haberme sentido violada y avergonzada, pero ya no; después nos envió a casa con órdenes estrictas de mantener relaciones sexuales—, no me quedé embarazada.

Las pastillas me dan ganas de llorar a todas horas, sin ninguna razón aparente, aunque, tras ver la lista completa de posibles efectos secundarios, me considero afortunada de tener que padecer únicamente la predisposición al llanto. Lloro en el mercado; lloro en el coche. Lloro en casa mientras friego el suelo, doblo la colada y me planto en la puerta de uno de los dormitorios vacíos, preguntándome si alguna vez acogerá a un niño, preparándome para otro ciclo de Clomid que probablemente acabe de nuevo con el periodo mensual.

Para combatir la baja movilidad del esperma de Aaron, así se llama, ha empezado a llevar ropa interior suelta (esto no se lo cuento a Miranda), y debe buscar maneras de reducir el estrés en su vida, estrés que ninguno de los dos sabía que tenía. Ahora duerme hasta después de las diez cada mañana, de modo que ya no compartimos nuestro café en el muelle, lo cual está bien en cualquier caso, dado que el invierno eterno nos ha atrapado en casa y no hay veleros que contemplar en la bahía, no hasta que llegue la primavera. Toma suplementos de hierbas y, cuando las temperaturas no son demasiado bajas, sale a dar un paseo o a correr, así que nuestros días juntos son unas pocas horas a lo sumo. Eso también está bien, dado que ya no tenemos mucho de lo que hablar, nada que se aleje de las muchas cosas que el mundo se muestra reacio a permitirnos tener: un esperma fuerte y capaz; una ovulación regular; una prueba de embarazo positiva; un bebé.

No es que Aaron no tenga suficiente esperma, sí que lo tiene, es que el que tiene no nada correctamente y no es capaz de recorrer los diez centímetros hasta el lugar donde mi óvulo podría estar esperando o no.

En resumen, ambos somos culpables, aunque no pasa un solo momento sin que me pregunte cuál de los dos será más culpable y, aunque creo que soy yo, sé que soy yo, una parte de mí se siente ofendida por ser la única que está obligada a tomarse la temperatura corporal, a hacerse pruebas de ovulación, a llorar en público sin ninguna razón, a ir a la clínica de fertilidad una y otra vez, a que la sonden para que un médico o técnico pueda ver mis ovarios, mientras que lo único que tiene que hacer Aaron es tomarse un suplemento de hierbas de vez en cuando y hacer un poco de ejercicio.

No me parece justo. No me parece correcto.

He empezado a guardarle rencor por eso, igual que le guardo rencor por muchas otras cosas.

13 de marzo de 1997
Egg Harbor

Casi todos los días tengo que responder a preguntas sobre cuándo vamos a tener un bebé, con frecuencia preguntas de mi madrastra o de la madre de Aaron, que llaman cuando está trabajando y preguntan sin mucha sutileza por los nietos.

¿Cuándo van a tenerlos? ¿Cuándo tendremos una buena noticia que compartir?

No es que les falten los nietos, porque tienen muchos. Lo que pasa es que Aaron y yo llevamos casados más de dos años y la sociedad no lo entiende: dos jóvenes de casi treinta años, casados durante más de dos años y sin hijos, como si fuera algo impensable, un tabú.

¿Tiene algo de malo?

Parece que sí.

Una mujer casada de mi edad y sin hijos es una anomalía en la actualidad.

No me atrevo a decir en voz alta que lo estamos intentando, intentándolo y sin conseguir tener un bebé, porque no quiero compasión y no quiero consejos. Así que, en su lugar, les digo a la madre de Aaron y a mi madrastra que pronto, y deseo que mi propia madre estuviera viva porque el suyo es el único consejo que deseo y necesito.

Me paso los días esperando. Esperando a que Aaron se despierte, esperando a que Aaron se marche, esperando a que Aaron llegue a casa para poder cerrar los ojos de nuevo y dormir. Esperando a que empiece un nuevo ciclo de Clomid, a ovular, a hacer el amor con Aaron como lo harían los robots, deprisa y sin sentimientos, y después esperando los resultados negativos de la prueba de embarazo, la sangre leal y de confianza.

Es la única cosa de la que puedo estar segura ya. De que tarde o temprano me bajará la regla.

14 de marzo de 1997
Egg Harbor

La primavera asoma en el horizonte.

Todavía quedan semanas, pero de vez en cuando estalla un día de sol ante mis ojos, con diez o quince grados de temperatura, y así resulta más fácil de sobrellevar que los días grises y eternos del invierno.

En esos escasos días primaverales, salgo de casa cuando Aaron no está y me dirijo hacia el pueblo. He descubierto allí un estudio de baile, por casualidad, ya que no lo iba buscando; se trata de una casita pequeña de una sola planta en Church Street de la que entran y salen bailarinas de *ballet* durante todo el día.

El día que descubrí el estudio, vi que había un banco del parque vacío allí cerca, que resultaba cálido y acogedor, situado directamente bajo un rayo de sol, así que, aunque no hacía más de once grados fuera, me sentí a gusto, con la piel caliente gracias a los generosos rayos solares.

Me pasé casi una hora observando a las bailarinas, niñas en su mayor parte vestidas con leotardos y el pelo recogido en moños apretados. Sus vocecillas sonaban alegres y agudas, como pájaros, aferradas a las manos de sus madres, entrando y saliendo a cada hora del día.

Hubo un grupo en particular que llamó mi atención. Un grupo de dieciséis —ocho madres y sus hijas— que llegó en masa en torno a mediodía, un puñado de niñas risueñas seguidas de sus madres, mujeres que bebían café con leche y cotilleaban mientras yo estaba sentada sola en el banco del parque, sintiendo pena de mí misma, aislada de la sociedad porque no encajaba. Porque no tenía hijos.

Las mujeres eran preciosas, todas y cada una de ellas, lo que por alguna razón me hizo sentir sucia, insegura y avergonzada. Sonreí cuando pasaron por delante, pero ninguna me miró ni me sonrió en respuesta. Llevaban camisetas anchas y faldas amplias; botas tejanas; jerséis holgados; bolsos grandes; mientras que yo, por mi parte, iba vestida con una sudadera de Aaron que había encogido y perdido el color con los lavados, sintiéndome sola, hinchada, desesperada, anhelando tener un bebé.

Qué diferente soy de esas otras mujeres.

Jamás podría ser una de ellas, una de esas mujeres que se mueven en grupo, susurrando secretos sobre sus maridos, los hábitos nocturnos de sus hijos, cuáles siguen mojando la cama. Y todo porque no tengo un hijo. Porque, sin un hijo, no tenía nada que ofrecerles.

Porque no soy nada, razoné entonces, si no soy madre.

Mi vida no tiene ninguna otra justificación.

Las vi pasar por delante y dirigirse hacia el estudio de baile. Y entonces, cuando las mujeres ya habían pasado e imaginé que el desfile había terminado, me fijé en una niña pequeña que iba rezagada detrás, casi paralizada en la acera. Le costaba seguir el ritmo. Estaba demasiado ocupada examinando los brotes de los árboles. Era más bajita que el resto, lo que me hizo pensar en el cerdito de *La telaraña de Carlota*. Wilbur, que se salva del matadero gracias al pequeño Fern. Me quedé cautivada con ella, sin respirar, viéndola pasar para reunirse con las demás en el estudio. Solo cuando hubo desaparecido me permití respirar de nuevo.

Y ahora me siento en ese banco dos o tres veces por semana y observo a las bailarinas ir y venir; me gustaría que una de ellas, cualquiera de ellas —pero sobre todo la más pequeña, de pelo más corto que el resto, de un color pajizo, y con el rostro lleno de pecas, con unos pies pequeños que la hacen ir por detrás, hasta que incluso me preocupa que algún día se vayan a olvidar de ella— fuese mía.

De hecho me he convertido en adicta, lo único que alivia el síndrome de abstinencia es ver niños, estar en compañía de niños. Son mi dosis, un antídoto para la inquietud, la irritabilidad, el temblor de las manos, que se agrava a cada mes que paso sin quedarme embarazada.

La niña pequeña no tendrá más de tres años, con brazos, piernas y mejillas regordetas, acolchadas con la típica grasa de bebé que algún día se irá, sin duda, y entonces se parecerá a una de las mujeres tras las que camina, con sus piernas largas, su melena larga y su café.

No me gusta sentirme así cuando estoy en ese banco del parque, mirando a niñas que no son mías. Pero no tengo nada mejor que hacer con mi tiempo y no creo que pudiera parar si lo intentara.

Le sugerí a Aaron buscar un trabajo, para distraerme durante las tardes largas y solitarias en las que él no está. Pero prefiere que no trabaje, a lo cual no le encuentro sentido. La carga económica de los tratamientos de fertilidad es pesada; nos vendrían bien unos ingresos extra. Hemos empezado a discutir por cosas como el precio de la carne picada o de la luz.

Aaron y yo hacemos el seguimiento de los ciclos de Clomid, lo que significa que, por cada intento fallido, nos gastamos cientos de dólares en medicación, análisis de sangre y ecografías para ver si mi cuerpo produce óvulos y cuándo. El seguro no cubre esos gastos porque, claro, a una aseguradora todopoderosa le da igual que Aaron y yo tengamos un bebé, de modo que el procedimiento se considera optativo. Estamos optando por gastarnos miles de dólares en intentar concebir un bebé, mientras que otros padres, padres mucho menos capaces, tienen uno gratis.

—Ya estás sometida a mucha presión —me dijo Aaron cuando le sugerí lo de buscar trabajo—. ¿Por qué no concentrarte en esto? —añadió, refiriéndose a la creación del bebé, como si, por alguna razón, no hubiera estado concentrada y como si esa falta de concentración fuese la razón por la que aún no teníamos un hijo. Había sido demasiado displicente al respecto, demasiado despreocupada, demasiado temeraria. No utilizó esas palabras, ni una sola de ellas, y aun así eso fue exactamente lo que oí cuando volvió a casa del trabajo aquel día pasada la medianoche y, pese a que me lamenté de aburrirme durante todo el día, de estar sola, me sugirió que no buscara trabajo, sino que me concentrara en esto, señalando con la mano mi vientre vacío.

Entonces le grité. Di un portazo. Lo dejé fuera del dormitorio y tuvo que pasar la noche en el sofá.

Nunca le había gritado. Nunca había alzado la voz.

No le importó dormir en el sofá. Era la una de la madrugada. Estaba cansado, me dijo. «Eden, ya basta», admitió con un suspiro mientras recogía su almohada del cabecero de nuestra cama. «Necesito dormir».

Aquella noche me quedé sentada en el dormitorio, en la oscuridad, apoyada contra las almohadas en vez de tumbarme. Seguían temblándome las manos varias horas después de mi berrinche. Se me había instalado un dolor de cabeza en la base del cuello que ascendía por el cráneo. Me escocían los ojos de tanto llorar y, aunque traté de achacarlo a la medicación —al fin y al cabo, los cambios de humor y la propensión al llanto eran efectos secundarios bastante frecuentes del Clomid—, no sabía si esa era la verdadera razón.

Quizá fuera yo.

Por la mañana me sentía arrepentida.

Pero no me disculpé y tampoco lo hizo Aaron. En su lugar, se marchó al trabajo antes de tiempo y yo regresé al estudio de baile, como una adicta en busca de su dosis.

19 de marzo de 1997
Egg Harbor

Al ver que el Clomid por sí solo no funcionaba, el doctor Landry nos sugirió la inseminación intrauterina. Colocar el esperma perezoso de Aaron directamente en mi útero para que los espermatozoides no tuvieran que recorrer esos diez centímetros de espacio mucoso, para que les costara menos esfuerzo encontrar y fertilizar mi óvulo sin perderse, nadando en círculos en mi canal de parto como tienen tendencia a hacer. Cada mes, Aaron y yo hemos tirado dinero, desperdiciado folículos y óvulos, cientos de dólares en medicación y ecografías para nada. Mis visitas al doctor Landry han sido una pérdida de tiempo. Es el momento de probar algo nuevo. La inseminación intrauterina añadirá doscientos dólares a nuestro gasto mensual, pero también aumentará la probabilidad de embarazo, sobre todo en casos como el nuestro, donde la culpable es la baja movilidad del esperma.

Ahí está otra vez esa palabra: culpable.

También está el beneficio añadido de que, con la inseminación intrauterina, Aaron y yo no tendremos que mantener relaciones sexuales, lo cual es, en sí mismo, una bendición. Aaron podrá hacer su muestra en la comodidad de una sala privada en la clínica, con vídeos y revistas pornográficas, donde unas mujeres sexis y pechugonas mucho más atractivas que yo nos ayudarán a concebir un bebé. Le avergonzó tener que hacer eso, y aun así, después de meses de ecografías invasivas y extracciones de sangre, después de tener que tomar una medicación que me volvía inestable y me provocaba el llanto, después de que me inyectaran hormonas durante meses, aquello me pareció lo justo. Lo correcto. La enfermera dijo que yo podía ayudarle, que podía hacer compañía a Aaron si quería, pero él miró hacia otro lado, entró sin mí y cerró la puerta. Sentí una punzada de celos, un dolor penetrante que me atravesaba la cabeza, como si alguien me hubiera clavado un picahielos en el cráneo.

Me imaginé a Aaron al otro lado de la puerta, excitado por cualquier fulana que apareciese en la pantalla de la tele, y no por mí.

Horas más tarde, cuando la muestra ya había sido realizada, me tocó a mí tumbarme en la camilla, completamente desnuda de cintura para abajo, solo con una sábana que proporcionara una falsa sensación de privacidad, mientras el doctor Landry colocaba primero un catéter y después el esperma de Aaron en mi interior.

Y nos envió después a casa a esperar.

Aaron, como siempre, se fue a trabajar y me dejó sola y aburrida, así que conduje hasta el pueblo, llegué al estudio de baile de Church Street y me senté en el banco del parque a observar a las bailarinas ir y venir, buscando a la más pequeña de todas, la del pelo color pajizo y pecas, una cabeza más baja que el resto, a la que le costaba seguir los pasos de su madre y de sus amigas.

Tuve que esperar un buen rato, pero al final apareció y el corazón me dio un vuelco. Se me durmieron las manos. Me quedé sin respiración.

La vi atravesar primero las puertas dobles del estudio, ya rezagada antes incluso de haber puesto un pie en la calle, luchando contra el peso de la puerta porque no había nadie cerca para sujetársela. Su cabecita apenas superaba la barra de la puerta. Las demás ya iban cinco o diez pasos por delante, recorriendo la acera de hormigón en dirección al pueblo; las niñas charlando alegremente sobre lo que iban a hacer por la tarde mientras sus madres las seguían con sus vasos de café en la mano. Solo en una ocasión una madre se volvió para ver dónde estaba y gritó: «Espabila, Olivia, o te quedarás atrás», se giró de nuevo hacia delante y no volvió a mirar a Olivia, que iba la última, como el vagón de cola de un tren de alta velocidad que parecía haber descarrilado.

Ya tenía un nombre. Olivia.

Pero la madre de Olivia estaba absorta en una conversación con sus amigas, escuchando cómo una de las otras madres se quejaba de la interminable jornada laboral de su marido y de lo mucho que viajaba. Esa semana se encontraba en Tampa Bay por negocios, y la nueva ayudante administrativa de la oficina también había ido, esa de la que hablaba su marido durante la cena, de modo que no podía evitar estar preocupada.

—No puede ser —dijo una de las otras.

—Oh, pobrecilla —agregó la madre de Olivia.

Y entonces quedó decidido. El marido de aquella mujer estaba teniendo una aventura.

Durante toda la conversación, nadie prestó atención a Olivia, que se había quedado aún más rezagada.

Yo no tenía intención de levantarme del banco cuando pasó por delante. Ninguna intención. La idea no se me cruzó por la cabeza hasta que se le cayó una horquilla del pelo y aterrizó en el suelo emitiendo un sonido tan suave que solo yo pude oírlo. La pequeña Olivia siguió caminando y dejó allí la horquilla. Su madre siguió caminando, ahora veinte o treinta pasos por delante. Pero yo me detuve a recoger la horquilla y empecé a caminar detrás de Olivia y del resto del grupo, a unos seis pasos por detrás, totalmente aturdida.

No podía hablar.

Podría haberla llamado por su nombre; podría haberle dado una palmadita en el hombro y haberle entregado la horquilla. Pero no lo hice. En su lugar, anduve un metro por detrás de ella, contemplando su leotardo y su tutú de color lavanda, las mallas blancas, el pelo recogido en un moño, con algunos mechones sueltos de color marrón y amarillo. Junto a nuestros pies, la nieve se había derretido, dejando charcos en los que los pájaros se detenían a beber. En los árboles había brotes, pequeños capullos de color verde a punto de llenarse de hojas.

En ningún momento se me ocurrió llevármela, taparle la boca con la mano para que no gritara. No pensé en engañarla con la promesa de un cachorro o de un helado. Solo quería mirarla durante un rato, caminar tras ella y fingir, solo por un momento, que era mía.

Mientras seguía a Olivia por la acera, reproduje una conversación en mi cabeza.

«Más despacio, cariño», pensé para mis adentros, susurrando las palabras en mi cabeza. «Ven a darle la mano a mamá», le decía y, en mi imaginación, le ofrecía la mano mientras la pequeña Olivia aminoraba un poco la marcha y se volvía hacia mí. Entonces yo veía el color de sus ojos y todas aquellas pecas que, sin duda, algún día aceptaría o acabaría odiando. Ella me daba la mano y yo la apretaba con fuerza, con cuidado de no soltarla mientras atravesábamos un cruce y el tráfico se detenía para dejarnos pasar. Era fácil darle la mano a Olivia. Sus pasos se sincronizaban con los míos.

La risa estridente de las demás niñas me sacó de mi trance y me devolvió a la Tierra, a mi existencia física. A la realidad. Se habían girado todas a la vez y estaban llamando a Olivia «caracol» y «tortuga» mientras esperaban a que las alcanzara para poder ir a por helados. Y, aunque yo sabía que era en broma —las risas de Olivia daban fe de ello, ¿no?—, me entristeció que se metieran con ella, que fuera siempre el cachorro rezagado de la camada.

Y entonces sentí pena por mí cuando salió corriendo para reunirse con sus amigas y me dejó atrás, sola en mitad de la acera con su horquilla en la mano.

Deseé que se diera la vuelta solo una vez para verme y saber que estaba allí.

Me quedé la horquilla de Olivia como amuleto de la suerte.

Diez días más tarde me bajó la regla.

Y ahora ha pasado otro mes y sigo sin quedarme embarazada.

jessie

Mis pensamientos nocturnos pueden agruparse en cuatro categorías. Siguen el mismo patrón, la misma rotación predecible cada noche. Lavar, aclarar, secar, repetir.

Todo empieza con los pensamientos macabros en los que me obsesiono con la muerte, con estar muerta, atrapada dentro de una urna, incapaz de respirar. Aparecen con el crepúsculo, cuando el sol se oculta tras el horizonte para irse a jugar con los niños al otro lado del mundo. Es entonces cuando empiezo a preguntarme cuánto tiempo me queda sobre la Tierra. Pienso en cómo y en cuándo moriré. ¿Me dolerá cuando muera? ¿Le dolió a mi madre?

Esos pensamientos macabros pronto se convierten en pensamientos tristes y oscuros en los que echo tanto de menos a mi madre que me duele. Llegado ese punto de la noche, el mundo ya se ha vuelto negro y yo estoy tumbada en el colchón en una habitación a oscuras, rodeada de negrura. Prisionera de la noche. A lo largo de toda mi vida siempre hemos estado mi madre y yo, como Batman y Robin, Lucy y Ethel, Shaggy y Scooby-Doo. Éramos un equipo. Sin ella no sé qué hacer. Me paso la mitad de la noche suplicando para que vuelva. Porque no sé quién soy sin ella. Porque, sin ella, no soy nada.

No lloro por eso porque mis ojos ya no pueden llorar más. Se han secado. Así que, en su lugar, pienso en cosas como que, si mi madre no está aquí, entonces yo tampoco quiero estar aquí. Es algo sombrío y, aun así, es cierto.

Tengo esa clase de pensamientos durante lo que me parecen ser horas, porque probablemente lo sean. Al final se convierten en pensamientos de culpa en los que me odio a mí misma por estar dormida cuando mi madre murió. Por enfadarme con ella cuando vomitaba por sexta vez consecutiva y no llegaba a la taza del váter. Por no hablarle durante semanas cuando no era sincera conmigo con lo de mi padre. Por no darle la mano cuando vino como acompañante a mi excursión al planetario en quinto curso, o por no molestarme en darle las gracias por el hilo de bordar que me regaló en secundaria; media docena de colores para hacer pulseras de la amistad. Me fui enfurruñada a otra habitación, pensando en lo estúpida que era. ¿No se daba cuenta de que no tenía amigas? Esos recuerdos me atormentan ahora.

A decir verdad, mi madre y yo apenas nos peleábamos. Las únicas discusiones que tuvimos fueron casi siempre sobre mi padre. Ella no quería hablar de él, se negaba a hacerlo, así que yo actuaba a sus espaldas tratando de descubrir algo más.

Tenía seis años la primera vez que me di cuenta de que no tenía padre. Hasta entonces estaba demasiado ensimismada para ver que los demás niños sí tenían y yo no. Mi madre y yo vivíamos solas. Pasábamos casi todo el tiempo juntas. No fui a preescolar y no tenía amigas. No sabía gran cosa más allá de mi mundo con mi madre, al menos hasta que empezó el colegio, y entonces mi mundo se ensanchó, aunque aun así, en comparación con el de los demás, seguía siendo pequeño.

El primer día de colegio me di cuenta de que todos los niños de clase, salvo yo, tenían un padre y una madre. Recuerdo aquel día, organizando nuestras pertenencias en los casilleros metálicos, mientras nuestras madres pululaban por el aula, hablando con la profesora o con otras madres. Todas salvo mi madre, porque ella estaba allí sola, sin hablar con nadie. Aquello me confundió. ¿Por qué no hablaba con las demás mujeres?

Pero lo que más me confundió fue el grupo de hombres que había en la clase. Eran un montón. No solo madres, sino madres y hombres. ¿Quiénes eran esos hombres y qué hacían allí?

Se lo pregunté a una niña. Señalé a un hombre enorme que tenía al lado. «¿Quién es ese?», le pregunté con los ojos muy abiertos, mirando hacia arriba. Me dijo que era su padre y, aunque ya había oído antes esa palabra, no formaba parte de mi vocabulario habitual.

Conté todos los hombres de la habitación y me di cuenta de que todos los niños tenían uno salvo yo.

La mención de mi padre no volvió a surgir hasta más tarde, aquel mismo año, cuando un niño me preguntó dónde estaba. Habíamos tenido una actuación musical y, mientras todos los demás iban acompañados de sus padres, incluso de sus abuelos, yo solo tenía a mi madre. Y cosas como esa, cuando tienes seis años, llaman mucho la atención. ¿Cómo es que Jessie Sloane no tiene padre?

«¿Dónde está tu padre?», me preguntó el niño, muy bien vestido con un chaleco y unos pantalones.

«No tengo padre», le dije, pensando que ahí se acabaría la conversación. Pero me hizo un comentario sobre que «todo el mundo tiene padre», y los demás empezaron a reírse.

Esa noche, en casa, le pregunté a mi madre por ello. Tenía que saberlo. «¿Dónde está mi padre?», le pregunté, de pie en la puerta de su dormitorio mientras ella estaba tumbada en la cama, con los pies descalzos cruzados a la altura de los tobillos, leyendo un libro. Incluso a los seis años, me daba cuenta de que estaba agotada después de pasar el día limpiando la casa de otra persona.

No esperé a que respondiera. «Joey Malone dijo que todo el mundo tiene padre», le dije a mi madre, ella descruzó los tobillos y dejó el marcapáginas dentro del libro. «¿Dónde está el mío?», quise saber, ofendida de pronto. Todo lo ofendida que puede estar una niña pequeña.

Mi madre estaba ocultándome algo.

Mi madre tenía un secreto que no quería compartir conmigo.

Se puso roja como un carbón encendido. «Joey no tiene ningún derecho a decir eso», me respondió. «No todo el mundo tiene padre. Tú no».

Pero su respuesta no vino acompañada de ninguna explicación.

Quizá hubiera muerto. Quizá estuvieran divorciados. Quizá nunca hubieran llegado a casarse. O quizá era cierto que nunca había tenido padre.

Aun así, empecé a husmear por la casa para estar segura, por si acaso había algo escondido en algún lugar que pudiera encontrar. Pruebas. Una pista.

Algunos años más tarde me volví más tenaz, más molesta. Volví a preguntarle a mi madre dónde estaba mi padre. Qué le había ocurrido. «¿Está muerto?», quise saber. Pronuncié aquella palabra con el descaro de una preadolescente. Con exasperación. Muerto.

Pero no me lo dijo. Siempre cambiaba de tema; fingía no oírme. Tenía una capacidad asombrosa para dar la vuelta a las palabras, para hacer que me olvidara de lo que había preguntado. De no decir nada.

Y aun así se lo preguntaba una y otra vez. Cientos de veces. Pero nunca me lo dijo.

Me volví despiadada.

Cuando tenía doce años, puse un cubierto en la mesa para él. Fuera quien fuera. Por si acaso decidía aparecer. Mi madre retiró la cubertería de la mesa inmediatamente y la guardó en el cajón.

«No hagas eso, Jessie», me dijo.

Iba atenta por la calle buscando su cara. Sin estar segura de lo que buscaba, pero siempre atenta. Me preguntaba si sería rubio y tendría hoyuelos como yo. O si sería moreno, o pelirrojo, quizá incluso de otra raza.

Tal vez no se pareciera en nada a mí.

O quizá fuéramos de esos que podrían pasar por gemelos.

Descubrí que los hoyuelos se heredan. Es un rasgo dominante. Significa que solo haría falta que uno de los padres los tuviera para que yo los tuviera también. Y, en vista de que mi madre no tenía, deduje que los habría heredado de él. De mi padre.

Un hoyuelo es, en realidad, un defecto de nacimiento. Un músculo facial muy corto que tira de tu piel cuando sonríes, provocando marcas en las mejillas. Por consiguiente, tanto mi padre como yo somos defectuosos.

Me inventaba nombres para él. Ocupaciones. Me fijaba en hombres con hoyuelos al azar, preguntándome si alguno de ellos sería mi padre.

Me lo imaginaba con otra mujer y otros hijos. Yo con hermanastros o hermanastras, con una familia. En mi fantasía, todos ellos tenían hoyuelos.

Antes de irme a la cama, dejaba la luz del porche encendida, para que pudiera encontrar nuestra casa si alguna vez iba de visita. Para que supiera cuál era la nuestra. Qué bungaló en el mar de bungalós era el mío.

A los catorce años probé a llevar una camiseta corta al colegio. No era mi estilo eso de llevar el ombligo al aire. Pero era una camiseta de camuflaje, suave y de color verde, y yo tenía catorce años. Me sentía rebelde. Intentaba encajar con la multitud, pero sin lograrlo. En su lugar, destacaba como el patito feo, siempre a años luz de la última moda.

Mi madre se quedó con la boca abierta y negó con la cabeza. Dijo que no a la camiseta del ombligo al aire, me ordenó que me fuera desfilando a mi habitación a cambiarme. Desfilando. Me resistí, con las manos en las caderas y haciendo pucheros. Dije las clásicas tonterías de una niña de catorce años.

Pero mi madre no cedió. Me dijo que no había nada que discutir y por tercera vez me ordenó que desfilara a mi habitación, mientras señalaba hacia las escaleras.

Contesté con brusquedad. «Seguro que si papá estuviera aquí me dejaría», le dije. Pareció visiblemente dolida. Le había hecho daño y me alegraba de ello.

«¿Me hablarás alguna vez de él?», le pregunté. Era una pregunta justa. Merecía saberlo, o al menos mi yo de catorce años así lo creía. Ni una vez tuve en cuenta las razones por las que me lo ocultaba, ni las consecuencias de saber quién era. Pero mi madre sí lo tenía en cuenta.

«*Qui vivra verra*», respondió levantando las manos. Su dicho favorito. Viene a significar que solo el tiempo dirá, pero en aquella ocasión no era más que una forma de mostrarse evasiva. De evitar de nuevo mi pregunta.

Salí hecha una furia de la habitación. Desfilé escaleras arriba y cerré de golpe la puerta de mi dormitorio. Me puse una sudadera que me tapaba cada centímetro cuadrado de piel.

Menos de un año después apareció el cáncer.

Y entonces empecé a desear no haber preguntado nunca por mi padre.

Ahora me atormentan esos recuerdos y me odio a mí misma por haberle hecho pasar por eso.

Pero cada noche a eso de las tres de la madrugada, cuando ya he agotado todos los pensamientos de muerte, de tristeza y de culpa por una noche, mi imaginación empieza a despegar. Mi imaginación o mis recuerdos, aunque algunas noches me cuesta distinguir cuál es cuál. Esta noche es un recuerdo, creo, uno tan lejano que mi cerebro tiene que ir juntando las piezas para que tenga sentido. Rellenando huecos. Veo aquella clase del jardín de infancia, un póster con la regla de oro pegado a la pared de bloques de hormigón. Una librería enorme, una alfombra rectangular con el abecedario dibujado; el abecedario y unos dibujos sencillos: un avión para la A, un barco para la B... y la bandera americana. Una pizarra donde aparecía escrito el nombre de la profesora con una caligrafía perfecta. Veo a mi madre de pie frente a la profesora, presentándose, diciéndole a la profesora que ella es Eden y que yo soy Jessie, y entonces la profesora se acuclilla ante mí y me estrecha la mano. Su sonrisa es cálida y sincera cuando vuelve a incorporarse para hablar con mi madre.

La señora Roberts lleva su carpeta en la mano, está asegurándose de que el papeleo de los niños esté cumplimentado y de que todos hayan traído sus materiales. Mi madre vacila frente a ella, con las manos en la espalda y los dedos entrecruzados. Mi madre y la señora Roberts hablan y, mientras lo hacen, las palabras llegan a mis oídos —certificado de nacimiento, me parece oír— y mi madre se pone nerviosa ante la solicitud de la señora Roberts.

—¿Disculpe? —pregunta mi madre, y la señora Roberts le explica que tiene una nota de la secretaría del colegio según la cual todavía no ha proporcionado mi certificado de nacimiento junto con el resto de documentación. Una copia certificada, con el sello repujado.

Mi madre no tarda ni un segundo en responder. Dice algo sobre un incendio en casa.

—Lo perdimos todo —asegura, y la señora Roberts pone cara de pena.

—Qué horror —dice para consolarla.

Yo, con mi mente de niña de seis años, pregunto inocentemente:

—¿Qué incendio? —Porque nunca hubo un incendio. No en nuestra casa. No perdimos nada.

Mi madre me manda callar. La señora Roberts le pone una mano en el brazo y le dice que, cuando pueda, consiga una copia.

Pero entonces el recuerdo desaparece sin más y yo me pregunto si habrá sido un recuerdo o solo mi imaginación.

Esta noche, tumbada sobre el colchón con la convicción equivocada de que, si me quedo ahí tumbada el tiempo suficiente, acabaré por dormirme, pienso en una Jessica Sloane muerta a los tres años, y me recuerdo a mí misma que solo es un error tipográfico, que ella no existe.

La habitación está en silencio y, tumbada en la cama, me pregunto qué aspecto tendría. A los tres años, me imagino rodillas y muñecas rollizas, ojos ingenuos y sonrisa infinita. Me pregunto si tendría ese aspecto. Pero entonces me acuerdo. No existe otra Jessica Sloane. Soy yo.

Un silencio pesado me aplasta contra la cama, invade cada rincón de la habitación como un gas venenoso. Creo que ese silencio podría matarme. Consumir todo el oxígeno de la habitación con un sigilo asfixiante. Lo único que oigo es el tictac del reloj de la pared, que marca la hora.

Me arrodillo y miro el jardín a través de la ventana, pero desde ahí solo veo la parte trasera de la casa de la señora Geissler. Es alta e imponente, tres plantas de piedra caliza y ladrillo. Una casa muy grande para una mujer sola.

Hay un balcón en la parte de atrás, algo básico y rudimentario. Un andamiaje de madera que asciende tres pisos y una tabla sobre la que colocarse. No me parece seguro. No debe de cumplir la normativa de seguridad.

Arrodillada frente a la ventana, apoyo los codos en el alféizar. Creo absurdamente que me fundo con la negrura de la habitación, que nadie puede verme desde ahí. La casa está a oscuras, salvo por una luz solitaria que queda encendida. Un tono amarillento ilumina los márgenes de una ventana. El resto está oculto tras una persiana. No puedo ver el interior de la habitación, solo el marco de luz que rodea la persiana.

La señora Geissler debe de haberse olvidado de apagarla antes de irse a dormir, supongo, porque son las tantas de la madrugada y nadie salvo yo debería estar despierto.

Pero, mientras observo, veo que el marco de luz de detrás de la persiana se mueve, porque la persiana también se está moviendo. Es un movimiento suave hacia delante y hacia atrás, como si hubiera habido alguien detrás de ella, levantando los bordes con disimulo para asomarse.

Me la imagino en la ventana, mirando, viéndome tumbada sobre el colchón, fingiendo que duermo. Pienso en su confesión —«vi tu luz encendida la otra noche»— y me imagino que la noche pasada, igual que esta, se plantó junto a la ventana para observarme. Y yo, ingenuamente, se lo puse fácil al dejar la persiana levantada, sin pensar ni por un momento que fuera necesario bajarla.

Pero de pronto creo que sí es necesario.

Veo el movimiento de la persiana de enfrente a medida que va deteniéndose.

Y entonces, sin más, la luz se apaga.

Los márgenes amarillos de la ventana desaparecen. La mansión de piedra queda envuelta en la oscuridad. No le doy importancia, pero entonces se me ocurre que la luz procedía de la tercera planta de la vivienda. El sitio de las ardillas. El sitio al que la señora Geissler no sube.

Me mintió.

¿Por qué iba a mentirme?

Vuelvo a meterme en la cama y me tapo la cabeza con las sábanas.

Hago esfuerzos por calmarme, por convencerme de que la luz tiene un temporizador. Que está automatizada. Que se enciende y se apaga por voluntad propia. Que había una rejilla de la calefacción expulsando aire caliente contra la persiana, provocando así el movimiento.

Pero no resulta muy fácil de creer.

eden

14 de mayo de 2001
Chicago

Contemplo a Jessie mientras duerme a mi lado. Ya está frita, por fin, después de una noche interminable de fiebre; yace sobre una manta en el suelo, con los brazos extendidos en direcciones opuestas, como las alas de un avión de pasajeros. Su rostro está tranquilo, no como anoche, cuando aparecía rojo por la fiebre y por la rabia que le subía por el cuello y le encendía la frente y las mejillas. Había estado llorando toda la noche, incapaz de respirar con normalidad. La fiebre le llegó a treinta y nueve grados y agradecí que no subiera más, porque entonces habría tenido que llevarla a urgencias. No sé si habría tenido el valor de llevarla al hospital de haber sido necesario. Descubro que la idea de un hospital —con sus olores antisépticos, sus pasillos austeros, los ojos vigilantes— aún me pone nerviosa en ocasiones, como una especie de síndrome de estrés postraumático, creo, porque solo con pensar en ello me altero, me mareo, noto que me duele el pecho. No sé si alguna vez podré volver a entrar en uno, no después de lo que he hecho. Estoy segura de que se darán cuenta, de que —aun con todos estos kilómetros de por medio— los médicos, las enfermeras y las mujeres de recepción sabrían perfectamente quién soy, como si llevara mi propia letra escarlata grabada por siempre en la ropa, para obligarme a recordar mi culpa.

Me quedo mirando a Jessie, que duerme profundamente sobre la manta acolchada que tengo al lado. Tiene el pelo revuelto en torno a la cara. Tiene ambos brazos extendidos por encima de la cabeza y ahora parecen postes de portería. No tiene ni una sola arruga en la piel y, aunque no quiero despertarla, le acaricio la mejilla con un dedo, agradecida de ver que aún duerme.

A veces me quedo sin aliento, pensando en que no se parece en nada a mí, con su pelo rubio y sus ojos azules. Y luego están los hoyuelos, ¡esos hoyuelos!, lo más delator de todo. He intentado succionarme las mejillas de vez en cuando con la esperanza de poder reproducirlos en mi propia piel. No funciona, por supuesto, y en vez de hoyuelos se me queda una cara de pez que hace reír a Jessie. Hay veces en las que tengo que recordarme a mí misma que soy madre, que soy su madre, y me pregunto si los demás advertirán esa vacilación en mí, la duda, o si estará solo en mi cabeza.

Ayer, cuando nos marchábamos de la pastelería francesa, la que tiene los pastelitos que me encantan, la mujer de detrás del mostrador me deseó un feliz Día de la Madre, y hubo algo inquisitorio en sus palabras que no me gustó. Me sentó mal. Lo que comenzó como un saludo educado se convirtió en una pregunta, como si en el último momento dudara si debía desearme un feliz Día de la Madre o no, aunque ya lo había dicho y no había manera de borrar sus palabras.

¿Era yo la madre de la niña? ¿Acaso era madre? Al fin y al cabo, no nos parecíamos en nada y, claro, al no llevar anillo de casada, eso levantaría sus sospechas. Tal vez fuera solo la niñera de la niña, la canguro, la *au pair*.

Al darle las gracias a la mujer, vi que se ponía roja de vergüenza, pensando que se había equivocado. Pero le agarré la mano a Jessie y dije: «Vamos, cariño», como si eso fuese justificación suficiente para ella y para mí. Como si hiciese más real mi maternidad.

Me pasé la tarde pensando, preguntándome qué vería exactamente la mujer para dudar si era la madre de Jessie o no. ¿Sería mi manera de moverme, mi forma de hablar, la falta de parecido físico? Pensé en ello todo el día y toda la noche, deseaba saberlo, necesitaba saberlo, para poder disimularlo mejor la próxima vez, fuera lo que fuera.

jessie

El día comienza con un encargo de limpieza, el primero en dos semanas. Es algo bueno por varias razones. Últimamente tengo escasez de efectivo y necesito algo que hacer con mi tiempo. Algo mejor que obsesionarme con mi número de la seguridad social o la ausencia de este, con que la señora Geissler me espía a través de su ventana; lo cual, incluso a plena luz del día, sigue inquietándome. Tanto que, antes de marcharme, contemplo las persianas de la cochera con la intención de bajarlas todas para que nadie pueda ver el interior mientras no estoy.

Salgo de la cochera sin hacer ruido y cierro la puerta.

Recorro el callejón de la parte de atrás, evitando a la señora Geissler.

A las siete y media de la mañana llego a la casa de Paulina Street, una típica casita obrera. Tengo que llamar dos veces al timbre antes de que la señora Pugh acuda a la puerta, e incluso entonces, cuando la abre, percibo una prudencia excesiva. No es la manera despreocupada en la que suele abrir la puerta para dejarme pasar. Su voz suena desencajada, alejada de su alegría habitual. «Jessie», dice al verme allí de pie. La palabra suena sin fuerza y deja caer la mirada hacia la fregona y el cubo que llevo en las manos y la caja con productos de limpieza que cargo bajo el brazo. Es mucho más de lo que pueden transportar mis dos brazos, así que me siento torpe a pesar de que no se me haya caído nada. Todavía.

A medida que sale el sol, se posa en mi nuca y me calienta, lo cual es un alivio después del frío que he pasado esta noche en la cochera. Tanto frío como para congelarme. No han parado de castañetearme los dientes en toda la noche, con el cuerpo envuelto en la única manta que pude encontrar. Y tres pares de calcetines en los pies.

No es un gran recibimiento. «¿Jessie?», es lo que realmente quiere decir la señora Pugh, más bien una pregunta que otra cosa, como si le sorprendiera verme allí, como si estuviera preguntándome qué hago allí. Se planta frente a mí en bata y zapatillas, protegida por la puerta. No lleva su atuendo para hacer ejercicio, como había imaginado. Ni colchoneta de yoga ni deportivas. Será que no se encuentra bien, porque a las ocho de la mañana la señora Pugh tiene yoga, de modo que a las siete y media siempre está vestida, con el pelo recogido en una coleta y algunos mechones sueltos que le enmarcan la cara. Pero hoy no.

—¿Llego pronto? —pregunto, miro el reloj y confirmo que son las siete y media. No llego pronto porque he llegado justo a la hora.

—¿Quién es? —pregunta el señor Pugh desde la distancia.

—Es Jessie —responde ella.

—¿Jessie? —pregunta el hombre de nuevo, con el mismo tono de confusión. Como si no supiera quién soy, cosa que no es cierta. Llevo años viniendo a limpiar a su casa. Todos los martes.

—Es miércoles —me dice la señora Pugh—. No llegas pronto, Jessie. —Y no logro distinguir la expresión de su cara, pero sí me doy cuenta de que no está contenta—. Llegas un día tarde. Tenías que venir ayer —me informa, y eso me sobresalta, la súbita revelación de que hoy es miércoles. De que no es martes, en cuyo caso toda mi semana está alterada. Me pregunto qué otras cosas me habré perdido. Me siento perdida de pronto, como si estuviera al borde de una cornisa sin nada a lo que aferrarme.

Mi disculpa suena efusiva.

—Lo siento —murmuro—. Lo siento muchísimo. —Intento pasar junto a la señora Pugh para entrar en la casa y limpiarla, pero me corta el paso y me dice que no me moleste.

—Anoche vinieron amigos a cenar, Jessie. Padres de la guardería. Necesitábamos que la casa estuviera limpia —me dice mientras se aprieta con más fuerza el cinturón de la bata para ocultar lo que sea que lleva debajo—. Tuve que buscar a otra persona para limpiar —agrega mientras me mira, no a los ojos, sino más abajo. Levanta un dedo y señala mi pecho, así que miro hacia abajo, pero no veo nada—. Jessie, tu... —Pero deja la frase a medias. Se lo piensa mejor, baja la mano y, en su lugar, dice—: Te llamé, pero no contestabas.

—Lo siento mucho —repito—. Podría rastrillar las hojas —le sugiero, aunque el número de hojas de su jardín es insignificante. Es demasiado pronto en la temporada para que caigan muchas hojas. Pero lo digo para tener algo que hacer, lo que sea—. O cortar el césped —añado, y me doy cuenta de lo desesperada que parezco, pero niega con la cabeza.

—Tenemos un servicio contratado —me dice—. Se encargan del jardín.

—Claro —respondo, sintiéndome como una estúpida. Retrocedo, sin molestarme en darme la vuelta y mirar hacia dónde voy, no veo el escalón de hormigón que separa la entrada del camino. Un paso, una altura de veinte centímetros. Caigo de golpe y aterrizo con torpeza sobre mis talones, haciendo que mis dientes choquen entre sí con el movimiento. No me caigo al suelo, pero se me resbala la fregona de entre las manos y provoca un estrépito en mitad de la calle.

Me giro para marcharme, al hacerlo tropiezo con la fregona y solo entonces la señora Pugh se apiada de mí.

—Nuestros invitados de anoche —me dice—. Seis niños y doce adultos pueden montar un buen follón.

Abre la puerta del todo y me invita a pasar. Le doy las gracias con la misma efusividad con la que antes me he disculpado. No tiene nada que ver con el dinero, sino con el tiempo. Tiene que ver con mantenerme ocupada.

Limpio las encimeras y los armarios de la cocina; friego los suelos. En el cuarto de baño, froto como loca, descargando mi ansiedad contra los azulejos, pero no me ayuda.

Cuando paso del baño al dormitorio del señor y la señora Pugh, me fijo en un ordenador que hay sobre un escritorio y eso me da una idea. El escritorio es minimalista, como el ordenador. Un portátil plateado y elegante que me pide una contraseña cuando lo abro y pulso Enter. Contengo la respiración, atenta a cualquier pisada procedente del pasillo. No hace falta ser un genio para averiguarla. Pegada al escritorio está la contraseña, además de las contraseñas de todas las cuentas financieras del señor y la señora Pugh. Sus tarjetas de crédito, sus cuentas bancarias. Sus fondos de inversión Vanguard. Tecleo el código y accedo sin problema. Podría apropiarme de unos cuantos cientos de miles de dólares si quisiera, pero no es ese mi objetivo.

El señor Pugh se ha ido a trabajar, así que por el momento solo estamos la señora Pugh y yo. La señora Pugh, que estaba sentada en la terraza interior bebiendo su café y leyendo un libro cuando me he excusado para ir a limpiar. Espero que siga allí, que no se le ocurra entrar en su dormitorio y me pille husmeando en sus cosas.

Abro un motor de búsqueda y tecleo mi propio nombre. Jessica Sloane. No estoy segura de lo que espero encontrar. O más bien lo que espero encontrar es nada. Pero, en su lugar, descubro a una diseñadora de interiores que se llama como yo y que acapara las dos primeras páginas de resultados. En la tercera página encuentro a una doctora llamada Jessica Sloane. Más abajo, en esa misma página, una monitora de Pilates. Y una cuenta de Tumblr de una cuarta mujer con ese mismo nombre.

Pero yo no aparezco por ninguna parte. Aunque tampoco tendría razones para aparecer en Internet. No he hecho nada reseñable con mi vida; no tengo redes sociales; nunca he salido en las noticias. A lo largo de los últimos veinte años, mi madre y yo hemos llevado una vida lo más aislada posible. Como las monjas, salvo que nosotras no rezábamos. Simplemente éramos discretas.

Pincho en la pestaña de las imágenes y se cargan ante mis ojos cientos de fotografías. Cientos de fotografías de estancias diseñadas por la diseñadora de interiores Jessica Sloane. Son dramáticas y recargadas, para nada mi estilo. También aparecen fotografías suyas. Y también de la doctora Jessica Sloane, con una bata blanca de laboratorio, un estetoscopio colgado alrededor del cuello y una sonrisa. Tratando de parecer empática e inteligente al mismo tiempo. Pincho en la pestaña de noticias situada en la parte superior de la página y descubro artículos sobre ellas.

Entonces me detengo, con las manos petrificadas sobre el teclado, al oír un ruido en el pasillo. La casa es alargada y estrecha, con habitaciones pequeñas. Escucho, oigo el agua del grifo de la cocina y la cafetera que se calienta para preparar más café. La señora Pugh se está preparando otra taza.

Cuando las suaves pisadas de la señora Pugh se alejan, devuelvo la atención a la pantalla.

En un impulso, inserto mi segundo nombre, convencida de que no aparecerá ningún resultado en la búsqueda. Pero, en su lugar, reduce los resultados a treinta y dos, que no es en absoluto lo que esperaba, y al principio pienso que el ordenador está mal.

Lo que llama mi atención es el primer resultado de la página, un artículo de periódico de hace diecisiete años. El titular dice: *Un conductor atropella y mata a una niña de tres años y se da a la fuga.*

Me quedo sin respiración. No puedo creer lo que estoy leyendo. Esas palabras. Esa imagen. El pie de foto en cursiva. *Jessica Jane Sloane.*

Esa soy yo.

Me agarro al borde del escritorio y aprieto con fuerza hasta que se me ponen blancos los nudillos.

Paso a leer un artículo que cuenta que una niña se metió entre el tráfico y fue atropellada por un coche. Dice que el coche aceleró y dejó a la niña por muerta en la carretera. Según testigos presenciales, el coche circulaba demasiado deprisa, de manera errática. Se dio por hecho que el conductor iba borracho, aunque nadie pudo verlo bien y tampoco se fijaron en el número de la matrícula. Hubo ciertas discrepancias en cuanto al color del coche, lo que demostraba la poca fiabilidad de los testigos oculares. No eran de fiar. La niña, Jessica Jane Sloane, fue trasladada en ambulancia al hospital local, donde falleció.

Vuelvo a pinchar en la pestaña de las imágenes y veo una fotografía de la pequeña Jessica Sloane con un traje de baño morado. En la imagen, es feliz. Tiene tres años.

La cabeza me da vueltas. Se me duermen los dedos. Pierdo la sensibilidad por completo y me quedo mirando la cara de esa niña mientras pienso: «¿Quién es esa niña y qué tiene que ver conmigo?».

eden

29 de marzo de 1997
Egg Harbor

Dicen que el vodka no tiene olor, y sin embargo a mí me resultó evidente en el aliento de Aaron cuando se dejó caer en la cama junto a mí anoche, cuando el reloj marcaba la una y trece de la madrugada. A lo largo de las últimas semanas, había advertido un cambio gradual en sus horarios de trabajo, cada noche volvía a casa más tarde que la anterior.

Al principio no dijo nada, se quedó mirándome con gesto inexpresivo cuando le pregunté si había bebido algo. No dijo que sí, pero tampoco que no, y me pareció razonable pensar que sí había estado bebiendo, aunque no era necesario que me lo dijera porque lo notaba en su aliento.

Según parece, se quedó con un par de compañeros de trabajo a tomar una copa cuando terminó el turno. Había sido una mala noche, una noche «de mierda», en palabras de Aaron, que nunca se quejaba. Damien no se había presentado a trabajar y él había estado hasta arriba toda la noche, esforzándose por seguir el ritmo.

—Solo ha sido una copa —me dijo—. No es que esté borracho, Eden. Solo ha sido una para el camino. Una maldita copa —insistió mientras se tapaba la cabeza con la almohada.

No era necesario recordarle los efectos del alcohol sobre la fertilidad masculina. Los conocía bien. Lo sabía porque el doctor Landry nos lo había dicho muchos meses atrás, cuando hablamos de posibles maneras de mejorar la baja movilidad del esperma de Aaron.

No era necesario decirle que llevaba sola todo el día, once horas esta vez. Casi doce. Eso también lo sabía. Sabía que no me gustaba irme a dormir hasta que hubiera llegado y estuviera en la cama, a mi lado. Sabía que, casi todos los días, me consumían el aburrimiento y la soledad, y ¿qué otra cosa podía hacer durante esas once o doce horas además de pensar en lo mucho que anhelaba tener un bebé?

Me giré en mi lado de la cama y me llevé la manta conmigo.

—¿Y ahora estás enfadada? —me preguntó, ahí tumbado y destapado. No le dije ni sí ni no, pero no era necesario decírselo porque lo notaba en mi postura, percibía la rabia y la tensión en mi cuerpo. Trató de abrazarme, pero me aparté. Suspiró—. Necesito relajarme un poco. Divertirme —dijo a modo de explicación, pero eso no hizo más que empeorar las cosas, porque me lo imaginé con sus compañeros de trabajo, bebiendo vodka y divirtiéndose—. ¿Qué tiene eso de malo? ¿Tienes idea de lo estresante que es mi trabajo? —Pero entonces se me ocurrió otra cosa, algo que tenía que ver con el dinero. Aaron no solo volvía a casa cada noche más tarde, tras estar bebiendo con sus amigos —¿o amigas?, me dieron ganas de preguntarle, pero no me atrevía a hacerlo todavía, me daba miedo saber la verdad: que Aaron se tomaba chupitos de vodka con las guapas cocineras y camareras mientras yo estaba allí sola, prisionera en mi propia casa—, sino que además estaba gastándose nuestro dinero en alcohol. Dinero que, de otro modo, podría ahorrarse para tratamientos de fertilidad. Para tener un bebé.

—No me parece apropiado que te gastes nuestro dinero de esa forma —le dije—. Bastante apurados estamos ya.

Y entonces sí que le pregunté con quién tomaba copas y me dio algunos nombres. Casey. Riley. Pat. Nombres convenientemente unisex. Nombres que me mantuvieron en vela durante horas, preguntándome si eran hombres o mujeres.

—¿Quién es Casey? —le pregunté con tono reprobatorio y, al ver que no respondía, me la imaginé en mi cabeza: alta, delgada, con el pelo largo y rubio y ojos almendrados. Coqueta y tocona, predispuesta a la cercanía física, así que me la imaginé poniendo su mano en el brazo de Aaron.

Unos dientes perfectos.

Un cutis sin arrugas.

Una risa fácil.

He engordado cinco kilos debido a los meses de tratamientos de fertilidad. Estoy hinchada a todas horas, además de triste y con cambios de humor. La retención de líquidos ha hecho que se me hinchen los dedos. La mayoría de los días no puedo ponerme la alianza de boda y tengo que dejarla escondida en casa, en un cajón de la cómoda.

—¿Qué te ha ocurrido, Eden? —me preguntó entonces Aaron—. Antes eras muy divertida —me recriminó mientras me arrebataba la manta. Su última victoria.

Me quedé allí, destapada en la oscuridad.

Una parte de mí se acordaba de esa Eden, la Eden divertida, pero en aquel momento parecía tan lejana que costaba trabajo recordarla.

14 de abril de 1997
Egg Harbor

Hoy he visto una paloma torcaz en el canalón de nuestra casa mientras el granizo le caía encima. Era hembra, futura madre, preciosa con su delicado plumaje beis, y estaba sentada sobre tres huevos en el canalón de aluminio. Se había pasado días con su pareja, construyendo metódicamente el nido con ramitas y briznas de hierba —mientras yo los observaba desde la ventana del segundo piso, ellos iban de un árbol a otro, recogiendo materiales para después formar el nido—, sin pensar ni una sola vez en el agua de lluvia que pronto se llevaría por delante su casa, ni en las bolitas de hielo que un día acabarían con su vida.

Era granizo del tamaño de pelotas de golf, un tiroteo de ametralladora que caía del cielo encapotado. Nunca me había sentido tan impotente, viéndola ahí posada, protegiendo sus huevos hasta el amargo final. Ha durado seis minutos y medio y, cuando ha pasado, se ha quedado ahí tirada, inmóvil, sin vida sobre los huevos como una capa, y yo no sabía qué hacer. No había sangre. Me imaginaba que habría sangre, y aun así el daño interno sería mucho peor de lo que se veía desde fuera, prueba del extremo al que pueden llegar algunas madres para proteger a sus hijos. Podría haber salido volando, haber buscado cobijo bajo el olmo, o bajo los álamos que abarrotan el jardín y nos tapan la vista del lago.

Pero no lo hizo. Se quedó ahí.

Pasó la tormenta. Las nubes se disiparon y el sol volvió a salir. Apareció en el cielo un arcoíris. El granizo se derritió. El agua de la lluvia se evaporó. El único rastro de la tormenta fue el pájaro muerto.

Aaron me ha visto llevar la vieja escalera de madera a la parte trasera de la casa y empezar a subir. Me ha preguntado qué hacía mientras subía los peldaños con los pies descalzos, sintiendo el temblor de la escalera en el suelo. Al llegar al último peldaño, la he visto ahí, tirada de medio lado, con la cabeza colgando por encima del borde del canalón. Le he puesto un dedo en el pecho para ver si le latía el corazón y, al ver que no era así, he retirado su cuerpo del canalón. Bajo el cadáver, los huevos seguían intactos.

Ha muerto como una mártir.

La he enterrado bajo el enrejado, que la clemátide ya había colonizado en esta época del año, con sus flores blancas adornando la madera.

Dicen que las palomas solo tienen una pareja durante toda su vida. Que yo sepa, su compañero no ha regresado para llorar su pérdida o para ver cómo estaban los huevos.

A veces los hombres son así.

24 de abril de 1997
Egg Harbor

Ya no quiero quedarme en casa todo el día.

Con frecuencia voy con el coche al pueblo, aparco frente al estudio de baile y observo a las pequeñas bailarinas. En esta época del año, llueve muchos días, así que vienen con paraguas, saltando sobre los charcos, caminando más rápido que nunca, aunque la pequeña Olivia siempre siempre va detrás, e incluso en el más inclemente de los días, cuando nadie desee estar en la calle, estoy segura de que se olvidarán de ella. Me produce náuseas hacer esto, observar a las bailarinas con sus leotardos, sus mallas y sus tutús, como una mirona cualquiera; pero no es nada perverso, los pensamientos que pasan por mi cabeza no tienen nada de depravado, y aun así, en el fondo sé que no es sano desear de ese modo a la hija de otra persona.

Así que, en contra de la voluntad de Aaron, he encontrado trabajo. Una manera útil de pasar los días sin estar vigilando un estudio de *ballet*, viendo a las bailarinas ir y venir.

Últimamente apenas hablamos, salvo durante esos momentos que pasamos en el limbo una vez al mes, cuando lavan el esperma de Aaron antes de inyectármelo a mí. Entonces sí que hablamos. ¿De qué?, no lo sé. De nada. Cuando le hago preguntas, me sorprende la brevedad de sus respuestas, de una o dos palabras, que no dejan lugar al diálogo. No me mira a los ojos. No me pregunta nada. Matamos el tiempo en el vestíbulo de la clínica de fertilidad antes de que digan mi nombre, y solo entonces me conceden una amnistía, un indulto, una razón para no tener que sentarme en el vestíbulo y hablar con mi marido.

El trabajo es en un hospital. En facturación, como codificadora de datos, algo en lo que tengo bastante experiencia tras pasar años trabajando para un pediatra en Green Bay. Así que ahora me paso ocho horas al día leyendo los informes de los pacientes para saber lo que hay que cobrarles; introduzco los datos; los remito a las compañías de seguros; envío facturas a los pacientes. Es agradable hacer algo con mis días, ganar un sueldo.

Y aun así el puesto tiene también bastantes desventajas.

Ayer, mientras revisaba los informes de los pacientes, me topé con una niña pequeña que había muerto atropellada. Se metió en la carretera cuando su madre no miraba y fue atropellada por un coche que pasaba por la autopista de cuatro carriles que atravesaba el pueblo. La niña (y, aunque yo no llegué a verla, me la imaginé de todos modos, su cuerpo inerte, vestida con un peto vaquero, con manchas de sangre en sus coletas de color castaño) fue trasladada a nuestro hospital en ambulancia, allí recibió múltiples tratamientos, desde un TAC para evaluar el daño cerebral hasta una operación para controlar la hemorragia interna y el edema en el cerebro. Una craniectomía descompresiva, como figura en el extenso historial de la paciente. Se le hicieron transfusiones de sangre. Le administraron analgésicos para el dolor. Llamaron a un anestesista que la anestesió durante la operación. La intervención en sí duró seis horas, y cada una de ellas con un precio desorbitado, algo que la chapucera compañía aseguradora de la familia no quería pagar. Durante seis horas de angustia, mientras la madre de la niña, imagino, esperaba sentada en una silla, mordiéndose las uñas, un neurocirujano, junto con un equipo de médicos y enfermeras, retiraban parte del cerebro de la niña para dejar sitio al edema.

Y aun así murió.

Para cuando me llegaron los papeles a codificación y facturación, hacía ya días que los ángeles se la habían llevado. Su madre ya no se encontraba entre las paredes del hospital, llorando a su hija. Habían sacado su cuerpo del depósito, lo habían trasladado a la funeraria y lo habían enterrado.

Y, sin embargo, para mí es una herida reciente. Una herida que me acompañará durante mucho tiempo. Mientras introducía los códigos de facturación en el sistema, lloré por la niña a la que nunca había conocido, y las lágrimas resbalaron por mis mejillas hasta caer sobre las teclas del ordenador, sabiendo que, para mí, nunca será más que un nombre y un número de la seguridad social, pero aun así me entristece, lloro por alguien a quien no conozco, consumida por la certeza de que las niñas pequeñas y sanas, al igual que los ancianos y enfermos, también mueren.

Pero el trabajo también tiene sus gratificaciones.

Llevo una placa con mi nombre que me da acceso a todos los rincones del hospital, incluyendo el pabellón de maternidad, donde veo cómo cuidan a los recién nacidos en el nido, tumbados en sus cunitas, envueltos como burritos, con esos gorros de punto que les cubren la cabeza sonrosada y sin terminar de formar. No es que los buscara —de hecho, me juré a mí misma que me abstendría de visitar a los recién nacidos—, pero los vi de todos modos cuando unos futuros abuelos me pararon en el pasillo y me preguntaron cómo se llegaba a maternidad. No me quedó más remedio que guiarlos hasta allí a través del laberinto de pasillos del hospital, hasta cruzar las puertas dobles y entrar en el pabellón, donde los bebés recién nacidos llamaron mi atención.

Y ahora me paso allí horas, mirando a través del cristal, asimilando este hecho consumado. No pasa un solo día de trabajo sin que visite al menos una vez el nido, y cuando estoy sentada a mi mesa codificando los informes de los pacientes, lo único en lo que puedo pensar es en ver a esos bebés. En conseguir mi dosis. Ya conozco a las enfermeras, gracias a la frecuencia de mis visitas. Me llaman por mi nombre, a veces levantan a los bebés recién llegados para que pueda ver sus ojos hinchados y medio cerrados, sus piernas todavía dobladas tras pasar tanto tiempo en el útero cálido y acogedor, sus cabezas en forma de cono después de pasar por el canal de parto de su madre para salir al mundo.

Cuando me preguntan, les digo que estoy formándome para ser enfermera en el nido, que estoy sacándome el título de enfermería, que en cuanto lo consiga solicitaré trabajo allí, en la sala de maternidad de nuestro hospital. Les digo que voy para observar y aprender, para ver cómo lo hacen las expertas. Las halago para que no les parezca extraño que me pase las horas libres mirando a bebés que no son míos. Sonríen y hablan de lo fantástico que es, y a veces, si tengo mucha suerte, me cuelan dentro para que pueda acariciar a alguno de los bebés.

Aunque esa, claro está, no es la verdadera razón por la que vengo.

jessie

Todavía no son las diez de la mañana cuando salgo de casa de los Pugh. El día se extiende ante mí como el Sahara, imponente, desértico y seco. Y ahora estoy aún más nerviosa que antes, con mucha energía y sin nada que hacer. Ningún sitio al que ir. Nadie con quien hablar.

Llevo en el bolso una copia del artículo de periódico que encontré en el portátil de los Pugh, gracias a que la señora Pugh dijo desde el pasillo que iba a salir un rato, y eso me permitió imprimirlo sin que me oyera. Si una cosa estaba clara es que tenía que llevarme el artículo.

Me monto en la bici y pedaleo. Circulo sin ningún rumbo, giro sin planearlo en cada cruce, con la cabeza en las nubes. Me muevo en círculos, de modo que paso tres veces por la misma tienda de *delicatessen* sin pretenderlo. Hablo con mi madre. Le hago preguntas sobre mi certificado de nacimiento, sobre la desaparición de mi tarjeta de la seguridad social, sobre la niña del artículo. ¿Quién es y qué tiene que ver conmigo? ¿Tiene algo que ver conmigo? «Dímelo, mamá», le grito en mi cabeza. «¡Dímelo!».

Cuando una mujer que hay de pie en una esquina se queda mirándome como si estuviera loca, me doy cuenta de que estaba hablando en voz alta.

Con el tiempo encuentro la manera de llegar al centro. No es algo intencionado. No voy allí a propósito. Es algo mucho más subliminal que eso, algo que me hace pedalear hasta el Instituto de Arte, situado en Michigan Avenue, donde aparco a mi Siempre Fiel a escasos metros de los leones de bronce y empiezo a caminar.

No voy al museo.

En su lugar, me dirijo hacia el extremo sur del edificio y allí, al lado de Michigan Avenue, entro en este mundo secreto de parterres de flores y una arboleda de majuelos. Jamás habría sabido qué tipo de árboles eran, pero mi madre lo sabía; descubrió este lugar por accidente un día, cuando yo era pequeña y estábamos explorando la ciudad. Era otoño y los árboles tenían una forma angulosa e irregular, una pantalla cobriza que asomaba entre el verde de los árboles cercanos, como sucede ahora.

«Vamos a ver qué lugar es este», había dicho mi madre aquel día, dándome la mano para tirar de mí. Aquel primer día yo no quería entrar. Prefería subirme a lomos de los leones. Pero mi madre dijo que no. Los leones eran para mirarlos. No eran para subirse encima, aunque me dejó acariciarlos al pasar.

La entrada al jardín está flanqueada por acacias de tres espinas que lo mantienen oculto del mundo urbano del otro lado. Entro en el jardín. Bajo un tramo de escalones que descienden por debajo del nivel de la calle. Me muevo entre los árboles, perdida bajo sus hojas. Transportada a un lugar que se encuentra a cientos de kilómetros de una calle de ciudad.

Hay gente aquí. No es que sea la única que conoce este lugar. Y aun así, aquellos que están aquí parecen tranquilos. Relajados. Beben café y batidos, leen un libro, miran al vacío. Una mujer pellizca los bordes del envoltorio de una magdalena y le ofrece las migas a un pájaro que hay cerca.

Este era uno de los sitios favoritos de mi madre en la ciudad. Veníamos y nos pasábamos horas sentadas en el borde de los parterres. Ella me miraba cuando me subía al borde con los brazos extendidos y me imaginaba caminando por la cuerda floja. Los parterres eran grandes, de unos seis metros cuadrados o más, así que era todo un logro cuando conseguía rodearlos enteros sin caerme.

Mi madre me dejaba hacerlo durante horas. Nunca se aburría.

Había un lugar en el jardín que a ella le gustaba más que el resto porque estaba aislado, apartado de la entrada de la calle, de la fuente y del estanque. Incluso en el más recóndito de los lugares, encontró el sitio más apartado para esconderse.

Camino ahora hasta allí porque creo que, de algún modo, estaré más cerca de ella si me siento allí. Que así podremos hablar.

Pero, cuando llego, ese sitio está ya ocupado. Hay un hombre sentado ahí, leyendo el periódico. A decir verdad, me molesta, pienso qué derecho tendrá él a sentarse en el sitio favorito de mi madre. Así que me siento frente a él en otro parterre, a unos seis metros de distancia, y lo observo, a la espera de que se marche. Me quedo mirándolo, pensando que así se sentirá incómodo y se irá.

Pero no se siente incómodo porque ni siquiera me ve. Está demasiado absorto en el periódico que tiene entre las manos.

No sé si es alto o bajo porque está sentado. Tiene las piernas cruzadas, con el tobillo apoyado en la rodilla contraria, y lleva ropa poco llamativa. Pantalones, camisa y zapatos. Nada que resalte. Es ropa, sin más. Lleva la camisa remangada hasta los codos. En el brazo izquierdo, por debajo del puño de la camisa, tiene una cicatriz. Asoma por debajo de la manga, una marca de quince centímetros que no se ha curado bien. La piel circundante está fruncida y sonrosada.

Tiene cara triste. Eso es lo primero que pienso. Que la expresión de su rostro —eso y su lenguaje corporal— es de tristeza. Las comisuras de sus labios, torcidas ligeramente hacia abajo. Sus hombros caídos. Lo sé bien porque, cada vez que me miro al espejo, veo lo mismo. Luce una barba tupida, bien recortada. Desprende un aura de misterio y majestuosidad. Tiene la piel bronceada como el pellejo de un alce, tirante y secado al sol antes de ahumarlo al fuego. Como si hubiera pasado demasiado tiempo al aire libre.

No está hojeando el periódico, sino que tiene la mirada fija en un artículo de la primera página, con el periódico doblado para poder concentrarse en ello. Imagino que habrá ocurrido algo malo en el mundo. Siempre ocurre algo malo. Me pregunto qué será esta vez. Ataque terrorista. Mujeres y niños masacrados por sus propios líderes. Un tiroteo en un colegio. Niños asesinados por sus propios padres.

Me fijo en sus ojos, advierto su movimiento mientras lee el artículo. De izquierda a derecha. Después baja a la siguiente línea. Pero tiene la cabeza inclinada y mira hacia el periódico, de modo que no veo gran cosa, salvo las pestañas y los párpados. Se muerde el labio. Se lo muerde con fuerza para que el dolor del labio supere a lo que sea que siente por dentro. Yo también lo hago.

Alcanza un vaso de café situado en el borde de mármol del parterre. Me fijo en la funda corrugada del vaso. Una cafetería de Dearborn. Nunca he estado allí, pero lo conozco. Lo he visto antes.

Y entonces se levanta para marcharse y yo me dispongo a ocupar su lugar. Se cubre la cabellera castaña con una gorra naranja de béisbol, pero, al alejarse, se deja el periódico. Porque está triste. Porque está distraído.

Se aleja y me fijo en que lleva un zapato desatado y el bajo del pantalón enganchado en la lengüeta del zapato. Lo deja así. Le observo caminar durante unos segundos.

Pero entonces, mientras me levanto y camino hacia el parterre, lo llamo. «Señor», grito mientras agarro el periódico para que el viento no tenga ocasión de desperdigarlo por el jardín. «Señor», repito, «su periódico».

Pero se aleja y, antes de que pueda correr tras él, algo me salta encima desde la página del periódico. Algo que me agarra del cuello y no me deja hablar ni moverme. Me quedo helada, una estatua de bronce como los leones que flanquean la entrada del Instituto de Arte.

En la página del periódico aparece el precioso rostro de mi madre. Sus hermosos ojos marrones y su pelo castaño, deslucidos ambos por la impresión en blanco y negro.

Su esquela. La que envié al periódico porque necesitaba que el mundo supiera que había muerto. Para consolidarlo. Para que fuera real. Porque solo entonces, cuando estuviera impreso para que lo viera todo el mundo, podría creérmelo.

Ese hombre. El hombre triste sentado en nuestro sitio del jardín. Estaba leyendo su esquela.

Tenía el periódico doblado de modo que la cara de mi madre figuraba en lo alto, y eran esas las palabras que leían sus ojos mientras se mordía el labio para no llorar.

Lo que ha entristecido a ese hombre es la esquela de mi madre.

Leo las palabras. El anuncio del fallecimiento de mi madre, que fue breve porque no había mucha información que dar. Ni funeral ni alguien a quien enviar flores.

En la última frase dice: *A Eden Sloane le sobrevive su hija, Jessica.*

Me tiemblan las piernas. Me quedo con la boca abierta. Porque el hombre ha rodeado con bolígrafo una palabra del periódico, y esa palabra es mi nombre. Jessica.

eden

12 de julio de 2003
Chicago

He descubierto que el parque lleva el nombre de un poeta. Aunque nadie presta atención a esas cosas porque, para la mayoría, no es más que un parque donde los niños juegan en la arena y, al otro lado de una valla metálica, los muchachos juegan al baloncesto, con el pum, pum, pum del balón sobre el asfalto como música de fondo. En su mayoría son chicos mayores, adolescentes, y de vez en cuando sueltan tacos, y agradezco que Jessie sea aún demasiado pequeña para saber lo que significan esas palabras, aunque de vez en cuando se detiene para observarlos. Se queda parada en el parque infantil y los mira.

Hay campos de béisbol a lo lejos y, al otro lado de un puente, un camino que serpentea junto al río por donde paseamos a veces, pero hoy no. Hoy ha jugado en el parque y, por primera vez, ha hecho una amiga. No es la clase de amiga con la que mantendremos el contacto después de hoy o invitaremos a casa a jugar. No. Jessie y yo no tenemos esa clase de amigos.

Más bien es una amiga que, durante quince o veinte minutos a lo sumo, se vuelve inseparable. Como si fueran almas gemelas.

Las he visto perseguirse en círculos, subiendo los escalones del tobogán para después deslizarse por él. Una y otra y otra vez. Que yo sepa, no se han dicho los nombres. Porque así funcionan los niños. No son complicados. Son directos. Fáciles.

No había nadie más en el parque salvo ellas dos, y las únicas sentadas alrededor éramos la madre de la niña, que empujaba un carrito de estilo antiguo con un bebé, y yo. Me lanzó varias miradas tímidas antes de levantarse de su banco del parque y venir al mío para saludarme. Yo también la saludé y miré al bebé que dormía en el carrito, tapado con una manta amarilla.

—Qué monada —le dije.

Me dijo que la bebé, Piper, tenía doce días, había nacido el 1 de julio. La mujer se movía con cuidado, como si le doliera algo, pero no tuve ocasión de preguntarle antes de que me lo contara.

—Piper venía de nalgas —me dijo—. Los médicos hicieron todo lo posible por cambiar eso, pero no hubo suerte —me explicó, sentándose con cuidado junto a mí en el banco, donde pasó a describirme con todo detalle en qué consiste una cesárea. La incisión, los puntos quirúrgicos, la cicatriz que sin duda le quedaría. Se levantó el dobladillo de la camisa para que pudiera verlo con mis propios ojos, y me sonrojé al ver su vientre aún hinchado, y la mariposa que tenía tatuada a escasos centímetros de la incisión. Estaba compartiendo demasiada información y lo achaqué a la novedad del parto, al hecho de que, para ella, aún era algo reciente. Lo único que ocupaba su mente.

»Con Amelia fue diferente —admitió, y di por hecho que Amelia era la mayor de las dos, la niña pequeña, que rondaría los cinco años, con quien Jessie hizo un trenecito en lo alto del tobogán —enroscando las piernas en torno a la cintura de una niña a la que apenas conocía— y juntas se dejaron caer hasta el suelo de trocitos de madera, aterrizaron de culo y se carcajearon—. Veintitantas horas de parto, tres horas empujando —agregó, dando demasiados detalles sobre el torrente de agua cuando se le rompió la membrana, como un globo de agua al explotar. A ella solo le preocupaba hacerse caca en la cama, como le había pasado a una de sus amigas. Me habló de los vasos sanguíneos rotos que se le quedaron en la cara después de horas empujando, pequeñas venitas rojas que serpenteaban por su piel. De un médico al que no conocía asistiendo el parto. Sus pechos hinchados, ella incapaz de producir leche después del nacimiento. Tuvo que recurrir a la leche en polvo, cosa que aborrecían sus grupos de mamás.

Para ser sincera, me sentía incómoda ante semejante revelación de información por parte de una mujer a la que no conocía. Pero entonces me di cuenta de que esa es la clase de cosa que hacen las mujeres, esa es la clase de cosa que hacen las madres: compartir sus experiencias, intercambiar historias, alimentar la camaradería.

Me miró expectante, como si ahora me tocara a mí compartir. Se quedó callada, observándome y, al ver que no respondía, preguntó: «¿Y tu niña?», y supe entonces que debía decirle algo, ofrecerle alguna versión de la verdad. Me imaginé los amplios pabellones del hospital, las luces cegadoras. «¿Nació por parto vaginal?», quiso saber, y solo con oír esa palabra, vaginal, me puse más roja de lo que ya estaba. Porque aquel era el tipo de conversaciones que yo no mantenía. Íntimas. De amistad.

Casi todas mis conversaciones terminaban con un hola.

Noté que mi cabeza asentía sin mi permiso y supe que debía decir algo más, que un simple asentimiento no bastaría.

Así que le hablé de la habitación del hospital. Le hablé de la gente reunida en torno a mí, las enfermeras aferradas a mis piernas, animándome a empujar. Me lo decían al oído —empuja, empuja— mientras yo agarraba las sábanas con las manos y empujaba con todas mis fuerzas. El efecto de la epidural ya se me había pasado para entonces, o tal vez nunca estuvo allí. Solo sentía dolor, un dolor tan intenso que parecía que me ardían las entrañas y estuviera a punto de reventar. Estaba convencida de que iba a explotar. Una mano me retiraba el pelo sudoroso de la cara y me susurraba al oído palabras de aliento mientras yo lanzaba un grito horrible y descarnado, pero me daba igual lo horrible y descarnado que fuera. Las enfermeras me tiraban de las piernas para separármelas y abrirme más. Empuja, decían una y otra vez, y yo empujaba, empujaba como si me fuera la vida en ello, y vi aquel destello negro que salía de mi interior y aterrizaba en las manos cuidadosas del médico.

Pero entonces me acordé.

Esa no era yo.

jessie

Antes de poder apartar la mirada de la cara de mi madre en la página de esquelas del periódico, de mi propio nombre rodeado con bolígrafo, el hombre ya ha salido del jardín y ha desaparecido de mi vista. Intento ir tras él, corriendo entre las hileras de majuelos todo lo rápido que me permiten mis piernas. Pero aun así, cuando salgo a Michigan Avenue, con el corazón acelerado y sin apenas respiración, ya no está. La acera está abarrotada de gente, de niños, una excursión de secundaria al Instituto de Arte, y están situados en dos filas paralelas frente a los escalones de hormigón del museo. Atascando la acera. Me abro paso entre los preadolescentes, ajenos a mi desesperación. Para cuando llego al otro lado, no hay rastro del hombre. El hombre de los ojos tristes y el zapato desabrochado.

Miro a un lado y a otro de la calle, completamente horrorizada. Noto un tic en el párpado. Algo involuntario, algo que no puedo aliviar aunque lo intente. Es muy molesto. La carretera tiene seis carriles y está abarrotada de gente y de coches, con una mediana en el centro adornada con flores y árboles, que hace que resulte más difícil aún ver lo que hay al otro lado. Pero aun así sigo caminando, buscando al hombre por las calles.

Avanzo por Michigan a paso desesperado. El viento arrecia con fuerza y tengo que inclinarme para poder caminar. Es agotador. Y, mientras tanto, me tiembla el párpado. Giro a la izquierda en

Randolph, un alivio temporal del insistente viento de cara, que ahora me golpea de lado, de modo que camino inclinada lateralmente, en un ángulo de setenta y cinco grados. Al llegar a Clark, giro a la derecha, sin saber bien hacia dónde voy, pero empeñada en encontrar al hombre. Me dirijo hacia el norte y voy fijándome en los escaparates para ver si está allí. Me asomo a los callejones y llego sin aliento a un edificio de seis plantas situado en Superior Street, uno que tiene ventanales del suelo al techo y me resulta vagamente familiar.

Doy la vuelta sobre mí misma y me fijo en él, en el portero de uniforme, en el cartel exterior que anuncia *lofts* espaciosos a la venta. Ya sé dónde estoy. He estado aquí antes.

Así, sin más, estoy delante de casa de Liam.

No sabía que venía aquí. No he venido a propósito. Pero aquí estoy y, ya que estoy aquí, intento pasar frente al portero y acceder al edificio. Porque tal vez Liam pueda ayudarme a pensar en todo esto. La niña pequeña del accidente, el hombre del jardín. Él me hará entender que no hay nada sórdido en todo este asunto. Que no es más que una coincidencia.

El portero está en el bordillo, parando un taxi para una residente.

—¿Puedo ayudarla, señorita? —me pregunta al verme por el rabillo del ojo. Mete a la mujer en el asiento trasero del taxi y le cierra la puerta. Se me acerca.

—He venido a ver a Liam —le digo.

Me dirige una sonrisa burlona, desconfiada.

—¿A Liam qué? —pregunta, haciéndose el tonto, y yo me quedo helada al darme cuenta de que no sé su apellido. De que para mí solo es Liam. De que, hasta ayer, ni siquiera era eso, porque por entonces no tenía nombre. Solo era el tío del hospital, el de los ojos azules.

Pero también me doy cuenta de que el portero sabe muy bien cómo se apellida Liam. No siente curiosidad. Está poniéndome a prueba para ver hasta qué punto conozco a Liam antes de dejarme pasar.

—No sé su apellido —admito, incómoda, alternando el peso de un pie al otro. Al principio duda, sin saber si quiere llamar a Liam o no. Para él, yo podría ser alguien a quien Liam está evitando, alguien a quien no desea ver. Y ese es su trabajo, mantener a raya a las visitas no deseadas, como yo.

Me mira de arriba abajo. Me pregunta mi nombre en dos ocasiones. Y ambas le digo que Jessie, aunque por primera vez empiezo a dudar que sea así. Me siento confusa, desorientada y, aunque no sé qué aspecto tengo, lo adivino en los ojos del portero. No debe de ser bueno. Me paso las manos por el pelo y me froto los ojos.

—¿Liam está esperándola? —me pregunta, y no soy lo suficientemente rápida para mentir. Le digo que no.

—¿Puede hacerme el favor de llamarle? —le ruego, y la desesperación de mi voz resulta palpable para ambos.

El portero llama a Liam, pero Liam no responde al teléfono.

—No está en casa —me informa mientras cuelga. Y entonces se despierta la escéptica que llevo dentro. Está mintiendo. No ha llamado a Liam. Solo ha fingido hacerlo, pero no lo ha hecho. Pienso que tal vez el número que ha marcado no era el de Liam, o quizá no ha pulsado todos los números. O ha colgado antes de que Liam tuviera ocasión de responder.

Estoy a punto de enfadarme, pero entonces me acuerdo. El funeral. Hoy es el funeral del hermano de Liam. Está en el funeral. No está en casa.

Me excuso y salgo confusa del edificio. Hay un supermercado junto al edificio de apartamentos. Entro y me compro una Coca-Cola, con la esperanza de que la cafeína me haga sentir menos desconcertada. O, al menos, alivie el dolor de cabeza que me está produciendo la falta de cafeína a lo largo del día.

Vuelvo a salir y me siento en el bordillo para recuperar la respiración. Tengo que pensar con calma, pero mi mente solo se centra en una cosa. ¿Y si la Jessica Sloane con mi número de la seguridad social sí que murió cuando tenía tres años? No la clasificaron como fallecida por error porque había fallecido realmente. Entonces yo he estado viviendo con un número de la seguridad social equivocado todo este tiempo, con una identidad equivocada.

¿Sería posible que la otra Jessica Sloane y yo tuviéramos números de la seguridad tan cercanos que solo cambiase un simple dígito, o que tengan dos números intercambiados? Quizá ella murió y alguien, sin darse cuenta, introdujo mi número de la seguridad social en la base de datos de personas fallecidas. Los nombres cuadraban, así que no se lo pensaron dos veces. Solo fue un descuido.

Improbable.

Y entonces paso a pensar en el hombre del jardín. ¿Quién es y qué estaba haciendo allí? ¿Qué tiene que ver conmigo?

—¿Jessie? —oigo decir a alguien y, al levantar la mirada de la calle, veo a Liam aproximándose a mí. Va vestido con traje y corbata negros. Va muy elegante, pero también parece cansado.

Me levanto del bordillo, camino hacia él y, a medida que nos acercamos, su rostro se ensombrece.

—La camiseta —me dice mientras me señala, y agrega que la llevo puesta del revés. Lo cual no sería tan evidente si no fuera porque llevo la etiqueta debajo de la barbilla. Me la separo del cuerpo para verla mejor.

No solo llevo la camiseta del revés, sino que además me he puesto la parte de atrás en la de delante. Y, ahora que Liam me lo dice, noto el cuello de la prenda demasiado alto, el tejido de algodón tirante en zonas en las que debería estar suelto. En ese momento no recuerdo haber sacado la camiseta del armario, ni haberla desenganchado de la percha, ni siquiera habérmela puesto.

Es un milagro que lleve algo de ropa encima.

—Vamos dentro —me dice, y sus ojos se detienen en mí un poco más de lo que lo harían normalmente—. Ahí podrás quitártela.

—No —le respondo, apartándolo de mí. De pronto me siento como una idiota—. No es más que una estúpida camiseta; no creo que nadie se haya dado cuenta. —Y entonces suspiro, estoy enfadada. Enfadada y cansada. Liam lo percibe en mi voz.

—Jessie —me dice, con más determinación esta vez—. Ven conmigo. Hazme compañía.

Entramos en el edificio y esperamos a que venga el ascensor.

—¿Dormiste algo anoche? —me pregunta. No le digo ni que sí ni que no, pero mi silencio me delata. Cuento los días en mi cabeza. Pierdo la cuenta en el número cuatro y tengo que empezar de nuevo, ayudándome de los dedos esta vez, hasta llegar a siete.

Llevo siete días sin dormir.

—Lo he mirado —me dice Liam cuando llega el ascensor. Aunque no está alineado con el suelo del vestíbulo, hecho del que me doy cuenta demasiado tarde, de modo que tropiezo al entrar. Liam me agarra del brazo para enderezarme. No me suelta. No hasta que aparto el brazo y me pego a la pared para poder usarla de apoyo en caso de necesidad.

—¿Qué has mirado? —le pregunto mientras el ascensor nos lleva al sexto piso. De pronto me siento mareada. Con náuseas.

—El máximo que ha estado una persona sin dormir —me aclara.

Me dice que la gente muere por falta de sueño. Me habla de ratas de laboratorio que murieron por falta de sueño.

—¿Cuánto tiempo? —le pregunto.

—Once días —responde—. Once, Jessie —repite para enfatizarlo, supongo—. Tienes que dormir.

—Lo haré —le digo, pero lo más probable es que no lo haga.

Le pregunto cómo ha ido el funeral porque no quiero hablar de mi falta de sueño ni del hecho de que, en cuatro días, podría morirme por eso. Me dice que el funeral ha ido todo lo bien que puede esperarse de un funeral. Se encoge de hombros y pone cara inexpresiva. No dice más.

El ascensor llega al sexto piso. Me guía hacia su apartamento, caminando medio paso por delante de mí. Al llegar a la puerta, me detengo a un metro de distancia y espero a que la abra. Una vez dentro, descubro que el piso es grande y espacioso, con techos muy altos, luces de riel y ladrillo visto. La luz del sol entra por los ventanales.

—¿Entras? —me pregunta.

Paso junto a él, entro en el apartamento y Liam cierra la puerta detrás de mí.

Me ofrece algo de beber. Le digo que no porque tengo la Coca-Cola, de la que doy un trago. Pero, al llevarme la botella a los labios, advierto de nuevo el temblor de la mano, ese que no puedo detener.

Liam se afloja la corbata y se quita la chaqueta del traje, que tira sobre el brazo de un sillón. Se desabrocha la camisa y se la remanga hasta los codos. Saca una botella de agua del frigorífico y se sienta en una silla baja. No me pregunta qué estoy haciendo allí.

Le doy el artículo sin que mi mano deje de temblar. Me siento en una silla frente a él y no me molesto en recolocarme la camiseta.

—¿Qué es esto? —me pregunta, pero es una de esas preguntas que en realidad no lo es, porque ya está leyendo la historia de Jessica Sloane, que fue atropellada a los tres años por un conductor que se dio a la fuga. Cuando termina de leerlo, me dice lo que ya sé. Que es extraño.

—No es más que una coincidencia, ¿verdad? —le pregunto—. Un error.

Su rostro es inexpresivo. No me dice un «sí» enfático, como había esperado que hiciera; no me tranquiliza. Esta vez hay demasiados puntos oscuros en la historia.

—No sé —admite—. Es que es muy extraño, Jessie. Lo de ayer fue una coincidencia. Lo de ayer sí fue un error. Alguien que la fastidió. Pero ahora no parece un accidente, parece como si alguien, de manera intencionada, quisiera mantenerte escondida. No tienes certificado de nacimiento, no encuentras tu tarjeta de la seguridad social y el número que crees que es el tuyo coincide con el de una niña fallecida. Una niña que podría tener tu mismo nombre.

La expresión de su cara lo dice todo. Hay algo turbio en esta historia. Algo malo.

—Cuesta creer que no seas tú —me dice mientras señala la fotografía del artículo, pero, al mirar la cara de la niña, solo veo a una desconocida. Nunca había visto a esa niña.

—Pero no soy yo —insisto con voz temblorosa—. No se parece en nada a mí. Mira la forma de sus ojos, su nariz. Todo es distinto —le digo poniéndome en pie—. Todo está mal.

—No me refería a eso —me dice con voz tranquila—. No es eso lo que quería decir, Jessie. Lo que quiero decir es que creo que es posible que esté ocurriendo algo, una especie de robo de identidad.

—¿A qué te refieres con robo de identidad? —le pregunto, aunque ya sé a qué se refiere. No está sugiriendo que me hayan robado la identidad, sino que yo le he robado la identidad a otra persona; algo no premeditado por mi parte, pero aun así un robo de identidad.

—Jessie —me dice, pero niego con la cabeza y se detiene.

Al principio no hay más que silencio. Vuelvo a dejarme caer en la silla. Lo pienso unos instantes.

—¿Crees que mi madre me cambió el nombre, me dio una identidad falsa y me hizo pasar por una niña muerta? —le pregunto, y mis propias palabras me resultan impensables. No es algo que pueda ser real. Por un momento creo que voy a vomitar. Siento la Coca-Cola en el estómago, revolviéndose. Apenas he comido, lo cual, si se suma a todo lo demás, no es nada bueno. El dolor empieza cerca del ombligo y va subiéndome por el pecho. Un bulto angustioso que se aloja detrás del esternón—. Pero no —le digo con decisión, poniéndome otra vez en pie para empezar a dar vueltas de un lado a otro. ¿Por qué iba a hacer eso mi madre? ¿Por qué iba a robarle la identidad a una niña que había muerto para dármela a mí?—. ¿Por qué? —pregunto en voz alta, aunque en ese momento me doy cuenta de la respuesta: si mi madre lograba hacerme pasar por una niña fallecida, nadie sabría que le había robado la identidad a otra niña, porque esa niña ya había muerto.

Veo que Liam alcanza un portátil que hay sobre la mesa de café y empieza a teclear palabras. Se levanta de la silla, se acerca a mí y juntos vemos lo que aparece en la pantalla. Me dice que existe un término para eso.

—*Ghosting*. Los ladrones abren cuentas bancarias y solicitan tarjetas de crédito utilizando el número de la seguridad social de una persona fallecida —me explica—. Revisan las esquelas para ver quién ha muerto y luego acumulan deudas de miles de dólares a nombre de un difunto.

—Pero ¿por qué? —le pregunto, confusa, aunque no tanto. Es que no puedo asimilar la idea. La gente hace esa clase de cosas para ganar dinero, pero mi madre y yo nunca hemos sido ricas. No llevábamos una vida de ricos. Vivíamos al día.

Además, mi madre nunca haría nada para herir a otra persona; jamás robaría.

Tiene que haber otra explicación.

Si le robó la identidad a una niña fallecida para dármela a mí, y me cuesta mucho creer que lo hiciera, no fue para lucrarse. Pero ¿para qué? No tengo ni idea.

Me termino lo que queda de la Coca-Cola. Es como echar sal en una herida abierta. El dolor del pecho empeora y empiezo a toser. Al hacerlo, solo puedo pensar en tuberías corroídas, en mi esófago obstruido y oxidado.

Me detengo en esa idea durante unos segundos y después la expulso de mi mente.

«Encuéntrate a ti misma», me dijo mi madre. Uno de los dos deseos que tuvo para mí antes de morir.

Quizá no se refería a que me matriculara en la universidad. Quizá era algo mucho menos esotérico que eso. Quizá fuese algo literal.

«Encuéntrate a ti misma», me dijo, porque tú no eres Jessie Sloane.

eden

28 de mayo de 1997
Egg Harbor

Cuando la primavera da paso al verano, llegan los turistas. El pueblo cobra vida con una energía que se echaba de menos en los días sombríos del invierno. Los árboles florecen y las flores estallan.

Miranda y sus tres hijos aparecen como por arte de magia en mi puerta cada día que no trabajo —y con frecuencia, me atrevería a decir que también lo hacen cuando sí trabajo— cargados con panes de arándanos y pasteles de manzana.

Mientras los niños juegan en el columpio del árbol (que se suponía que debía entretener a mi propio hijo, sentado en mi regazo, sonriente mientras nos columpiamos y despegamos del suelo), Miranda y yo bebemos limonada. Como siempre, subestima las alegrías del matrimonio y de la maternidad, mientras el pequeño Carter gatea a cuatro patas por el césped, comiendo porquería. Se queja de todo, desde lo imbécil que es su marido, Joe —que vuelve a casa tarde del trabajo, se pierde la cena y no ayuda a meter a los niños en la cama—, hasta la monotonía de sus días, sin olvidar la cantidad de comida que consumen tres niños pequeños. Me cuenta que nunca puede tener los armarios llenos porque, en cuanto compra algo, se lo comen todo, lo que le lleva a quejarse de lo difícil que es ir de compras con tres niños, y me lo describe: los empujones que se meten entre ellos, los insultos —atontado, imbécil, idiota—, las carreras por los pasillos del supermercado, chocándose con los desconocidos, cuando le ruegan que les compre cosas a las que Miranda ya ha dicho que no, cuando intentan meterlas en la cesta sin que se dé cuenta, los gritos e insultos que le lanzan cuando ella les quita el producto de sus manos sucias y lo devuelve a la estantería.

—Debe de ser muy difícil —le digo, tratando por todos los medios de sonar empática, pero cuando me responde con «No te haces idea, Eden. ¿Sabes lo afortunada que eres por poder ir de compras tú sola?», tengo que hacer un esfuerzo por no gritar.

Daría mi vida por poder ir a comprar con mi hijo.

Miranda no se molesta en preguntar cómo van los tratamientos de fertilidad, aunque anoche Aaron y yo tomamos la decisión de dar una oportunidad a la fecundación *in vitro*. O más bien debería decir que fui yo la que tomó la decisión de darle una oportunidad. El precio es desorbitado, miles de dólares por un solo ciclo, para que el doctor Landry me saque uno o dos óvulos de los ovarios y los combine con el esperma de Aaron para crear un embrión, un bebé, en un plato de cultivo. Como el que cultiva bacterias. Parece algo científico, sintético, y aun así daría cualquier cosa por tener un hijo.

Ahora lo sé.

Pero Aaron no está tan seguro. Anoche, mientras hablábamos en la cocina, ambos en tono cruel, calculó el dinero que habíamos gastado a lo largo del año, todas las ecografías y los análisis de semen, los ciclos de Clomid, la inseminación intrauterina. El total ascendía a unos diez mil dólares invertidos en intentar concebir un bebé, un gasto que casi se duplicará con un solo ciclo de fecundación *in vitro*. Aaron y yo no tenemos tanto dinero. Me lo recuerda a todas horas, igual que me recuerda lo felices que éramos antes de tomar la decisión de formar una familia, y yo recuerdo vagamente a una pareja, un hombre y una mujer —como en una vida pasada—, sentados en un muelle, de la mano, viendo los veleros navegar por la bahía.

—Creo que deberíamos parar, Eden —me dijo, tratando de acariciarme con la mano, pero yo me aparté—. Creo que deberíamos ser felices con lo que tenemos.

—Y eso ¿qué es? —pregunté, indignada. ¿Qué teníamos sin un bebé?

—Nosotros —respondió con mirada triste—. Tú y yo. Eso es lo que tenemos.

No me dejé convencer.

—Vamos a hacerlo —le dije en referencia a la fecundación *in vitro*. Con las manos en las caderas y expresión firme. Como un decreto imperial.

Salí de la habitación para no seguir hablando del tema.

He solicitado tres tarjetas de crédito a mi nombre y voy cargando en ellas cada cita con el doctor Landry. Nunca podemos pagar más del mínimo por cada una. Los intereses crecen mensualmente y nuestra casa se va deteriorando poco a poco. La caldera se estropeó; tenemos que sustituir las tuberías de toda la casa, que tienen décadas de antigüedad, antes de que terminen de reventarse. Se cuela el aire por las ventanas; también hay que cambiarlas antes de que vuelva el invierno, o nos gastaremos un ojo de la cara en calentar la casa, viendo como nuestro dinero se va literalmente por la ventana.

Pero todas esas cosas son menos prioritarias que tener un bebé.

Aaron y yo discutimos a diario por el dinero. El precio de la comida, el precio de la ropa.

¿Qué concesiones podemos hacer para ahorrar más para el bebé?

¿De verdad necesitamos dos coches, televisión por cable y unos zapatos nuevos?

—Esto es ridículo —dice Aaron mientras levanta un zapato, que tiene la suela colgando—. No puedo ir a trabajar con esto. —Y aun así le contradigo, le digo que está siendo un exagerado al no apañarse con el zapato.

—Seguro que puedes tirar un mes más con esos zapatos —le digo, y le sugiero que les ponga pegamento, aunque no se trata del zapato, sino de lo que nos permitirían comprar los cien dólares que cuesta otro par de zapatos. Una cita con el doctor Landry, una inyección de hormonas, un mes más de Clomid.

Pero Aaron jura que necesita el zapato, lo que por dentro me hace enfurecer.

¿Cómo puede ser tan egoísta? ¿Dónde están sus prioridades?

Con cada visita inoportuna, cuando Miranda y sus hijos aparecen en mi puerta sin haber sido invitados, su tripa sigue creciendo, con otro bebé en camino.

—Espero que esta vez sea niña —me dice con los dedos cruzados.

Si Aaron y yo nos damos prisa, me recuerda por enésima vez mientras sale al jardín para tomarse otro vaso de limonada, su bebé y mi bebé podrían ir juntos al colegio algún día. Podrán ser amigos.

Sonrío.

Y, aunque no lo digo en voz alta, pienso que preferiría morirme a permitir que mi bebé y el de Miranda fuesen amigos.

13 de junio, 1997
Egg Harbor

Las malvarrosas están en flor. Solo con verlas alineadas junto a la verja desvencijada me da un vuelco el corazón. Se elevan por encima del resto de flores del jardín, con un metro ochenta de altura, o más. Sus flores rojas en forma de campanilla destacan sobre el verde.

Ha pasado un año desde que Aaron y yo plantamos los vástagos en el jardín junto a la verja, donde pudieran estar resguardados del viento y de la lluvia. Y ahora ahí están, como exhibicionistas en mi parterre, eclipsando a las rosas y a los lirios.

Recordándome todo el tiempo perdido que Aaron y yo hemos invertido en intentar tener un bebé.

Cuando Aaron estaba en el trabajo, las he cortado con las tijeras. Estaba furiosa mientras lo hacía, lloraba, descargando contra las flores un año de rabia acumulada. Grité como una loca, agradecida de que, gracias a los árboles espesos que rodean nuestro jardín, nadie pudiera verme u oír mi berrinche. Agarré puñados de tallos y tiré con todas mis fuerzas, retorciendo las raíces para arrancarlas del suelo, antes de patear la tierra como una niña. Separé las flores de los tallos y las hice pedazos hasta que se me quedaron las manos amarillas del polen y me quedé sin aliento por la llantina.

Al terminar, las tiré, en el fondo de la basura, donde van a parar todas las pruebas de embarazo negativas.

Echaré la culpa a los ciervos cuando Aaron pregunte qué les ha pasado a las flores. Diré que los ciervos han destrozado las malvarrosas y se las han comido.

Y se quedará más triste por eso que por no tener un bebé.

Después de todo nuestro esfuerzo.

—Qué pena —dirá, antes de librar una batalla contra los ciervos inocentes.

jessie

Tomo la Línea Marrón de vuelta hacia la cochera y recorro a pie las dos últimas manzanas desde la estación de Paulina. Me siento perdida sin mi bicicleta. No tengo mi bici, Siempre Fiel, porque la dejé frente al Instituto de Arte, apoyada en uno de los aparcabicis, cuando salí corriendo detrás del hombre misterioso y llegué hasta casa de Liam.

Todo está oscuro dentro cuando llego a casa, la noche cae deprisa. Cierro la puerta a mi espalda y muevo el picaporte un par de veces para asegurarme de que está bien cerrada. Estoy en trance, apenas puedo pensar en nada que no sea la difunta Jessica Sloane. La que tiene tres años. La que soy yo, pero al mismo tiempo no soy yo. Recuerdo las frases del artículo del periódico, que ya han quedado grabadas en mi memoria.

Una autopista de cuatro carriles con un límite de cuarenta kilómetros por hora.

La carretera serpenteaba por mitad del pequeño pueblo costero.

El conductor tomó una curva a casi el doble de la velocidad permitida.

Cada vez que cierro los ojos, veo su cara.

Apenas recuerdo haber tomado el ascensor para bajar; haber salido por las puertas giratorias del edificio de apartamentos de Liam; caminar hasta Merchandise Mart para tomar el tren con él a mi lado. Se había ofrecido a pagarme un taxi, pero le dije que no.

Aun así, me acompañó hasta allí, hasta Merchandise Mart, y pagó el billete para poder hacerme compañía en el andén, esperando a que llegase la Línea Marrón. Y, ahora que me doy cuenta, observo su chaqueta sobre mis hombros, dándome calor. Debió de echármela por encima, pero eso no lo recuerdo.

Me doy la vuelta y subo las escaleras de la cochera, cuyos escalones están desgastados y algo curvados. Se hunden ligeramente por el centro cuando los piso. Crujen. Están inclinados hacia abajo tras soportar el peso durante un siglo, y me agarro a la barandilla para no caerme.

Cuando llego arriba, me cuesta respirar. La culpable no es la inclinación de la escalera, y esta vez tampoco mi cansancio extremo.

Lo que me deja sin aire es otra cosa.

Porque, cuando pongo los pies en los tablones de madera del suelo y contemplo las estancias abiertas, me doy cuenta de que las cortinas blancas que había dejado corridas al marcharme, para que nadie pudiera ver el interior mientras no estaba, están ahora totalmente descorridas.

Es instintivo el modo en que la sangre se coagula en mi interior. Se vuelve espesa y pegajosa, tanto que no puedo moverme.

Alguien ha estado ahí.

Mi primer impulso es esconderme. Hay un armario cerca, una especie de trastero para abrigos y zapatos. Me fijo en él. Podría esconderme. Podría hundirme en la nada oscura y acurrucarme en un rincón, muerta de miedo. Porque quien sea que ha abierto las cortinas podría seguir ahí. Dentro de la casa.

Presto atención por si escucho algún ruido extraño. Pisadas que se acerquen. Respiraciones contenidas más allá de la mía. El crujido del suelo de madera, pero lo único que oigo es el latido de mi corazón.

No me escondo.

Nunca he sido una persona particularmente valiente. Mi madre siempre me decía que me enfrentara a mis miedos, que me hiciera cargo de las cosas, que luchara por lo que era mío. Así que recorro lentamente la casa en busca de algún síntoma de vida.

Gran parte de la cochera se ve con facilidad desde el lugar en el que me encuentro. Pero luego están esos lugares que no puedo ver. Un armario en el piso de arriba, el cuarto de baño, debajo de los aleros del techo inclinado, donde las sombras hacen que resulte difícil ver. Todo eso está un tramo de escaleras más arriba, en el tercer piso de la casa.

Subo esos escalones de puntillas y noto que empiezan a quemarme los empeines. Convencida de que, si camino de puntillas, el intruso no me oirá, no sabrá que estoy aquí.

Una vez arriba, veo una figura agachada bajo el techo inclinado y me quedo sin respiración. Está oculta a un lado del colchón, tratando de estarse quieta, aunque se mueve con un ritmo suave.

Lo que veo es un hombre agachado, acuclillado, a la espera de lanzarse sobre mí cuando llego al final de la escalera.

Dejo escapar un grito ahogado y me preparo para recibir el impacto. Pero, en su lugar, pierdo el equilibrio, resbalo hacia atrás sobre el último escalón y caigo los veinte o veintidós centímetros hasta el siguiente. Me detengo ahí, agarrada con fuerza a la barandilla antes de precipitarme escaleras abajo y romperme el cuello.

El corazón me late con fuerza.

Me aferro al pasamanos y me doy cuenta de que nadie se ha abalanzado sobre mí.

Y esta vez, cuando vuelvo a mirar, no hay nadie.

Solo es la sombra de un árbol que se cuela por una ventana abierta. Las hojas son el pelo, las ramas son brazos y piernas. El ritmo suave es el movimiento del viento. No hay nadie ahí.

Me giro para ir al cuarto de baño. Es una estancia pequeña, pero cuando llego me fijo bien: la puerta no está pegada del todo a la pared, como debería estar. Tras la puerta abierta hay espacio suficiente para que se esconda un cuerpo.

Debo reunir todo el valor que me queda para continuar. No es fácil. Mis pies no quieren moverse, pero lo hacen. Avanzan despacio.

Cuando llego a la puerta del baño, no entro. No miro detrás de la puerta.

En su lugar, mis movimientos son súbitos y abruptos, impulsivos. Doy una patada a la puerta con todas mis fuerzas y esta rebota contra la pared, el tope de goma choca primero contra el rodapié, pero no impacta con ninguna persona. Porque no hay nadie allí que lo detenga. No hay nadie.

Cuando entro en el cuarto de baño, descubro que la cortina de la ducha está corrida, estirada de una pared a otra. Oscila suavemente. Noto el calor procedente de una rejilla cercana, pero no es esa la razón del movimiento. En su lugar, me imagino a una figura de pie al otro lado de la cortina, moviéndola con el aire de sus pulmones.

Hay alguien ahí, escondido detrás de la cortina de la ducha.

Camino con cuidado. De puntillas. Dos pasos, después tres.

Estiro una mano, consciente de que la sangre de mi cuerpo ha dejado de fluir. Estoy aguantando la respiración. Mi corazón ya no late.

Noto el algodón de la cortina de la ducha en mi mano temblorosa, el plástico del forro interior. La agarro y tiro con fuerza, pero me encuentro cara a cara con los azulejos blancos de la pared de la ducha.

No hay nadie allí. Solo yo.

La cochera está vacía. Fuera quien fuera el que estuviese allí ya se ha ido.

Entonces hago solo una cosa, que es comprobar la caja de caudales donde guardo mi dinero, para asegurarme de que nadie me haya dejado sin blanca. Porque ¿qué otra razón iba a tener alguien para entrar en la cochera si no es para robarme? Últimamente guardo la caja en el armario, oculta en un rincón bajo el dobladillo de un abrigo largo de invierno, donde, si Dios quiere, nadie la encontrará jamás. Abro la puerta del armario, me arrodillo y agarro la caja entre las manos. Está cerrada con candado. Cuando meto la llave, encuentro allí todos los dólares que tenía. Quien fuera que ha estado allí no me ha robado el dinero.

Intento no dejarme llevar por la imaginación y que prevalezca la lógica. Me digo a mí misma que no me acordé de cerrar las cortinas al marcharme. Que pensé en hacerlo, pero no lo hice. Pienso largo y tendido, tratando de recordar el tacto suave del algodón blanco de la cortina en la mano mientras tiraba de ella.

¿Eso sucedió, o me lo he imaginado?

O quizá el mecanismo que hace que las cortinas se abran se estropeara y no las mantuviera cerradas. Quizá la rueda que las mantiene fijas no funcionara. Un simple error humano o un fallo mecánico.

O a lo mejor sí que hubo alguien ahí, alguien que abrió las cortinas una por una para que, cuando regresara, pudiera verme. Me digo que no, que la puerta de entrada estaba cerrada con llave. Y que, hasta donde yo sé, solo hay una persona más que tiene la llave además de mí. Mi casera.

Salgo del armario y me acerco a una ventana, desde donde contemplo la casa de la señora Geissler. En la habitación empieza a hacer calor de pronto. Noto el sudor bajo los brazos.

No hay nadie allí, nadie que yo pueda ver.

Y aun así, igual que la noche anterior, hay una luz encendida en la ventana del tercer piso de la vivienda. Las cortinas están echadas, pero no del todo. No están pegadas al cristal. Hay un hueco. Aunque es pequeño, de cinco centímetros como mucho.

Aun así, es un hueco.

Y, mientras contemplo ese hueco durante la noche, en algún momento en torno a la medianoche, veo una sombra pasar por delante. Solo una sombra, nada más.

eden

2 de julio de 1997
Egg Harbor

¡Dios mío, ha funcionado! ¡Vamos a tener un bebé!

Un solo ciclo de fecundación *in vitro* y, sentada hoy en el cuarto de baño después de que Aaron se fuera a trabajar, con el test de embarazo sujeto entre los dedos, he visto no una raya, sino dos. ¡Dos! Dos rayas rosas paralelas en la pantallita.

El corazón me latía desbocado en el pecho. Tuve que hacer un esfuerzo por no gritar.

Y aun así tenía mis dudas; después de meses viendo solo una raya, era fácil convencerme a mí misma de que me estaba imaginando la segunda, de que me la había inventado. La primera raya era de un rosa intenso, como de chicle, la misma raya que me encontraba mes tras mes y que me hacía llorar.

Pero la otra, la raya nueva, era de un rosa pálido, muy clara, apenas visible, un indicio de que podía haber algo ahí.

Rezo para que no sea un engaño de mi mente.

Fui al mercado con zapatos disparejos. Conduje por encima del límite de velocidad con la ventanilla bajada, aunque estuviera lloviendo. Entré corriendo en la tienda sin paraguas, empapándome el pelo. Si alguien se fijó en mis zapatos, nadie dijo nada.

Compré otras tres pruebas de embarazo de diferentes marcas por si acaso alguna tuviera tendencia a la imprecisión. Me las llevé a casa e hice pis en todas ellas, y al final me salieron seis rayas.

Tres pruebas más de embarazo.

Seis rayas rosas.

Aaron y yo vamos a tener un bebé.

5 de julio de 1997
Egg Harbor

Llevamos días viviendo en un estado constante de euforia.

Camino por la casa como si flotara. Sueño con nombres de bebé para niño y niña. Voy a la ferretería y miro muestras de pintura para las paredes de la habitación.

En casa, cuando estoy sola, me pongo a bailar. Doy vueltas en círculo por el salón. Nunca había bailado. Pero no puedo evitarlo. No puedo impedir que mis pies se muevan, que mis brazos me rodeen, protegiendo la vida que llevo dentro. Bailando con mi hijo. Encuentro un viejo disco y lo pongo en el tocadiscos. Coloco la aguja encima con mucho cuidado y me muevo al ritmo de la música mientras Gladys Knight canta una canción para mí.

El día que descubrí las pruebas de embarazo con resultado positivo, llamé a Aaron al trabajo para darle la noticia. Se mostró eufórico, como casi nunca le había visto. Se marchó inmediatamente del trabajo y volvió a casa antes que nunca, aparcando el coche en la entrada casi a las ocho.

Me llevó helado a la cama; me lo dio de comer con una cuchara doblada. Se tumbó en la cama a mi lado y me dio un masaje en la espalda. Después en los pies. Me acarició el pelo. Me dijo lo asombrosa que era, lo guapa que estaba, aseguró que ya poseía ese brillo especial del embarazo.

Entonces se quedó mirándome, sin más, y mi corazón empezó a cantar, como si tuviera un caleidoscopio de mariposas aleteando dentro. Sabía lo que vendría después y entonces mi cuerpo empezó a desearlo, a necesitarlo como hacía mucho tiempo. Susurré al sentir su caricia, se me puso la piel de gallina cuando deslizó la mano por mi brazo y entrelazó los dedos con los míos. Mientras me miraba, repitió que, si nuestra hija se parecía en algo a mí, sería la cosa más bonita del mundo. Y entonces me colocó un mechón de pelo detrás de la oreja y supe que, en ese momento, para él era la chica más guapa del mundo.

Nuestra hija.

Me abrazó con fuerza y me besó como no lo había hecho en meses, despacio y con suavidad al principio, con voracidad después, como un hombre hambriento que no hubiera comido en años, y fue entonces cuando me di cuenta de que yo también me sentía vacía y hambrienta.

Se me aceleró la respiración cuando deslizó una mano por la falda del camisón.

—¿Crees que pasará algo? —le pregunté cuando me quitó las bragas y las tiró a un lado, aunque no hubiese nada en aquel momento que deseara más que un nuevo comienzo para Aaron, para nuestro bebé y para mí, poder borrar todo el rencor en un solo momento, con un solo gesto—. ¿Crees que es seguro? —Y Aaron me aseguró que todo iba bien y, mientras nos movíamos juntos en la cama, le creí. Por primera vez en mucho tiempo, le creí.

14 de julio de 1997
Egg Harbor

Una ecografía con el doctor Landry confirmó el embarazo, aunque no era necesario que el doctor Landry diera fe de ello, porque yo ya sabía que era cierto, que el puñado de pruebas de embarazo no mentían. La batalla con las náuseas matutinas ya había comenzado, un nombre poco apropiado, porque eran náuseas matutinas, vespertinas y nocturnas. No me quejé ni una vez, más bien recibía las náuseas y la fatiga como un regalo.

El doctor Landry nos dijo que nuestro pequeño embrión medía en ese momento medio centímetro de la coronilla a los pies. Tumbada en la camilla, con los pies en los estribos, por una vez sin la sonda en mi interior, esa absoluta invasión de la privacidad que he llegado a aceptar como parte del proceso, el doctor Landry señaló el saco gestacional y el saco vitelino, pero yo no podía apartar la mirada de aquel puntito que un día sería un bebé.

Aaron me sujetó la mano en todo momento. Me acarició el pelo. Me besó en los labios cuando apareció la imagen, oscura y granulosa, imposible de ver de no ser por la voz informativa del doctor Landry y su dedo, que nos señalaba qué era el saco gestacional y el saco vitelino, y dónde estaba creciendo nuestro bebé. Y entonces, cuando lo vi, el embrión —medio centímetro de largo con brazos y piernas como remos y una membrana interdigital, aunque todas esas cosas yo no las veía, aunque el doctor nos lo decía—, la única cosa que quería más que a nada en el mundo, no pude apartar la mirada.

Había un latido. Aún no lo oíamos, pero lo veíamos. Estaba allí, veíamos sus movimientos en la pantalla de la ecografía. Nuestro bebé tenía un corazón y un latido, y sangre que corría por su cuerpo. Su corazón tenía cavidades —¡cuatro, según dijo el doctor Landry!— y latía como un caballo desbocado, un latido que superaba con facilidad al mío, aunque también fuese al galope.

Estoy de seis semanas. Y ya sé cuándo salgo de cuentas.

Para el mes de mayo, Aaron y yo por fin tendremos un bebé. ¡Seremos padres!

¿Cómo podré esperar tanto tiempo para tener a mi bebé en brazos?

16 de julio de 1997
Egg Harbor

Hoy le he dicho a mi madrastra lo del bebé. No era mi intención, pero ha sucedido. Estábamos hablando por teléfono cuando me ha preguntado —como tantas otras veces en el pasado—: «¿Cuánto más vamos a tener que esperar para que Aaron y tú tengáis un bebé?», y no es que se lo haya dicho, porque no lo he hecho, sino que ha sido más bien la falta de respuesta lo que me ha delatado, el silencio, porque estaba demasiado ocupada sonriendo al otro lado del teléfono, tratando sin éxito de elaborar una mentira.

Si Nora hubiera podido verme, se habría dado cuenta de mi rubor; al igual que Aaron, habría visto ese brillo. Me habría visto pasarme una mano por encima de la blusa —como un vínculo con la vida que llevo dentro— y sonreír triunfante.

Al principio no ha dicho nada, nada en respuesta a mi nada.

—¿Cuándo pensabais decírnoslo? —ha preguntado entonces con cierta malicia —Nora, por supuesto, necesita ser la primera en saberlo todo—, seguido inmediatamente por—: ¿La madre de Aaron ya lo sabe? —Y he captado los celos y el escepticismo en su voz mucho antes de que me diera la enhorabuena y dijera lo mucho que se alegraba por nosotros.

Después he llamado a la madre de Aaron, antes de que Nora tuviera ocasión de llamarla ella y alardear de haberse enterado treinta segundos antes.

Entonces ha sido como un fuego incontrolado, el estallido de la noticia del embarazo, que ha prendido con rapidez y se ha extendido por la familia de llamada en llamada, como un infierno feroz. Al finalizar el día, casi todo el mundo sabía nuestra noticia.

Miranda ha llegado cuando estaba despidiéndome de la madre de Aaron y, al verme con la mano todavía puesta en la tripa, me ha dicho:

—Ya era hora, Eden.

Y entonces me ha abrazado; ha sido un abrazo rápido y sin afecto, antes de enviar a sus hijos al jardín a jugar solos para que ella pudiera tumbarse en mi sofá a descansar. El pequeño Carter no quería ir; él mismo seguía siendo un bebé, así que lo ha tomado en brazos, se lo ha entregado a Jack y ha repetido que se fueran, y nos hemos quedado allí, viéndolos alejarse, mientras Carter lloraba. Estaba otra vez enorme, aunque le quedan unos meses para dar a luz a su cuarto bebé, y las pruebas estaban por todas partes: en sus ojos cansados, en su pelo sucio, en sus piernas hinchadas.

El embarazo no le sienta bien a Miranda.

Las camisetas de premamá no le quedan bien y le dejan al descubierto una parte de la tripa, piel pálida y tirante en torno a su bebé, con una línea negra y vertical que le baja desde el ombligo. Miranda no tiene el brillo del embarazo, más bien estaba cubierta de manchas marrones; las hormonas no trabajaban en su favor.

—Espera a estar tan gorda como yo —me ha dicho al ver cómo la miraba dejarse caer en el sofá, como una jirafa intentando sentarse—. Bueno, pues yo también tengo noticias —ha agregado entonces, como si no pudiera soportar que fuera feliz, como si no pudiera aceptar situarse en un segundo plano mientras yo compartía mi alegría—. ¡Vamos a tener una niña! —ha gritado, dando palmas, y después me ha dicho que, aunque Joe no lo sabía aún, había echado un vistazo a su informe médico cuando el ginecólogo salió de la habitación durante su última consulta, y allí, en los márgenes del papel, vio el símbolo de Venus escrito con tinta negra—. Por fin —ha añadido, contemplando por la ventana con el ceño fruncido a sus tres hijos; con Jack, que pesa veinticinco kilos, cargando con Carter, que pesa diez y seguía llorando—. Después de todo lo que he pasado. —Y he querido alegrarme por ella, de verdad.

Pero no lo he conseguido.

No se merecía otro bebé igual que un asesino no merece clemencia.

Me he sentido agradecida cuando, una hora más tarde, Paul se ha hecho pis encima y han tenido que marcharse.

Aaron quería mantener en secreto la noticia del embarazo durante un poco más de tiempo, pero no he podido evitarlo. Quería gritarlo desde los tejados, que todo el mundo supiera que iba a ser madre. «¿Por qué esperar?», le pregunté esa tarde, cuando se preparaba para irse a trabajar. Fruncí el ceño, herida al ver que quería ocultar a nuestro bebé. Habíamos pasado un año intentando lograrlo, nuestra vida y nuestro matrimonio se habían visto resentidos por ello, nos habíamos gastado los ahorros y habíamos acumulado deudas en las tarjetas de crédito.

Y aun así no podía estar más feliz. No podía estar más emocionada.

Aquello era lo que más deseaba en el mundo. Más que cualquier otra cosa.

Deseaba que todo el mundo lo supiera.

—Por si acaso —me respondió Aaron cuando le pregunté por qué deberíamos mantenerlo en secreto, por qué deberíamos esperar a contar la noticia.

—¿Por si acaso qué? —le pregunté, provocativa, pero no quería decirlo en voz alta. Estaba siendo cauteloso, lo sé, pero lo que quería era que se alegrara tanto como yo. Estaba de pie frente a mí en la cocina, poniéndose unos zapatos nuevos, unos mocasines negros impermeables que nos habían costado un ojo de la cara. Pero eso no importaba, no importaban las cosas triviales como el precio de la comida o de los zapatos.

Íbamos a tener un bebé.

Se acercó a mí y me rodeó con los brazos por la parte baja de la espalda. Respiré su esencia, el aroma de su *aftershave* y su jabón, porque Aaron, por supuesto, no usaba colonia. Tenía las manos ásperas tras años de trabajo duro, lavando platos, quemándose con las salsas que borboteaban. Tantos cortes con los cuchillos. Heridas que se habían curado, pero que siempre estaban ahí. Las manos de Aaron eran ásperas, pero también la cosa más suave del mundo al deslizarlas por debajo del dobladillo de mi blusa y acariciarme la piel.

No quiso decirlo en voz alta, pero no hizo falta.

Sabía exactamente lo que estaba pensando.

—Vimos a nuestro bebé —le dije al oído—. Vimos el latido. Todo va bien.

jessie

Salgo temprano, recorro el lateral de la cochera para ir a por mi bici, pero, cuando llego, veo que no está. No está ahí. El sitio donde la dejé anoche está vacío.

Experimento un momento de pánico.

Alguien me ha robado a Siempre Fiel.

El corazón se me acelera, se me enciende el rostro por la frustración, la rabia y el miedo. Miro a un lado y a otro del callejón. Noto las lágrimas en los ojos. Podría llorar.

Pero entonces recuerdo que dejé a Siempre Fiel atada en el aparcabicis situado frente al Instituto de Arte. Nadie me la ha robado. La dejé allí.

Tomo la Línea Marrón hacia Albany Park, me bajo en Kimball. Desde ahí hay que caminar hasta la casa donde vivía con mi madre, un bungaló de estilo clásico de Chicago, de ladrillo, con un techo bajo, en una calle donde cada vivienda es idéntica a la de al lado. La desesperación se me ha metido dentro, la necesidad de encontrar mi certificado de nacimiento, como si fuera cuestión de vida o muerte, de encontrar mi tarjeta de la seguridad social, de descubrir quién diablos soy. Tengo que echar un último vistazo a la casa para ver si hay algo allí, cualquier cosa que haya podido pasar por alto. Porque la venta de patrimonio arrancará en breve, y entonces será demasiado tarde. Todo lo que una vez fue mío desaparecerá.

Hace solo dos días que estuve aquí, pero, mientras camino por la acera, siento nostalgia. Echo de menos a mi madre, más que nunca. Echo de menos mi casa. Me da un vuelco el estómago cuando veo el cartel de *Se vende* clavado en la hierba, con la cara de mi agente inmobiliaria impresa en una esquina. La he elegido yo, a la agente inmobiliaria, porque vi su cara y su nombre en un cartel parecido en la misma calle. Aparecía un número de teléfono, así que llamé. Y, sin más, ahora la casa está a la venta y pronto habrá desaparecido cualquier rastro del tiempo que pasé allí con mi madre.

La casa tiene un aspecto diferente al de antes. Lo único que queda ahí son los fantasmas que dejamos atrás. Además de nuestra casa, el resto de la manzana parece seguir igual, como si nadie se hubiera dado cuenta de que me he marchado o de que mi madre ha muerto, cosa que probablemente sea así. La única persona a la que veo fuera es a nuestro vecino, el señor Henderson, de la casa de al lado. Está de pie en el porche de la entrada, con su pelo escaso de punta y un puro en la mano. El humo le rodea la cabeza. El señor Henderson lleva pantalones de pana, zapatillas de andar por casa y una chaqueta de pescador. Aunque, que yo sepa, no pesca. En su lugar, da clases de Literatura inglesa en una facultad local y es pretencioso a más no poder. El señor Henderson no se molestó en ayudar cuando el cáncer de mi madre se le extendió a los huesos, volviéndola más susceptible a las fracturas. Una mañana se cayó cuando yo estaba en clase, se astilló una cadera y se quedó allí tirada, pidiendo ayuda a través de una ventana abierta.

Él oyó sus gritos, pues estaba sentado en su salita, fumándose un puro. Sin duda oyó sus gritos, pero más tarde, cuando la ambulancia se la llevaba y él observaba la escena desde los escalones del porche —un simple cotilla y no un samaritano—, aseguró no haberlos oído.

Presto especial atención a la acera mientras camino, con cuidado de no pisar las rayas entre las baldosas.

Cruzo la calle y me niego a saludar al señor Henderson, me niego a mirarlo a los ojos. Meto la mano en el bolso para sacar las llaves, subo los escalones y llego hasta la puerta.

Ese vecindario lleva toda la vida allí. Casi todas las casas datan de los años veinte, de una especie de auge inmobiliario en el que se construyeron miles de bungalós de la noche a la mañana, cumpliendo así los sueños de ser propietaria de la creciente clase media. Porque las casas eran prácticas y asequibles. Y porque había muchísimas. A lo largo de toda la calle, lo único que veo son árboles y ladrillos, árboles y ladrillos. Árboles y ladrillos hasta donde me alcanza la vista. No me cabe duda de que mi madre escogió Albany Park para vivir porque es relativamente asequible, un buen lugar para criar a los niños. El dinero era un lujo que no teníamos. Aunque tampoco puede decirse que creciera siendo pobre, porque no fue así. Pero mi madre era austera y no éramos ricas.

Habíamos planeado salir a cenar cuando el cáncer por fin hubiese remitido la segunda vez. Al asador Gibsons. Mi madre iba a comprarse un vestido nuevo porque nunca se gastaba dinero en ella. Siempre que tenía algo de dinero extra, lo gastaba en mí.

Sobra decir que lo del asador Gibsons nunca tuvo lugar.

El día que mi madre descubrió que el cáncer había vuelto, estaba sentada en el escalón de fuera cuando volví a casa de la escuela. Había ido al médico porque le dolía la espalda y no se le pasaba con ibuprofeno. Era un dolor del que no me había contado nada hasta esa tarde. Creía que era una hernia discal, o ciática. Los efectos del trabajo.

Resultó que era el cáncer de mama, que había vuelto con fuerza. Metástasis en los huesos, en los pulmones.

Me dijo que me sentara. Me estrechó la mano, me acarició cada dedo, uno a uno, mientras yo memorizaba la longitud y la forma de los suyos, la asimetría de los nudillos, las venas azules que surcaban su piel fina.

Aquel día, en el escalón, me dijo: «Jessie, me estoy muriendo. Me voy a morir».

Lloré. Pero me dijo que no pasaba nada. Que no le daba miedo morir. Era estoica. «¿Cuándo?», le pregunté, como si fuera una niña estúpida. Como si mi madre tuviera forma de saber exactamente cuándo sucedería.

Lo que me dijo fue: «Tarde o temprano todos morimos, Jessie. Es solo cuestión de tiempo. Y a mí me toca ahora».

Abro la puerta y entro. El olor me invade casi de inmediato. El olor de mi madre. Su loción de manos, Crabtree & Evelyn's Summer Hill. Casi me caigo al suelo. Se ha extendido por todas las habitaciones y, si no supiera que es imposible, pensaría que mi madre sigue allí conmigo. Con el corazón en funcionamiento. Oigo el estertor de la muerte, la saliva que se le acumula en la garganta. Las pisadas suaves de las enfermeras, tan cerca que puedo tocarlas. Como si siguieran allí, caminando en círculos a mi alrededor. Echándole crema a mi madre en las manos y en los pies, dándole la vuelta cada pocas horas para que no se le formaran escaras.

El olor de la crema es asfixiante. Acaricia los pelitos diminutos de mi nariz, me invade cada vez que respiro. Mamá.

Y me doy cuenta de que la estoy buscando, casi convencida de que, cuando me dé la vuelta, estará allí, en la puerta de la cocina, apoyada en el umbral porque no tiene energía para mantenerse en pie, con un suave sombrero de algodón cubriéndole la cabeza desnuda. Me preguntará cómo me ha ido en clase, como suele hacer, apretando los dientes a causa del dolor, que a veces era más fuerte que los analgésicos.

«¿Cómo te ha ido hoy en clase, Jessie?».

Pero me recuerdo a mí misma que no es real.

Las enfermeras no están ahí.

Mi madre ha muerto.

Y solo entonces soy consciente del silencio. Del silencio ensordecedor que ahora se abre paso entre las grietas de nuestra casa.

No sé por dónde empezar. Ya he registrado toda la casa, pero miro de todas formas, empiezo por mi dormitorio, con intención de ir avanzando desde allí en busca de la tarjeta de la seguridad social. Saco los cajones de la cómoda y del escritorio. Busco entre la ropa que he dejado intencionadamente en los cajones de la cómoda, la que ya no necesito. Levanto las alfombras y miro debajo. Rebusco en mi armario. Sin suerte.

Voy al dormitorio de mi madre, donde descubro que el liquidador ha empezado a etiquetar objetos para la venta. La ropa de mi madre cuelga ahora de una barra situada junto a su cama. Deslizo las manos por una chaqueta de punto, su favorita. Si hubiese pensado con claridad en su momento, habría incinerado a mi madre con la chaqueta puesta, para que pudiera pasar con ella la eternidad. Pero, en su lugar, llevaba puesta la bata del hospital, blanca y arrugada, con puntitos, atada a la espalda con un nudo. La funeraria recogió su cuerpo del hospital a las pocas horas de que muriera. Pero había un periodo de espera obligatorio antes de que pudiera dar comienzo la incineración. Veinticuatro horas, por si acaso cambiaba de opinión.

Me pasé esas veinticuatro horas parada frente a las puertas de la funeraria, sentada en el bordillo porque no tenían banco. Y porque no podía irme a casa sin mi madre.

El liquidador se quedará con el cuarenta por ciento de las ventas, lo cual me parece bien. Cualquier cosa con tal de no tener que implicarme en el proceso, con tal de no ver como otras personas se marchan con nuestras pertenencias.

Abro la puerta del armario, que da a un enorme vestidor. Ahora está vacío, porque toda la ropa de mi madre cuelga de la barra que hay junto a la cama. Solo quedan los ganchos y un espejo; un espejo ovalado con marco de plata en el que mi madre y yo solíamos poner caras cuando era pequeña. Yo me subía a una silla para poder verme, y nos quedábamos mirando nuestro reflejo lado a lado en el cristal.

El espejo está colgado en la pared del vestidor, un descuido, pues el liquidador no tardará en quitarlo de la pared y ponerle también una etiqueta con el precio, llevándose consigo los recuerdos; el recuerdo de mis ojos bizcos y de la cara de pez de mi madre.

Paso una mano por el cristal y recuerdo que a veces no poníamos caras. A veces me sentaba en el suelo junto a sus pies y veía como ella se miraba, con unos ojos y un pelo oscuro muy distinto al rubio sucio que lucía yo. Al contrario que yo, mi madre no tenía hoyuelos. Mis hoyuelos son algo más que simples agujeros en las mejillas, son más bien desfiladeros profundos en forma de coma. No los heredé de mi madre. No hay un solo rasgo en mi cara que venga de ella.

Incluso de niña, veía la cara de mi madre cuando se miraba en el espejo. Parecía triste. Me preguntaba qué vería. Por alguna razón, no creo que fuese la misma cara hermosa que veía yo.

Estoy a punto de marcharme cuando advierto algo por el rabillo del ojo, algo que no había visto antes en el vestidor de mi madre. Algo que, en otras circunstancias, habría estado oculto tras el dobladillo de la ropa, salvo que ahora no hay ropa tras la que esconderse.

Tengo que mirar dos veces para asegurarme de que está ahí, de que no me lo estoy imaginando. Es negro, metálico, y está cubierto por listones. Una puerta. Una portezuela pequeña que se halla a menos de treinta centímetros del suelo de madera.

Me arrodillo y tiro del pomo; al otro lado hay una cámara. No sabía que tuviéramos una cámara.

El espacio está oscuro y sucio, tiene el techo bajo. El suelo está sucio también, cubierto solo por una gruesa lámina de plástico. No puedo creerme que no hubiera descubierto antes ese lugar. ¿Cuántas veces me colé en el vestidor de mi madre en busca de pistas sobre la identidad de mi padre? Pero, según parece, no rebusqué lo suficiente. Me rendía cuando llegaba a la ropa, dando por hecho que no habría nada al otro lado salvo la pared.

Solo en una ocasión mi madre sacó el tema de mi padre por voluntad propia, sin que yo se lo pidiera. Tenía doce años. Ella se había tomado una copa de vino antes de irse a la cama. Aquella noche, segundos antes de quedarse dormida, con la cabeza apoyada en el brazo del sofá, me dijo: «Hace mucho tiempo, hice algo de lo que no estoy orgullosa, Jessie. Algo que me avergüenza. Y así fue como te tuve».

Lo próximo que oí fueron sus ronquidos ebrios, pero a la mañana siguiente no me atreví a preguntarle qué quería decir.

Meto la mano dentro de la cámara y saco algo. No sé lo que es. No hasta que lo acerco a la luz del vestidor y veo que se trata de un contenedor de plástico, y se me acelera el corazón ante la idea de lo que podría encontrar dentro. Mi tarjeta de la seguridad social, para empezar, pero lo más probable es que tenga algo que ver con mi padre, lo cual, de pronto, se convierte en prioritario. Algo que mi madre me ocultó para que no lo encontrara.

Quito la tapa y dentro encuentro álbumes de fotos. Me noto esperanzada, preguntándome qué encontraré en ellos. Fotos de mi madre, fotos de mi padre, fotos de mi madre con sus padres.

Pero no, claro. En su lugar aparezco yo. Solo yo.

Dejo el álbum a un lado para llevármelo luego a mi casa.

Me arrastro hacia la cámara y palpo a ciegas en busca de otra caja. No alcanzo bien, así que me cuelo por la puerta. Dentro, el espacio solo tiene unos noventa centímetros de alto. No entro del todo, porque me da claustrofobia. Noto el suelo y las vigas de madera que me roban el aire. La oscuridad es asfixiante. La única luz procede de detrás de mí. Encuentro otro contenedor y lo arrastro hacia fuera, hasta dejarlo sobre el suelo del vestidor, agradecida por tener algo más de espacio.

Abro la tapa y miro dentro, con la esperanza de que esta sea la mina de oro que estaba buscando. La respuesta a todas mis preguntas. Pero no lo es. No es nada, solo un puñado de objetos al azar guardados en un contenedor de plástico, lo que hace que me dé cuenta de que aquello no es una cámara secreta, es solo una cámara. Para almacenar cosas. Para cosas que mi madre no sabía dónde meter.

No me lo ocultó de manera intencionada. Simplemente nunca supe que estaba allí.

Suspiro, sintiéndome incómoda y triste. Me pongo en pie, estiro las manos por encima de la cabeza y arqueo la espalda. Pero mis movimientos son rápidos y descuidados. Se me queda el cerebro sin sangre cuando me levanto, y me noto mareada. Todas esas noches sin dormir empiezan a pasarme factura. Estiro la mano hacia la pared para apoyarme y, al hacerlo, me choco con el espejo. Observo impotente como se suelta de la pared y no logro atraparlo a tiempo. No llego a alcanzarlo antes de que caiga.

Se suelta del clavo, cae al suelo y araña la pared a su paso, dejando un arañazo de casi metro y medio en la pintura. El espejo entero se hace añicos ante mis ojos. Esquirlas rotas que se extienden como una tela de araña por el suelo de madera. Lo único en que puedo pensar es en la mala suerte. Siete años de mala suerte me esperan.

Maldigo en voz alta y me pregunto si se podrá salvar el espejo. Empiezo a recoger los pedazos más grandes con la mano, con cuidado de no pisar los trozos más pequeños.

Tengo la mirada tan fija en lo que sucede en el suelo que al principio no reparo en el pequeño compartimento empotrado en la pared. Un pequeño recoveco tallado en el yeso, oculto donde debería estar colgado el espejo. Un agujero que contiene una caja.

Y por un momento pienso que estoy viendo visiones. Que me lo estoy imaginando. Porque ¿qué diablos pintaría un compartimento secreto en la pared del armario de mi madre? Me froto los ojos, convencida de que desaparecerá al hacerlo. Pero, claro, sigue ahí.

Me quedo mirando la caja durante al menos veinte segundos, sin moverme.

Mi madre tenía un alijo de objetos personales que me ocultaba.

Pienso en todas las veces en las que nos miramos juntas al espejo, cuando era pequeña. Lo único que yo veía era un espejo

—nuestras expresiones bobas al otro lado del cristal—, pero para mi madre era una puerta a su mundo privado, una entrada a las cosas que no quería que viera.

Siento que estoy invadiendo su intimidar al husmear, pero no puedo evitarlo. Meto la mano dentro de la caja secreta de mi madre. Solo hay un objeto allí dentro. Es un recorte de papel blanco y brillante, doblado en un rincón de la caja. Se me encoge el pecho. Aguanto la respiración.

Podría ser algo importante.

O, como en los contenedores de plástico ocultos en la cámara de la pared, podría no ser nada.

Tengo que usar la uña para liberar el papel. Al hacerlo, le doy la vuelta para verlo. Es una fotografía que una parte de mi memoria me recuerda que ya he visto antes.

Pero con el recuerdo de la fotografía viene el recuerdo de la cara de mi madre. Con la boca abierta, asustada. Sabía que yo la había visto. Pero lo que sucedió después había quedado borrado del disco duro de mi cerebro. O eso o sepultado bajo un sinfín de recuerdos más, más difícil de rescatar que los demás.

Mi madre me ocultó esta fotografía.

Es la clase de fotografía que parece un poco antigua, un poco vieja. Tampoco demasiado. Pero sí más vieja que yo. Los colores están apagados, los azules un poco menos azules, los verdes un poco menos verdes de lo que eran. Es la foto de un lago. Una larguísima orilla de color azul. Arena oscura, más aún donde aparece mojada por el agua. Pequeñas olas blancas. Árboles de hoja perenne a los lados del lago. Hay un muelle suspendido sobre el agua, una estructura que no parece muy segura. Como si en cualquier momento pudiera hundirse en el lago y ser arrastrado por las olas. Si entorno los párpados, distingo un barco en el agua. Un velero, con un único mástil blanco. Eso es lo que veo.

Mi madre sabía mucho sobre veleros, y me lo contaba cuando pasábamos por delante de DuSable Harbor de vez en cuando, de la mano. «¿Ves ese de ahí, Jessie?», me decía, soltándome la mano lo justo para señalarlo. Yo fingía mirar. Fingía mirar porque en realidad me daba igual, hacía oídos sordos. «Es un guardacostas», o «es un catamarán», me decía. Tenía un libro sobre barcos, uno enorme llamado *Vela*. Aunque, que yo supiera, mi madre nunca había puesto un pie en un velero. Al menos desde que yo naciera. A veces se me olvida que tenía una vida antes de mi existencia.

Pero el lago y el velero quedan en segundo plano, porque en la foto también aparece un hombre, un hombre corpulento, de pelo castaño. Es alto y fornido, con unas muñecas gruesas que asoman por debajo de una camisa de franela remangada hasta los codos. Lleva un reloj en la muñeca derecha y un sombrero en la mano. Está de pie de espaldas a la cámara, desenfocado por los bordes porque no estaba quieto cuando apretaron el botón del obturador. No aparece centrado en la foto, como si estuviera alejándose cuando se tomó la imagen.

No iba a ser una foto suya.

El objeto de la imagen iba a ser el velero. La foto de un barco. Y el hombre se puso en medio. Podría decirse que estropeó la foto.

Aparece de pie con las manos en las caderas y la rodilla izquierda un poco doblada. Tiene la cabeza inclinada hacia la derecha. Lleva puestos unos vaqueros azules; caídos, no ajustados. Tienen el dobladillo deshilachado, medio blanco. Lleva una de las deportivas desabrochada. Los mechones de pelo se agitan con el viento.

Ojalá se diera la vuelta y me mirase, para poder verle los ojos, la forma de la nariz. Para comprobar si nos parecemos en algo.

¿Será mi padre?

¿Por qué escondió esta foto mi madre?

¿Por qué no quería que supiera nada sobre el lago, el barco o el hombre?

Pienso en todas esas veces en las que me sentaba con las piernas cruzadas en el suelo del vestidor, a sus pies, viendo como contemplaba su reflejo en el espejo. Y pensaba que no le gustaba lo que veía. Un rostro modesto, humilde, de pelo y ojos oscuros.

Y luego, años más tarde, cuando apareció el cáncer, ese mismo rostro se volvió cadavérico. Perdió mucho peso, se le estrechó la cara, se le marcaron los pómulos; una imagen que despreciaba. Eso era lo que yo pensaba que veía cuando se miraba al espejo.

Pero ahora creo que tal vez no se miraba tanto a sí misma como a lo que había al otro lado del cristal, que reflejaba la vida que había dejado atrás, esa que me ocultaba detrás de aquel espejo.

eden

21 de julio de 1997
Egg Harbor

Lo que Aaron le dijo al médico de urgencias fue que había sangre, «Algo de sangre», dijo, «manchitas», que para mí equivalía a una cucharadita o dos, lo suficiente para ensuciar una toallita, pero la cantidad de sangre que vi podía medirse en litros.

Me salió a borbotones, como un diluvio de sangre caída del cielo, ríos y arroyos desbordados, encharcando la tierra, arrancando las casas de sus cimientos. Allá donde mirase había sangre.

Hacía calor y llevaba pantalones cortos, y la sangre me mojó primero las bragas antes de resbalar por la cara interna del muslo, un hilillo rojo que caía en zigzag sobre mi piel blanca.

—Tengo la regla —le dije a Aaron. Se quedó mirándome con la boca abierta. Estaba arrodillado en el jardín colocando una malla alrededor del parterre para que los ciervos no se comieran otra vez las flores de la malvarrosa.

Viéndolo con perspectiva, tal vez hubo algunas señales de aviso: un calambre, un ligero dolor lumbar; síntomas del embarazo, pero también de la menstruación y del aborto. El hecho de que las náuseas hubieran remitido en las últimas veinticuatro horas suponía, para mí, una bendición divina y no una señal de catástrofe.

—Estás embarazada —me dijo Aaron, se puso en pie y se acercó a mí, pero yo no logré procesar sus palabras, no le encontraba sentido a lo que sucedía. Tenía la regla otra vez, como cada mes. Aaron tenía la frente manchada de tierra y las manos rojas, con la marca que le había dejado la malla sobre la piel—. No tienes la regla, Eden —me dijo mientras dejaba caer los alicates al suelo y me apretaba las manos.

Me limpió la sangre de la pierna con su camiseta sudada.

En el coche, fui sentada sobre un paño de cocina.

No hablamos de camino a urgencias.

Le dijo al médico de guardia que había algo de sangre, manchitas.

Me hicieron una ecografía. Esta vez no apareció ningún latido.

El latido del bebé había desaparecido.

Tanto Aaron como la doctora me miraron, aunque no les devolví la mirada, demasiado centrada en mirar el saco gestacional que aparecía en el monitor, la ausencia de movimiento en la pantalla. La ausencia de sonido.

Aaron alargó una mano hacia la mía, pero no la sentí. Solo veía que estaba allí.

Me había quedado insensible. Fría como una piedra.

—¿Y ahora qué? —le preguntó Aaron a la doctora que había bajado de la planta de obstetricia para hacerme la ecografía, una mujer que enseguida regresaría a asistir partos de bebés sanos.

—Le haremos una dilatación y un legrado —respondió—, para eliminar cualquier resto de tejido del vientre.

Tejido. Como si unas pocas horas antes ese tejido no hubiera sido un niño.

En ese momento me sentí incapaz de hablar. Ni siquiera podía llorar.

Me anestesiaron para la intervención.

Recé para no volver a despertarme nunca.

jessie

Me marcho de Albany Park y tomo el tren hacia el centro, y desde allí camino hasta el Instituto de Arte para recoger mi bici. Desde allí, pedaleo hasta la cafetería de Dearborn, donde el hombre del jardín había comprado su café, el nombre que había leído en la funda de papel de su taza de café. La gente hace del café y de sus rutinas una religión, de modo que me parece lógico pensar que, si ayer vino aquí, volverá a venir hoy. Tengo que encontrarlo. Necesito preguntarle qué hacía en el jardín —en nuestro jardín especial—, allí sentado, leyendo su esquela. Necesito saber por qué la esquela de mi madre le puso triste. ¿De qué la conocía?

Llevo conmigo la fotografía del hombre. La llevo en el bolsillo delantero del bolso.

El hombre que creo que podría ser mi padre.

En los semáforos meto la mano en el bolsillo y saco la foto. Intento encontrar algún detalle que no hubiera visto antes, alguna sutileza en la imagen que antes había pasado por alto, como las nubes algodonosas o ese pájaro desgarbado que está posado en una roca junto a la orilla del lago.

En la foto, el hombre lleva las mangas de la camisa de franela remangadas hasta los codos. Una línea roja recorre su antebrazo. Una cicatriz, creo, quizá sea solo una anomalía de la fotografía, un rayo de luz o un reflejo. Me pregunto qué significará. Si es que significa algo. Si las nubes, o los pájaros, o la cicatriz pueden proporcionarme detalles sobre el hombre o el lugar donde se encuentra.

¿Dónde estará tomada la imagen?

Y, lo más importante, ¿de quién se trata?

Busco en vano alguna pista que me indique quién es. De qué lo conozco. Qué tiene que ver conmigo. Me pregunto si la respuesta estará allí, frente a mis narices, y no logro verla.

Y entonces el semáforo se pone en verde, vuelvo a guardarme la foto en el bolso y sigo pedaleando hacia la cafetería.

Cuando llego, empujo la puerta y me abro paso entre la gente que sale. La cafetería es ecléctica, con mesas y sillas desparejadas. Hay pilas de revistas y libros.

Entre los molinillos, las cafeteras y la gente hablando, hay mucho ruido en el local. Pido un café y después le echo azúcar. Hay un sofá de terciopelo azul junto a una de las paredes, así que me siento en el centro y observo a los clientes adictos a la cafeína ir y venir. La cola se hace tan larga que la última persona se queda en la puerta porque no puede cruzar el umbral. En su lugar, la mantiene abierta con el peso de su cuerpo, dejando entrar el aire otoñal. Las servilletas salen volando de una mesa y aterrizan en el suelo.

Allí sentada, esperando a que el hombre del jardín aparezca por arte de magia, saco la fotografía del bolsillo otra vez y me fijo en la estatura del hombre, en el color de su pelo. Me imagino sus ojos. En la imagen, mira hacia el velero, de espaldas a la cámara, así que no puedo vérselos. No veo cómo son, pero me los imagino.

Son azules como los míos, y también tiene hoyuelos.

Doy un trago al café y vuelvo a guardar la fotografía.

Dejo fluir mis pensamientos y empiezo a pensar en la otra Jessica Sloane. La que no soy yo. Y de pronto tengo la certeza de que no soy Jessica Sloane, sino otra persona. De que Jessica Sloane murió cuando tenía tres años y, por alguna razón, mi madre robó su tarjeta de la seguridad social y me la dio a mí. Ya no es una hipótesis. Es una certeza.

Pero existen maneras de averiguar quién soy, además del certificado de nacimiento, el número de la seguridad social o el nombre. Porque, si no soy Jessica Sloane, entonces necesito saber quién soy realmente. Pienso en una identificación forense, cosas como huellas dactilares, ADN, análisis grafológico, dental. Maneras de demostrar la identidad de alguien al margen de certificados de nacimiento y números de la seguridad social. Se supone que todas las personas del mundo son únicas, como las rayas de una cebra o las manchas de una jirafa. O los copos de nieve. Es matemáticamente imposible, o casi, que haya dos iguales. Incluso las líneas de nuestros pies son distintas, una de las razones por las que, al nacer, a los bebés se les toman las huellas. Para poder identificarlos. Porque no hay dos huellas iguales. Así los hospitales saben cuál es cada bebé si alguna vez los separan de sus padres. Por si acaso se les cae la pulserita identificativa que llevan en los tobillos o en las muñecas. Me quedo mirándome las huellas dactilares, pensando que la respuesta a quien soy está allí, en todas esas líneas minúsculas que me hacen única, como un copo de nieve, una entre veinte mil millones que caen en una ventisca, deambulando solos y sin rumbo.

No sé quién soy, pero no soy Jessica Sloane.

Horas más tarde distingo una mancha naranja que pasa junto al escaparate, y lo sé de inmediato: es él. Es la gorra de béisbol naranja que llevaba puesta al marcharse del jardín. Está aquí, ha entrado y salido de la cafetería y, con el ir y venir de la gente, no me he dado cuenta.

Me levanto demasiado deprisa del sofá de terciopelo azul y derramo el café tibio, el tercero del día, sobre mi camisa. No me molesto en limpiarla con servilletas antes de correr hacia la puerta y chocarme con uno de los postes metálicos de la cola. Lo tiro al suelo con gran estruendo y la gente se queda mirando. «¿A qué tanta prisa?», oigo que murmuran. «¿Qué le pasa?», seguido de alguna risita y resoplidos.

Salgo a la calle y sigo la gorra naranja a lo lejos, un faro de luz que se abre paso entre la gente. Corro, esquivando a los transeúntes, que caminan demasiado despacio, tratando desesperadamente de cubrir la distancia que me separa de él.

Según me acerco, alargo la mano y tiro de algo con fuerza. Un niño suelta un grito y, cuando se giran para mirarme, me doy cuenta. Un niño pequeño disfrazado de superhéroe. Flash. Va subido a hombros de su padre, haciendo que parezca más alto. El disfraz es rojo y amarillo, con una máscara que le cubre el rostro. Es la clase de máscara que lo tapa todo, dejando solo aberturas para la boca, la nariz y los ojos. Al igual que el disfraz, también es roja y amarilla. No naranja, aunque mi mente ha mezclado ambos colores para convertirlos en naranja.

Una vez más, me ha traicionado la vista.

No es el hombre del jardín.

eden

17 de junio de 2005
Chicago

Hace ya un par de horas que sucedió, pero no logro que se me tranquilice el corazón. Me siento rara, con un ligero dolor en la nuca que no desaparece; me sale la caligrafía temblorosa porque me tiemblan las manos. Jessie ya se ha calmado, está arropada en la cama con las luces apagadas. Le he leído un cuento antes de dormirse, con la esperanza de que le ayudase a olvidar. Con la esperanza de que reemplazase la fotografía que ha visto por la diversión de las bestias imaginarias que campan por su habitación. Estaba riéndose para cuando se ha ido a la cama, y rezo para que esta noche sueñe con divertidos animales y no con Aaron.

Yo, sin embargo, soñaré con Aaron.

Creo que he borrado bien mis huellas, pero nunca lo sabré. No hay manera de saber lo que sucede en la cabeza de una niña pequeña, qué detalles de nuestra vida quedan grabados en la memoria y cuáles se olvidan.

Por primera vez esta noche, el pasado y el presente se han juntado, y eso ha hecho que me diera cuenta de una cosa: debo tener más cuidado con el lugar donde escondo mis cosas. Jessie ya es mayor y pregunta cada vez más. Es capaz de hacerme preguntas que no puedo responder porque no quiero responderlas. He de ser más cautelosa si quiero seguir ocultándole mi pasado.

No es porque no la quiera. Es porque la quiero.

Acabábamos de terminar de cenar cuando ocurrió. Yo estaba en la cocina, limpiando las encimeras, y ella había desaparecido por el pasillo, supuse que para ir a jugar. Estaba en su habitación, o eso pensé en su momento, callada como un ratoncillo. Eso debería haberme dado una pista, porque, con lo revoltosa y alegre que es, Jessie no suele estarse callada.

No sé cuánto tiempo pasó —diez minutos, una hora mientras yo disfrutaba de la tranquilidad y no se me ocurrió ir a ver qué hacía—, cuando apareció ahí, en la puerta de la cocina con un objeto en la mano, y me preguntó: «¿Quién es este?».

Cuando la miré, vi que tenía los ojos muy abiertos y el pelo cayéndole por la frente, como si no se lo hubiera cepillado en semanas. Tenía motas de polvo pegadas a la tela de los pantalones y supe de inmediato que había estado en un lugar donde no debería haber estado, arrodillada, rebuscando entre mis cosas.

—¿Dónde has encontrado esto? —le pregunté, arrebatándosela. Oí que mi propia voz se quebraba al hablar y, aunque no pude verlo, estoy segura de que en mi rostro se apreció el miedo. No estaba enfadada. Estaba asustada.

Jessie la había encontrado debajo de mi cama, claro, donde había estado husmeando. La fotografía estaba guardada en un sobre, dentro de una caja y debajo de la cama; no era la clase de cosa con la que una se encuentra por casualidad. Fue a buscarla. O más bien fue a buscar algo y la encontró, porque hasta hacía unos minutos no sabía que esa fotografía existiera, la fotografía que había tomado tantos años atrás en el jardín de nuestra casa, una fotografía con una vista maravillosa —el lago con un velero en el agua— en la que solo aparecería eso, aunque Aaron se coló en el encuadre justo cuando hacía la foto. Se había disculpado y, cuando revelamos las fotografías, nos reímos del asunto. Aaron pensaba que había echado a perder la fotografía, pero lo que había hecho era justo lo contrario. Ahora era perfecta. La había completado.

Hasta hacía unos minutos, Jessie no sabía que Aaron existía porque las preguntas de «¿Quién es mi padre?» acababan de empezar y, hasta el momento, había logrado acallarlas ofreciéndole leche con galletas o helado.

—¿Quién es, mami? —volvió a preguntarme al ver que no respondía.

—Un viejo amigo —le dije, tratando de que no me temblara la voz mientras abría un cajón de la cocina —lo que más cerca tenía— y la metía dentro. Ya encontraría luego un mejor escondite, cuando se hubiera ido a dormir. Noté que se me encendían las mejillas y empezaban a temblarme las manos.

—¿Estás enfadada conmigo? —me preguntó entonces, con los ojos llenos de lágrimas, confundiendo lo que sentía con rabia, cuando en realidad era tristeza, arrepentimiento y vergüenza.

—No, cariño —le respondí, me arrodillé ante ella y la abracé—. Mami nunca se enfadaría contigo —le dije, y después sonreí todo lo que pude y le di la mano—. ¿Te apetece un poco de helado antes de irte a la cama? —le propuse y, claro, no dudó ni un instante. Gritó «¡Sí!» y empezó a saltar, así que nos llevamos los cuencos de helado de chocolate al porche para comérnoslos allí, viendo como el sol terminaba de ponerse en el horizonte. La ayudé con el baño y después estuvimos leyendo el cuento. La arropé en la cama. Me pidió que me tumbara con ella como suele hacer últimamente, así que me acurruqué junto a ella bajo las sábanas, pegó su cuerpo al mío y me pasó un brazo por el pecho.

Aquello era todo lo que siempre había deseado.

Me quedé allí tumbada hasta que su respiración se volvió regular y entonces regresé a mi habitación. Me senté en la cama, con la fotografía de Aaron en la mano, intentando recuperar el aliento. Aquella foto llevaba años oculta bajo la cama. Sabía que estaba allí, claro, pero no soportaba la idea de mirarla, hasta que me he visto obligada a hacerlo. Era el único recuerdo que guardaba de él, esa única fotografía —ni nuestras fotografías de boda, ni mi anillo de compromiso—, porque en esa foto no mira a la cámara. No me mira a mí, de modo que no puedo ver el amor y la devoción en sus ojos.

No puedo ver la rabia.

Me quedo mirando la fotografía, preguntándome qué aspecto tendrá ahora Aaron. ¿Se le estará poniendo el pelo gris, como a mí, o seguirá teniéndolo castaño? ¿Habrá engordado, o quizá estará más delgado? Y entonces empiezo a preguntarme si estará comiendo bien, si dormirá bien, si habrá otra mujer que pase las noches junto a él en la cama. Mi mente se queda atrapada ahí, como un disco rayado. No puedo borrar esa imagen, aunque sea imaginaria, de una mujer tumbada junto a Aaron, dormida plácidamente —con la cabeza apoyada en su brazo y la mano de él en su espalda—, donde antes estaba yo.

No me permitiré recrearme en el pasado.

Me muevo deprisa, tengo que deshacerme de las pruebas antes de que Jessie se despierte y vuelva a husmear. Pongo la fotografía donde nunca pueda encontrarla y luego, cuando ya está escondida, vuelvo de puntillas al cuarto de Jessie y me quedo allí, junto a la cama, relegando el pasado a una cámara sellada de mi cabeza, el mismo lugar donde está enterrada la voz de esa mujer, ese grito agudo mientras me perseguía por la calle.

«Aparta las manos de mi hija».

Vuelvo a meterme bajo las sábanas junto a Jessie, para que cuando se despierte por la mañana no sepa que me había ido. Un sencillo juego de manos.

jessie

Esa noche me meto en la cama vestida. No me molesto en cambiarme de ropa. Solo quiero meterme en la cama, estar en la cama. Antes la cama era mi lugar seguro. Pero, después de todas estas noches sin dormir —ocho en total, ocho días y ocho noches sin dormir—, la cama es además mi cámara de tortura.

Una vez leí sobre un hombre que murió porque no podía dormir. Insomnio hereditario fatal se llama. A los doce meses de que aparecieran los síntomas, ya había muerto.

Creo que eso es lo que me está ocurriendo a mí.

Empezó con una mala noche de sueño. Por alguna razón, su mente no se apagaba. No le dejaba descansar. Una noche se convirtió en dos y, sin tardar mucho, llevaba semanas sin dormir bien. «Vigilia relajada», así es como se llama, aunque era cualquier cosa menos relajada. Nunca llegaba a superar el estadio 1 del sueño no REM, el estadio entre la vigilia y el sueño. Nunca soñaba. Era un sueño ligero a lo sumo, si tenía suerte, que duraba menos de diez minutos, la clase de sueño interrumpido por una sacudida hipnótica, o por la sensación de que te estás cayendo.

Creo que yo estoy peor, porque para mí un sueño ligero sería un sueño hecho realidad.

Pasaba sus días amodorrado, dormido, pero despierto. Despierto, pero dormido. Estaba como alucinado, sin saber si estaba vivo o muerto. Oía zumbidos a todas horas. Gente que pronunciaba su nombre, aunque no hubiese nadie allí. Una voz que le susurraba órdenes sin parar. «Hazlo de una vez. Salta». Una mano que le tocaba el brazo y, al darse la vuelta, asustado y nervioso, se daba cuenta de que estaba solo. Los ataques de pánico eran infinitos. Su cerebro estaba acelerado en todo momento. No había manera de desconectar el interruptor.

Como resultado, sus funciones cerebrales iban desfasadas. Le fallaban los músculos. Se le aceleraba el corazón. Se le disparaba la tensión arterial. Había perdido la coordinación. No podía actuar con normalidad. Fue así hasta que se murió.

¿La parte más espantosa? Aunque el cuerpo se deja llevar, la mente no. Los procesos mentales permanecen relativamente intactos. Son conscientes de su propia muerte.

Los enfermos sudan mucho.

Dejan de comer, de hablar.

Se marchitan hasta no ser nada más que una mirada vidriosa de ojos como puntitos, igual que los míos. Y entonces mueren. Porque, tras todas esas noches largas y agonizantes en la cama, sin poder dormir de verdad, el insomnio hereditario fatal no es más que una sentencia de muerte. La parca que viene a robarles la vida.

Yo estoy esperando a que llegue mi hora.

Me quedo sentada en la cama. No me engaño, porque sé que, aunque me tumbe, no me quedaré dormida. Así que me quedo sentada, rodeada por la oscuridad, con las piernas pegadas al pecho. La manta está arrugada en un extremo de la cama porque, aunque en la cochera hace frío, he empezado a sudar. El sudor se acumula bajo los brazos y en el nacimiento del pelo. Tengo las palmas de las manos empapadas. Las plantas de los pies. La piel entre los dedos.

El corazón me late deprisa.

La cabeza me da vueltas.

Me quedo mirando a la oscuridad, viendo cosas que espero que no sean reales. Hago lo de siempre. La típica noche pensando en cosas macabras, antes de empezar a echar de menos a mi madre, tanto que me duele. Esta vez el dolor se localiza en el esternón, como acidez o indigestión. Salvo que es la pena.

Y entonces, cuando acabo con la pena, llega el desprecio hacia mí misma, que nace de todas las cosas que podría y debería haber hecho de manera diferente. Decir «te quiero» cuando ella aún podía oírme. Abrazarla durante más tiempo y con más frecuencia. Pasarle una mano por la pelusilla oscura que había empezado a crecerle en la cabeza después de terminar el último ciclo de quimioterapia.

Las enumero todas en mi cabeza. Todas las cosas que debería haber hecho.

El silencio y la oscuridad de la habitación se vuelven de pronto asfixiantes y siento que no puedo respirar. Me estoy ahogando en el silencio.

Me pongo de rodillas, aparto la cortina de la ventana y me asomo. El mundo está a oscuras esta noche, de un color gris como el carbón. No es negro del todo, pero casi. Poco a poco, mis ojos se adaptan a la oscuridad y entonces puedo ver. No a la perfección, pero sí un poco. Un halo de luz procedente de una farola, a media manzana de distancia. La constelación de Orión, el cazador, iluminando el cielo. Tiene su escudo orientado hacia mí, a años luz de distancia, con el palo levantado por encima de la cabeza y un perro a sus pies. Por alguna razón, la luz me hace sentir menos sola y asustada.

Y entonces, cuando la luz de la luna se asoma por detrás de una nube, ilumina la mansión de piedra. La casa va tomando forma mientras mis ojos se acostumbran. Levanto la mirada del suelo y me fijo en la puerta corredera de cristal de la cocina, en el porche cerrado, en la fachada trasera de la casa. Distingo entonces una silueta amorfa de pie junto a la ventana abierta del tercer piso. La misma ventana que, las dos últimas noches, emitía luz.

Salvo que esta noche está a oscuras. No hay luz, solo un par de ojos.

Noto la bilis revolviéndose en mi estómago. Creo que podría vomitar. Me llevo una mano a la boca para no gritar.

La luz de la luna se refleja en los ojos, haciendo que brillen en la oscuridad de la noche. No puede negarse. Están ahí. No me lo estoy inventando.

Pero, más allá de los ojos, apenas veo nada. Solo una silueta amorfa que me permite saber que hay alguien en la ventana, mirándome.

Suelto la cortina.

Agarro la urna con las cenizas de mi madre que reposa en la mesita y me deslizo hacia el suelo, pensando que no quiero estar aquí, en esta cochera, que quiero marcharme. Que preferiría estar en cualquier otro lugar del mundo. Pero también me doy cuenta de que no tengo otro sitio al que ir. Abrazo a mi madre contra mi pecho, con fuerza, porque con ella entre mis brazos me siento menos sola. Me acerco a una de las paredes y pego la espalda a ella, con el corazón desbocado. Intento sofocar mis miedos, sentirme mejor, diciéndome que no es más que la señora Geissler. Que la señora Geissler me está mirando.

Y aun así eso no hace que me sienta mejor. Porque la señora Geissler es una extraña para mí. Apenas nos conocemos. No sé nada de ella, salvo que me mintió con lo de las ardillas de su casa, pero no sé por qué razón.

El corazón me late con fuerza. Tengo las manos húmedas. Me sudan y, de nuevo, estoy convencida de que me muero. Que el sudor es un síntoma del insomnio hereditario fatal, que me ha robado el sueño y ahora viene a robarme la vida.

Quiero salir de aquí. Quiero marcharme. Y aun así he pagado casi todo lo que tengo para estar aquí. No puedo marcharme, no puedo. No tengo ningún sitio al que ir.

Aprieto las rodillas contra mi pecho. Agacho la cabeza y cierro los ojos. Rezo para quedarme dormida, una y otra vez. «Por favor, déjame dormir. Por favor, déjame dormir. Por favor, déjame dormir». Rezo para que se haga de día, para que el sol aparezca en el cielo y ahuyente la oscuridad.

Llevo así ocho días. Y ocho noches.

¿Cuántos días más podré seguir sin dormir?

Y entonces oigo algo. No es más que un murmullo, leve al principio, como el sonido de un piano sonando en otra habitación. Una melodía suave. Pero, claro, eso no puede ser porque no hay un piano en la habitación de al lado, ni nadie que lo toque salvo yo. Y yo no estoy tocando el piano.

Presto atención. Inclino la cabeza. Escucho y, aunque quiero quedarme donde estoy, clavada a la pared, donde pueda ver en la oscuridad lo que se me acerque, levanto el cuerpo del suelo, sin soltar las cenizas de mi madre. Casi sin darme cuenta apoyo la palma de una mano en el suelo para incorporarme. Con la otra agarro a mi madre, apretándola contra mi pecho como a un recién nacido. Me levanto y me quedo encorvada para no golpearme la cabeza con el techo bajo. Y aun así me la golpeo contra una de las vigas de madera, con tanta fuerza que, al acercar los dedos, percibo la inconfundible textura pegajosa de la sangre.

Bajo de puntillas las escaleras, escalón a escalón, tan despacio que es casi como si no me moviera. Mientras bajo, oigo las voces. No es solo una, sino dos, tres o cuatro. Una voz principal y un coro de fondo acompañando al piano. Me quedo sin aire. Me tiemblan las piernas; me aferro a la barandilla de la escalera para no caerme, con tanta fuerza que siento calambres en las manos.

No puedo continuar. No quiero continuar. Pero lo hago porque tengo que hacerlo. Porque allí no hay nada, porque debe de haber una explicación razonable para aquel sonido. La radio de un coche sonando en la calle, quizá, cuya melodía se cuela por alguna ventana abierta.

Pero no sabré lo que es a no ser que vaya a ver.

Me obligo a seguir bajando por las escaleras. Avanzo muy despacio sobre los tablones del suelo, paso a paso. Sigo el sonido, que parece que sale de una pared y no de la ventana, porque la ventana está totalmente cerrada.

La canción no procede de la radio de un coche aparcado fuera.

Procede de dentro de la cochera.

Avanzo hacia el sonido y me lleva hasta un viejo aparador que hay pegado a la pared, una pequeña librería con dos estanterías y una puerta. Es uno de los pocos muebles que venían con la cochera.

Agarro el pomo de la puerta y la abro con rapidez mientras me arrodillo. Me asomo y veo que dentro no hay nada, lo cual no tiene sentido porque la canción sale de ahí. Sale del aparador. Palpo a ciegas con las manos, deslizándolas arriba y abajo por los bordes de los estantes, buscando algo, aunque no sé qué.

Y entonces se me ocurre una cosa.

¿Y si el sonido no procede del aparador? ¿Y si sale de detrás de él?

No me lo pienso dos veces. Retiro el aparador de la pared. No pesa mucho, aunque tampoco es ligero. Lo empujo con un hombro hasta que consigo moverlo.

Y allí, en la pared que hay detrás del mueble, descubro una rejilla de ventilación de hierro forjado. Una de esas que dan a los conductos de aire. Es un extractor que aspira el aire estancado de la habitación y lo lleva a través de los conductos hasta, imagino, la rejilla de ventilación situada en el suelo del piso de arriba, donde oí aquel pitido la otra noche. Un pitido y después nada. Un pitido y después nada.

Salvo que allí no hay nada que aspirar. En su lugar, está expulsando algo.

Pero no es aire, sino música. Gladys Knight & the Pips, *Midnight Train to Georgia.*

¿Cómo puede ser?

Pego todo mi cuerpo a la rejilla para escuchar la canción. La favorita de mi madre. La que solía poner una y otra vez hasta que me hartaba. Hasta que hacía pucheros y le decía que la apagara porque era música de gente vieja. Esas eran las palabras exactas. Música de gente vieja.

De pronto me invade el pensamiento más imposible de todos, algo que hace que se me ponga el vello de punta.

Mi madre está ahí. Dentro de los conductos de ventilación de la casa.

Dejo la urna en el suelo y, al principio, intento arrancar la rejilla de la pared con mis propias manos. Pero no se mueve. Agarro los bordes y tiro, pero no puedo agarrarla bien y se me resbala con facilidad. Me tambaleo hacia atrás y caigo al suelo. La rejilla de ventilación está incrustada, enganchada a la pared con cuatro tornillos, uno en cada esquina. Intento desatornillarlos con una mano, pellizcando y retorciéndolos hasta que se me rasga la piel al engancharse con un borde afilado. El dedo empieza a gotear sangre.

Pero los tornillos no se mueven. Ni siquiera un poco.

Aprieto los dientes y retuerzo con más fuerza, pero nada. No se mueven lo más mínimo.

Así que inserto una uña en la ranura y giro. Pero lo único que ocurre es que se me rompe la uña, se me parte por la mitad. Maldigo por el dolor antes de levantarme del suelo e ir a la cocina a por un cuchillo. Rebusco en el cajón de la cubertería, apartando cucharas y tenedores, tirándolos uno a uno al suelo, hasta encontrar un cuchillo para la mantequilla.

Regreso corriendo a la rejilla de ventilación. Vuelvo a arrodillarme.

Meto el cuchillo en la cabeza del tornillo, lo giro en el sentido de las agujas del reloj, con todas mis fuerzas. Descargando sobre ese cuchillo el peso de todo mi cuerpo.

Esta vez, el tornillo gira.

Sigo dando vueltas al cuchillo, desesperada, jadeante, como si fuese a encontrar a mi madre dentro del conducto de ventilación. Porque eso es lo único que pienso. Que es ahí donde está. Dentro del conducto. No sé cómo ni por qué, pero así es. Está allí. Estoy convencida.

Saco un tornillo de la pared y paso al siguiente. Y lo saco también. Y el otro. Así hasta que los cuatro tornillos caen al suelo.

La rejilla se suelta de la pared y cae. Golpea el suelo con un estruendo. La aparto de en medio y me asomo al interior. Es una especie de caja de acero inoxidable colocada detrás de la rejilla, una caja que cambia de dirección a unos treinta centímetros de distancia. No me alcanza la vista para ver hacia dónde va, de modo que introduzco la mano, sudorosa, pero no encuentro nada, aunque pienso que, tras ese giro en el conducto hay kilómetros y kilómetros de tubos y tuberías que llevan hasta mi madre. Mi madre está al final de esos tubos, escuchando su canción, hablándome.

Intento meter la cabeza primero, después intento meter primero los pies. Pero no quepo y, pasado un tiempo, me rindo, porque no sé qué más hacer.

Me paso el resto de la noche tendida en el suelo junto al conducto de ventilación, en posición fetal, escuchando como Gladys Knight me canta su canción.

eden

26 de septiembre de 2010
Chicago

Hoy hemos comprado nuestro primer ordenador, por insistencia de Jessie. Llevaba tiempo ahorrando para comprarlo, con la esperanza de poder sorprenderla porque, como dice Jessie, somos las dos últimas personas del planeta sin ordenador, lo que puede que sea cierto o no lo sea.

Hemos tenido que tomar un taxi hasta la tienda, para que pudiéramos cargar las cajas en el maletero, mientras el taxista esperaba impaciente a que cargásemos y descargásemos, con el taxímetro en marcha en todo momento, sin ofrecerse a ayudarnos una sola vez. Y luego, en casa, después de que llevásemos las cajas al despacho, nos hemos sentado en el suelo y hemos leído cuidadosamente las instrucciones, tratando de descifrar qué cable iba dónde. Las instrucciones bien podrían haber estado escritas en japonés y los dibujos parecían hechos por un niño de cuatro años.

Al terminar, me ha sorprendido descubrir que, cuando lo hemos encendido, el trasto se ha puesto en marcha, y en la pantalla ha aparecido una especie de imagen que daba vueltas; Jessie me ha dicho que era un salvapantallas.

Jessie ha entrado directa en Internet. «Búscate», me ha dicho, y le he preguntado a qué se refería, pensando que utilizaría el ordenador para escribir trabajos de clase. No se me había ocurrido que pudiera andar husmeando por Internet, pero enseguida me he dado cuenta de que eso era lo que quería, esa era la razón por la que deseaba el ordenador. Para buscar cosas en Internet.

—Adelante —ha insistido con un gesto entusiasta de la cabeza, con el pelo cayéndole por delante de los ojos—. Escribe tu nombre —me ha dicho— y a ver qué encuentras.

Pero me he limitado a reírme y le he dicho que no encontraríamos nada, porque no aparezco en Internet. Esa es la clase de cosas reservada para los famosos y los políticos. No para gente normal como yo. Pero Jessie estaba convencida.

—Internet lo sabe todo —me ha dicho, haciendo énfasis en la palabra «todo», y a mí me ha entrado de pronto el miedo y he tratado de asegurarme a mí misma que eran solo las divagaciones de una preadolescente, que Internet no podía saberlo todo, como si fuera una especie de dios omnisciente.

Pero Jessie ha adelantado las manos por encima de las mías y, con dedos diestros, ha escrito «Eden Sloane» en el teclado y ha pulsado la tecla Enter.

No ha ocurrido de inmediato.

No, ha habido un momento de incredulidad ingenua durante el cual el ordenador ha estado haciendo sus cosas. En ese momento, me he dicho a mí misma que no encontraríamos nada. Nada en absoluto. Internet no puede saber nada sobre mí, ¿por qué iba a saberlo? ¿Qué razón tengo yo para aparecer en Internet?

Pero entonces ha aparecido una imagen en la pantalla. Y ahí estaba mi nombre, destacado en varias ocasiones. Me ha dado un vuelco el estómago al verlo, todos esos resultados que el ordenador había encontrado con Eden Sloane. Mientras observaba uno a uno los resultados, tratando de descifrar cuáles de mis secretos estaba a punto de descubrir Jessie, he visto que algunas de esas mujeres no eran yo. Me he sentido aliviada durante un segundo.

Es otra Eden Sloane. No soy yo.

Pero entonces uno de los resultados ha llamado mi atención y me ha sacudido por dentro. Porque ahí, en Internet, aparecía mi nombre y, al lado, la dirección de nuestra casa, nuestro pequeño bungaló al norte de Chicago, donde pensaba que nadie podría encontrarnos, donde creía que no habría manera de averiguar dónde estábamos.

Me equivocaba.

Porque ahora me doy cuenta de que cualquiera puede acceder a esa información, de que cualquiera que me esté buscando puede averiguar exactamente dónde estoy.

Entonces, de manera inconsciente, me he levantado, me he acercado a la ventana y he cerrado las cortinas cuanto antes. Cuando Jessie me ha mirado, lo he achacado al reflejo de la luz del sol en la pantalla del ordenador —un reflejo que ni siquiera estaba ahí— y me ha creído.

Así que, después de todo, no he desaparecido.

Todo este tiempo he estado ahí, viviendo a la vista de cualquiera.

Se me ha cerrado y secado la garganta. Me he atragantado con mi propia saliva. He tosido desesperada, incapaz de respirar y tragar la saliva que se me había alojado en la garganta.

—¿Estás bien? —me ha preguntado Jessie dándome palmaditas en la espalda, y he asentido con la cabeza, aunque ni siquiera yo sabía si eso era cierto o no. ¿Estaba bien?

Cuando al fin he recuperado el habla, le he pedido que fuese a la cocina a traerme un vaso de agua.

Cuando ha salido, he desenchufado el cable de la pared y he visto como la pantalla se quedaba en negro. He empezado a guardar el ordenador en la caja, con la intención de pedir otro taxi esa misma tarde y devolverlo a la tienda.

Cuando Jessie ha regresado con el vaso de agua y me ha preguntado qué estaba haciendo —sentada en cuclillas, envolviendo con papel protector las partes del ordenador—, le he dicho que estaba roto. Que tenía algo mal, y era cierto, claro. Tenía algo que estaba muy muy mal.

Le he dicho que tendríamos que devolverlo. He evitado mirarla a los ojos al ver la decepción en su rostro. «¿Compraremos uno nuevo?», me ha preguntado y, aunque le he dicho que sí, no tenía intención de hacerlo.

Porque ese otro ordenador también podría tener algo mal.

Mientras esperábamos a que llegase el taxi frente a la puerta de casa, no he podido evitar preguntarme: «¿Qué otros secretos míos guardará Internet?».

jessie

La música desaparece con los primeros rayos de sol de la mañana, y ahora la casa queda en silencio. Me sobrecoge la rapidez con la que se detiene, y ahora que ya no suena me pregunto si realmente estaba ahí. Me incorporo y noto la humedad en el suelo de madera. He estado sudando. Digo mi propio nombre en voz alta para asegurarme de que aún puedo hablar, de que el insomnio hereditario fatal no me ha robado la voz. «Jessica Sloane», digo con la voz pastosa.

Me pongo a cuatro patas y empiezo a buscar la urna de mi madre, sabiendo que anoche la dejé ahí, junto a mí. Rastreo las rendijas del parqué, como si de alguna manera se hubiera colado por aquel hueco milimétrico.

Tengo una sensación de desasosiego. Un desasosiego que me invade de pronto.

He perdido a mi madre.

Ya no sé quién soy. No puedo seguir, no seguiré adelante sin ella. Contengo el aliento y me niego a respirar. Y, justo cuando creo que estoy a punto de morirme, la veo. A medio metro de distancia, al otro lado, justo donde la había dejado. Mi pánico se esfuma.

Mi madre sigue ahí. Aún no se ha ido. Dejo escapar el aliento y, al mismo tiempo, oigo la respiración entrecortada de mi madre a través del conducto de ventilación. Exhalaciones cortas y después silencio.

Solo cuando ya ha salido el sol abandono mi lugar. Me pongo en pie, arqueo la espalda para aliviar los músculos agarrotados después de tres o cuatro horas tirada en el suelo de madera. Recorro la estancia despacio, paso a paso, con las piernas medio dormidas. Y siento celos de ellas porque al menos una pequeña parte de mí sigue sabiendo cómo dormir.

En la ducha, me echo el champú en el pelo. Alcanzo el suavizante y acabo echándome otra vez champú. Me lavo el cuerpo y luego, como no recuerdo si ya lo he hecho, me lo vuelvo a lavar. Aunque más tarde, cuando mi piel comienza a emitir un olor agrio, me pregunto si me habré lavado.

Me marcho a limpiar una casa. Mientras friego el suelo de porcelana de la vivienda, me doy cuenta de que mis uñas siguen intactas. No tengo ninguna rota. No hay sangre seca en las yemas de los dedos porque no me han sangrado. Incluso ahora noto los bordes afilados del tornillo clavándose en mi piel, y no estoy segura de si ha ocurrido o solo me lo he imaginado.

Cierro con llave antes de marcharme. Cargo mis cosas en la Siempre Fiel. Fregona, cubo, guantes de goma. Este día de septiembre es cálido y soleado. Voy pedaleando por las calles, de un único sentido, que se van estrechando con las hileras de coches aparcados a los lados, como las arterias que se obstruyen con los depósitos de grasa.

Me paro a comprarme un café y un dónut y los pido para llevar. «Que tengas un buen día, Jenny», me dice la dueña de la pastelería cuando me marcho, y pienso que a lo mejor no se ha equivocado. A lo mejor sabe algo que yo no sé. A lo mejor sí que soy Jenny, dado que ya no soy Jessica Sloane.

Paso por delante de una comisaría. Me detengo en la acera, frente al edificio de ladrillo. Pienso en entrar, en pedir que me tomen las huellas dactilares. Quizá puedan buscarlas en el sistema y decirme quién soy. Pero no sé si es así como funciona. Estoy segura de que necesitarían una razón para hacerlo, y no sé si puedo darles una. Al menos una que sea válida. No una razón que levantara sospechas.

Pero entonces pienso en el ADN, en una de esas pruebas que te haces en casa y después envías por correo. Esas que aseguran que con un poco de saliva pueden ayudarte a descifrar tu árbol genealógico, encontrar a parientes lejanos, descubrir etnias desconocidas. Es justo lo que necesito. Averiguar quién soy.

Regreso a la cafetería de Dearborn y me siento en el sofá de terciopelo azul, a la espera del hombre del jardín. Con la esperanza de que hoy aparezca. Allá donde miro veo naranja. En una camiseta, en el cordón de un zapato, en un cartel pegado al escaparate, en un parterre de flores. Pero no es el hombre.

Voy al jardín, me cuelo entre los majuelos y llego hasta el lugar favorito de mi madre. Está vacío, salvo por un pájaro, un gorrión marrón que picotea el suelo en busca de comida. Lo ahuyento de camino al bancal elevado, en cuyo borde de mármol me siento, con mirada circunspecta, pero también cansada. Todavía no se me ha ido el tic del ojo. En todo caso ha empeorado. Me palpita sin parar, salvo cuando aprieto con las manos.

Me rindo después de una hora o dos. Tomo el camino más largo para volver a la cochera porque no tengo prisa por regresar. Paso con la bici frente al colegio de primaria que hay en la esquina de Cornelia y Hoyne, un edificio señorial de ladrillo rojo, con cuatro plantas altas, elegantes y anchas. Los niños juegan fuera, en un patio situado junto a la escuela. La bandera ondea a media asta; alguien ha muerto. Los niños hacen ruido, gritan como monos que defienden su territorio. Trepan hasta lo alto de las barras y reclaman los columpios y los toboganes.

Doblo la esquina en Cornelia. Suena un timbre que indica que los niños deben entrar. Pronto se irán a casa; ya es media tarde. Cuando se van, el mundo queda de pronto en silencio. Los árboles se yerguen altos y orgullosos, la luz del sol se filtra al azar entre sus hojas, dispersándose por la acera.

Mientras me acerco a la mansión de piedra, observo que al otro lado de la calle hay un niño con un cubo, caminando por la acera seguido de su madre. El niño vuelca el cubo y caen sobre el hormigón un montón de tizas. Hacen mucho ruido al caer. Una de ellas, de color azul, rueda hacia la carretera, pero el niño la detiene a tiempo. Su madre le pregunta qué va a dibujar, mientras me saluda con la mano y me dice hola. El niño va a dibujar un hipopótamo.

La señora Geissler también está fuera. Está agachada arrancando las malas hierbas de su parterre de flores; va acumulándolas en las manos. Lleva guantes de jardinería y, en la cabeza, un sombrero de paja de ala ancha que le protege del sol.

La veo y noto la rabia que crece en mi interior. Rabia e inquietud, entre otras cosas. Pienso en la señora Geissler en la ventana del tercer piso, observándome por las noches. El tercer piso, que está invadido por las ardillas. El tercer piso, donde dice que lleva años sin entrar. Pienso en los ojos, en sus ojos, pegados a la ventana como los ojos de un búho, tan grandes y brillantes que pueden divisar a su presa incluso en la noche más oscura.

Pero es más que eso, porque estoy convencida de que alguien ha entrado en la cochera cuando no estaba. Solo dos personas deberían tener la llave de esa casa, y somos la señora Geissler y yo.

Técnicamente la cochera es suya, pero, que yo sepa, no debería poder entrar y salir sin avisarme antes. Al menos con veinticuatro horas de antelación, me parece. Una cosa es que hayan reventado las tuberías o que el váter esté desbordado de aguas residuales, pero de momento no es el caso.

Pienso en lo que dijo Lily, la que me encontró el apartamento, sobre las cocheras; que no seguían las mismas normas que figuran en la ordenanza de arrendamientos de la ciudad. Viviendo allí, me dijo que no tendría la misma protección.

¿Se refería a que carecería por completo de intimidad? ¿A que la señora Geissler podría entrar en mi casa sin permiso? ¿Abrir y cerrar mis cortinas? ¿Espiarme a través del cristal?

Por alguna razón, no lo creo.

Al principio pienso que debería seguir, pasar por allí delante con mi bici. Pero entonces me lo pienso mejor. Quiero hablar con ella, porque aquí está pasando algo raro —muchas cosas— y quiero saber de qué se trata.

Bajo la pata de cabra de Siempre Fiel y me sitúo detrás de la señora Geissler con las manos en las caderas. Al hacerlo, me salen las palabras. Sin pensar.

—¿Por qué ha estado observándome? —le pregunto.

Me dirige una sonrisa cálida.

—Jessie —me dice amablemente, como si no hubiera oído la pregunta o el tono de mi voz. En su lugar, dice que se alegra de verme hoy—. ¿Y este tiempo? —comenta levantando las manos, alabando al cielo y al sol por este día tan magnífico.

Y yo me desconcierto y pienso solo en el tiempo. Me olvido de los ojos que me espían por la noche. Me olvido del miedo que sentí al entrar en la cochera y encontrarme las cortinas abiertas.

Pero vuelvo en mí.

—¿Por qué ha estado observándome? —le pregunto, y me mira confusa. Frunce el ceño.

—No sé a qué te refieres —me asegura.

—La he visto —le digo, señalando con un dedo hacia las ventanas de arriba. Las ventanas que ahora están a oscuras, sin luz en el interior. Lo único que veo en ellas es el mundo exterior reflejado en el cristal—. Ahí de pie. Tres noches seguidas —añado, aunque la verdad es que he perdido ya la cuenta. Podrían ser tres. Podrían ser cuatro o más—. Ha estado mirando hacia la casa, observándome. Espiándome. ¿Por qué? —le pregunto—. ¿Por qué me observa?

La sonrisa desaparece de su rostro. O más bien queda reemplazada por una sonrisa más compasiva. Veo los surcos entre sus ojos, profundas arrugas en su piel. Se quita el sombrero y una maraña de pelo se le engancha en el ala de paja, como le pasaba a mi madre antes de rendirse y afeitárselo entero. Nos veo a las dos de pie en el plato de la ducha. Empezamos con una maquinilla eléctrica y después seguimos con una cuchilla de plástico desechable. Después le untamos aloe vera cuando terminamos.

—Bueno, ¿no va a decir nada? —le pregunto a la señora Geissler al ver que no responde. No soporto ver la compasión con que me mira, sin decir nada—. No tiene derecho —agrego, con la mirada perdida en la maraña de pelo que se le ha caído de la cabeza. Lo agarra con la mano, lo desengancha del sombrero y lo suelta—. Ningún derecho a espiarme.

—Jessie —dice la señora Geissler. Su voz apesta a compasión, a pena. O quizá sea muy buena actriz. No sé, pero sea lo que sea, no me gusta lo más mínimo—. Jessie, querida —repite—. Sigues sin dormir, ¿verdad? —me pregunta. Noto que me tiemblan las rodillas. Se me aflojan. Quiero decirle que no, que no duermo. Quiero que me diga que pruebe con la leche caliente. Con una cucharada de miel. Que escuche música antes de irme a la cama. Música relajante. Nanas. No porque confíe en ella; no confío. Sino porque quiero que alguien me hable de la música y de las voces que cobran vida por las noches en los conductos de ventilación. Que me hable de Jessica Sloane.

En ese momento la veo, a Jessica Sloane, con su bañador morado, muerta en mitad de la carretera. Con las palomas a su alrededor, mirándola con esos ojos vidriosos.

La señora Geissler se queda mirándome.

—Jessie, ¿te encuentras bien? —me pregunta, y solo entonces me doy cuenta de que me estaba hablando. De que me hablaba y no he oído ni una palabra—. No tienes buen aspecto —decide, con la compasión en la mirada, pero no pienso dejar que me distraiga. Miro a mi alrededor y recuerdo dónde estoy. Recuerdo lo que iba a decir.

—He dormido como un bebé —miento.

Miro al suelo en busca del pelo que se le ha caído de la cabeza, pero ya no está. Solo veo un montón de hojas, una mezcla de amarillos y marrones que se marchitan en el jardín. Vuelvo a mirarla a la cara y se pone el sombrero en la cabeza. Y entonces la veo. Una hoja amarilla y marchita, doblada como una polilla en su capullo, agarrada a la paja del sombrero.

No había ninguna maraña de pelo. Me lo he imaginado. Solo son hojas. Hojas que caen de un árbol cercano y que se le habían quedado enganchadas en el sombrero mientras estaba agachada en el jardín, arrancando las malas hierbas.

—La veo en la ventana. Todas las noches. Sé que me ve. Ha estado en mi casa —le digo con tono áspero—. Eso es allanamiento de morada, ¿lo sabía? Una invasión de la intimidad. Podría llamar a la policía. Debería hacerlo.

Se queda callada al principio.

—Jessie, cielo —me dice con preocupación. Con pena. Con lástima—. Oh, Jessie. Pobre Jessie —agrega, compadeciéndose de mí, ignorando mi amenaza de llamar a la policía. Da un paso hacia mí, intenta acariciarme el brazo con sus guantes de jardín. Pero me aparto—. Debes de estar equivocada. Ya te hablé del tercer piso —dice señalando con un gesto la casa situada detrás de ella—. Ya no subo ahí. Llevo meses sin subir.

Es mentira. Sé que no es cierto. Lo sé porque estaba allí.

—He visto la luz en el ático. La he visto a usted ahí, asomada a la ventana. Observándome.

—No —me dice, negando con la cabeza, confusa y preocupada—. No hay luz en el ático. Antes tenía una lámpara, una vieja lámpara de pie, nada especial, pero las ardillas se comieron el cable. ¿Te lo puedes imaginar? —me dice entonces, chasquea la lengua y niega con la cabeza—. Malditos bichos. Es un milagro que no se electrocutaran. —Y por un instante parece tan auténtico, tan real, que casi veo los dientes de las ardillas desgarrando el cable, cortando la corriente de la lámpara.

Casi, pero no.

—Sé lo que he visto —insisto.

Pero, en mi interior, también me pregunto si será verdad.

—Debes de estar equivocada, Jessie —me dice—. Quizá fuera un sueño. Has perdido a tu madre. La pena puede ser algo terrible. El aislamiento, la desesperación... —Pero la interrumpo antes de que pueda recitarme las etapas del duelo. Sus ojos, cargados de pena, parecen burlarse de mí. Sé lo que está haciendo. Con su compasión y su pena está intentando hacer que ponga en duda mi cordura, que crea que estoy loca. Resultado del insomnio y del dolor.

Pero sé lo que he visto. Había luz en el tercer piso. Unos ojos en la ventana, mirándome.

—Entonces déjeme verlo —insisto. Con asertividad. Intento pillarle la mentira—. Déjeme subir al ático. Déjeme ver con mis propios ojos que allí no hay luz.

Ella sonríe. No es una sonrisa feliz, ni burlona, sino tranquilizadora. Quiere calmarme.

—Oh, no es buena idea. Está todo hecho un desastre, Jessie. Ni siquiera creo que sea seguro subir ahí —me dice. No hasta que consiga que su contratista lo limpie todo, cosa que asegura que hay que hacer. Ha pasado mucho tiempo y, por ahora, el ático es un espacio inservible. Y entonces dice que tiene que irse. Asegura que va a llover, mirando hacia el cielo. Hasta ahora no me había fijado en las nubes de tormenta. Antes el cielo estaba despejado, pero ahora ya no. Ahora hay nubes—. Las malas hierbas me llaman —dice la señora Geissler, se da la vuelta y se acerca a los cardos, alejándose de mí.

Y entonces, en ese preciso momento, las nubes explotan y empieza a diluviar. Así, sin más, las aceras inundadas de sol desaparecen y se llenan de charcos. Aparto la mirada de la señora Geissler, miro hacia abajo y encuentro mis pies sumergidos en un charco. Al otro lado de la calle, el hipopótamo de tiza del niño se desdibuja. El niño empieza a llorar. Pero no antes de tirar su tiza al suelo y partirla por la mitad y gritar: «Se ha estropeado», para después salir corriendo hacia su casa, seguido de su madre.

Vuelvo a mirar a la señora Geissler, pero ya se ha ido.

A lo lejos se oye el ruido de una mosquitera al cerrarse, y allí me quedo.

Con el pelo empapado, igual que la ropa. Totalmente sola.

La lluvia, que solo ha sido un chaparrón, ya ha pasado. Ha escampado. En cuanto he salido corriendo del jardín para refugiarme dentro, ha parado de llover. El sol se ha abierto camino entre las nubes otra vez, como un pollito al salir del cascarón. El mundo ha vuelto a brillar.

Gota a gota la lluvia ha desaparecido, volviendo por donde había venido. Después ha empezado a ponerse el sol, tiñéndolo todo de rosa, después de morado y luego de negro, para dar comienzo a otra noche sin dormir.

Me asomo por la ventana y observo el tercer piso de la casa de la señora Geissler. Miro hasta que se me cansan los ojos, tanto que me escuecen las retinas, con el tic permanente. Y aun así no quiero parpadear porque, en esos milisegundos, podría perderme algo, un destello de luz, unos ojos en la ventana mirándome. La casa se vuelve borrosa porque llevo demasiado tiempo mirándola.

Pero, aun así, no parpadeo.

Las cortinas de la ventana del tercer piso están echadas. Al igual que el mundo exterior, la habitación está a oscuras. Me quedo mirando durante horas, pero allí no hay nadie. Prueba de que me equivoco. De que la señora Geissler no estaba de pie junto a la ventana, observándome, de que mi imaginación se lo ha inventado. No pudo ser un sueño, porque cuando no duermes no sueñas. Así que debió de ser mi mente, que me jugó una mala pasada.

La ventana permanece vacía y a oscuras durante toda la noche. Hace frío en la cochera porque he apagado por completo la calefacción en un esfuerzo por evitar que los ruidos se cuelen en los conductos de ventilación. Hasta ahora, funciona. No hay voces; no hay pitidos. No hay música. Pero, como resultado, la temperatura en la cochera se desploma hasta los diez grados. Se me duermen los dedos de las manos y de los pies.

Tumbada en la cama, mientras escucho el tictac del reloj de la pared, me doy cuenta. Mi madre no es mi madre biológica. Me resulta evidente, lógico, a estas horas de la madrugada. Como si llevase todo este tiempo delante de mis narices, pero no me hubiera dado cuenta. Para empezar, no me parezco en nada a ella, lo cual no tiene por qué importar ya que, en lo que a mí respecta, podría ser la viva imagen de mi padre. Pero, aun así, es motivo de duda.

Si mi madre no es mi madre biológica, entonces ¿cómo acabé con ella? ¿Cómo llegué a considerarla mi madre?

Quizá fuera algo inocuo, como que me adoptara siendo una niña. Y, en un intento por alejarme de mi madre biológica —quien, que yo sepa, podría intentar localizarme para recuperar la custodia—, le robó la identidad a una niña muerta y me la dio a mí para que no pudieran encontrarme. Quizá mi madre biológica me maltratara. O quizá tuviera trece años, hubiera sido víctima de una violación y no estuviera preparada para ser madre. Una adolescente que se emborrachó en una fiesta y fue demasiado lejos con algún chico. Mi madre estaba protegiéndome de una vida de abusos a manos de una madre negada.

O quizá no fuera algo tan inocuo después de todo.

Quizá sea más tóxico que eso. Quizá no me adoptó, sino que me raptó. Me secuestró. Es algo en lo que pienso solo porque son las tantas de la madrugada, un momento en el que mi imaginación suele despegar.

¿Mi madre me secuestró?

Me siento culpable por pensar esas cosas. Por pensar que me raptó. Que no soy suya. Que hizo algo ilegal. Pienso en mí a los doce años, cuando mi madre se tomó aquella copa de vino y confesó: «Hace mucho tiempo, hice algo de lo que no estoy orgullosa, Jessie. Algo que me avergüenza».

«Y así fue como te tuve».

Ahora sé qué significa.

Eleanor Zulpo, la mujer para la que trabajaba mi madre cuando yo era pequeña, me dijo que de niña insistía en que no me llamaba Jessie. Recordaba que me ponía a hacer pucheros, daba patadas al suelo y exigía que mi madre dejase de llamarme Jessie.

Jessie no es mi verdadero nombre. Eso ya lo sé. Es el nombre que me impuso mi madre, uno que acepté con cierta reticencia, porque hasta un niño de tres o cuatro años sabe cuál es su nombre y no lo cambia con facilidad.

Pero no solo me refería a mí misma con otro nombre, sino que llamaba a mi madre Eden. ¿La llamaba Eden porque no era mi madre? ¿Porque me había secuestrado? ¿Porque mi madre era otra? Y, de ser así, ¿quién?

En el fondo de mi mente me digo que si mi madre me secuestró —y esa palabra avanza a trompicones por mi cerebro, viajando con dificultad de una neurona a otra porque la idea de que me secuestrara parece incompatible con mi madre, que siempre fue tan amable y cariñosa—, debió de tener una buena razón para hacerlo. No era una secuestradora de niños normal y corriente.

Pero hay algo que no cuadra, como un puzle cuyas piezas no encajan las unas con las otras.

Porque también está la fotografía del hombre. Esa que aprieto con tanta fuerza que los bordes empiezan a desintegrarse por el sudor. Me paso la noche sujetando la foto del hombre con el lago y los árboles, sabiendo que significaba algo para mi madre, que me la ocultó deliberadamente.

¿Quién es? Tengo que encontrarlo. Tengo que encontrarlo para poder saber quién es, si es mi padre. Entonces sabré cómo, cuándo y por qué acabé viviendo con mi madre. Mi madre que no es mi madre.

Busco algo, cualquier pista que haya pasado por alto. Su corte de pelo, el color del lago, el tipo de árboles del fondo. Su postura, la marca de sus vaqueros —la etiqueta es demasiado pequeña, pero aun así intento leerla—, ese velero que aparece en la distancia. ¿Es blanco, como me había parecido, o es más bien de un amarillo pálido, o blanco con rayas amarillo pálido? Nada de eso importa.

Y entonces lo veo. Es quizá una tontería, pero para mí es significativo. Porque de pronto cada detalle me resulta significativo.

Ese hombre es zurdo. Lo sé, o me creo que lo sé, porque lleva el reloj en la muñeca derecha. No es una norma estricta, pero sí bastante común para ser cierto. La gente tiende a llevar el reloj en la muñeca no dominante.

Pienso que solo hay un puñado de zurdos en el mundo, lo cual estrecha mi búsqueda de manera exponencial, aunque el terreno aún es amplio. En vez de ser una entre siete mil millones, las probabilidades de encontrar a ese hombre son ahora una entre setecientos millones.

Y entonces lo sé: nunca encontraré a ese hombre.

Podría estar en cualquier parte. Podría ser cualquiera. Incluso aunque me encontrase cara a cara con él, nunca lo sabría porque nunca lo he visto.

Dejo a un lado la fotografía. Tengo tanto frío que me salen manchas grises en la piel. Tiene un tono amoratado y parece cubierta de encaje, como una capa blanca sobre la piel morada. Me quedo sentada en el suelo, mirándome las manos y las piernas. Toda esa piel desnuda, tan fría y grisácea como la de mi madre antes de morir.

Y llego a una conclusión: al igual que mi madre, yo también me estoy muriendo.

Al principio, todo a mi alrededor es negro. No logro moverme. Tengo demasiado frío, estoy demasiado cansada y asustada para moverme. No puedo taparme los brazos y las piernas con las sábanas. La noche avanza a la velocidad de una babosa.

Pero entonces empieza. El amanecer. La luz del día. Llega la mañana. Veo como sucede a través de la ventana.

Empieza con un único píxel de luz. El sol sigue oculto, a salvo, tras el horizonte, esparciendo su luz por la atmósfera. Una oscuridad a medias. Un suave brillo amarillo y azul. Las nubes se espesan a su alrededor, atraídas por la luz, como las tuercas y tornillos por un imán. Se encienden por los bordes, volviéndose rosas y rojas. Como si las propias nubes se ruborizasen.

El sol va subiendo cada vez más por el cielo.

Y así, sin más, ya ha llegado el día.

El aire de la habitación empieza a calentarse gracias a los rayos que entran por la ventana abierta. Mi piel amoratada desaparece y es sustituida por una piel sana. Resulta que no me estoy muriendo. Parece que sigo viva. Al menos de momento.

eden

4 de agosto de 1997
Egg Harbor

Han pasado dos semanas desde que me quitaron a mi bebé.

Hoy, Aaron y yo hemos ido al despacho del doctor Landry.

—La buena noticia —ha dicho el doctor Landry, con la cara seria y tono directo, sin un amago de sonrisa— es que ahora ya sabemos que puedes quedarte embarazada. Tu cuerpo es capaz de eso. Pero mantener el embarazo es otro asunto.

Solo habíamos estado allí en un par de ocasiones. Estábamos sentados el uno junto al otro en sillones tapizados a juego, con el doctor Landry sentado en su silla giratoria tras el escritorio. Yo tenía un pañuelo agarrado en la mano y me secaba las mejillas mientras el doctor Landry me miraba.

—¿Cuánto tiempo debemos esperar para volver a intentarlo? —le he preguntado, refiriéndome a todos, a otro ciclo de fecundación *in vitro* al precio de diez mil dólares, dinero que Aaron y yo desde luego no teníamos porque no lo teníamos ya la primera vez. Ahora tenía tres tarjetas de crédito a mi nombre y en cada una estaba a punto de alcanzar el límite. Solo el pago mínimo era más de lo que podía permitirme. Nunca había estado endeudada; nunca había dejado de estar al corriente de pago; nunca había estado en números rojos; nunca había sido insolvente. Me ponía nerviosa, y aun así razonaba que era un dinero bien gastado.

Vendería mis propios órganos —un riñón o un lóbulo pulmonar— antes que renunciar a tener un bebé.

El doctor no llevaba puesta hoy su bata de médico y, cuando Aaron ha intentado darme la mano, la he apartado y he cruzado las manos sobre mi regazo. La insensibilidad, la narcosis, me rodeaban como un frío del que no podía despojarme. Cuando no estaba en la cama llorando, entonces estaba insensible. No sentía nada. Últimamente solo tenía dos estados: triste o insensible.

El doctor Landry ha respondido diciendo:

—No hay una respuesta clara a eso; podemos volver a intentarlo cuando estéis preparados. —Pero sus palabras han quedado enturbiadas por el suspiro de incredulidad de Aaron, porque ya me había dicho que él no quería volver a intentarlo. Quería terminar con esto.

La razón era sencilla.

La razón era yo.

Durante las dos últimas semanas no lograba salir de la cama. Mañana, tarde y noche, lloraba por mi bebé perdido, preguntándome cómo era posible llorar por algo que nunca fue realmente mío.

«El hombre hace planes y Dios se ríe». ¿No es eso lo que se suele decir?

Aaron no quería que pidiera otra cita con el doctor Landry. Me había sugerido en cambio otras personas a las que llamar: un terapeuta, un grupo de apoyo. Quizá lo que necesitaba era pasar un poco de tiempo fuera, pensaba. Un viaje yo sola a uno de esos lugares a los que siempre había querido ir. Santa Lucía, Fiyi, Belice. Como si tumbarme en la playa y beberme un cóctel fuese a ayudarme a olvidar el hecho de que había perdido un bebé, como si fuese a eliminar mi deseo de tener un hijo, y así al regresar me sintiera como nueva, revitalizada, feliz.

—¡No quiero unas malditas vacaciones! —le grité entonces, tendida en la cama, con la cabeza tapada por las mantas, de donde emergía solo para tomar aire—. Quiero un bebé. ¿Por qué no lo entiendes, Aaron? ¿Es tan difícil de entender?

Y solo entonces, a plena luz del día, cuando me atreví a sacar la cabeza de mi oscura caverna, me fijé en los ojos rojos e hinchados de Aaron, y supe que tenía el corazón roto como el mío. Tenía la camisa arrugada, con los botones mal abrochados, y el pelo revuelto. Se había dejado crecer la barba, prueba de que, al igual que yo, no salía de casa, no podía ir a trabajar.

Pero no me daba cuenta.

—Sé cómo te sientes —me dijo con calma, con la voz temblorosa mientras se secaba los ojos con la manga de la camisa—. Créeme, lo entiendo.

Una mejor persona se habría dado cuenta de que Aaron había perdido algo también. Una mejor persona le habría consolado, le habría permitido consolar y ser consolado. Pero yo no.

Era mi pérdida, no la suya.

—Vete —le ladré entonces, y lo percibí en mi propia voz, lo percibí y me odié por ello, pero lo dije de todos modos—. No tienes ni idea de cómo me siento. No te quedes ahí fingiendo que sabes lo que es perder a un hijo.

Regresé a mi cueva, tapándome la cabeza con las mantas, donde apenas podía respirar.

—Este bebé. Este embarazo. Esta necesidad de quedarte embarazada —se lamentó Aaron desde la puerta, animándome a comer, a salir de la cama, a dar un paseo, a tomar aire fresco—. Está pudiendo contigo, Eden. Te has convertido en alguien a quien ya no reconozco. Una desconocida.

Y entonces me recordó quién era antes de aquel día en que decidimos formar una familia.

Divertida y cariñosa. Auténtica y benevolente. Despreocupada.

—Daría cualquier cosa por volver a ser Aaron y Eden. Solo nosotros. Los dos —me dijo, y de pronto nos recordé el día de nuestra boda, montados a caballo en la granja de la familia de Aaron, yo con un bonito vestido, casándonos bajo el cielo nocturno. Una celebración digna de cuento de hadas. Lo tenía todo. Me había casado con mi príncipe.

Pero de pronto eso ya no fue suficiente.

Necesitaba más.

—Quiero volver a intentarlo cuanto antes. En cuanto podamos —le he dicho hoy al doctor Landry en su despacho, y en ese momento Aaron se ha levantado de su sillón y ha abandonado la habitación.

8 de septiembre de 1997
Egg Harbor

Aaron no ha venido a la clínica de fertilidad para la cita de hoy.

Llevo semanas pasando por todo este lío, el proceso de desarrollar los folículos, regresar a la consulta del doctor Landry cada pocos días para que me saquen sangre y me hagan una ecografía para ver si hay algún candidato viable para el procedimiento. Me han inyectado un sinfín de hormonas, que me dejan ampollas sanguinolentas en la piel y muchos efectos secundarios, desde dolores de cabeza hasta sofocos y cambios de humor.

El doctor Landry ya me ha advertido de que, de tener lugar la implantación, tendré que pincharme progesterona no solo para hacer un bebé, sino para ayudar a mantener el embarazo. Lo haremos todos los días, durante diez semanas o más. «No es para los débiles de espíritu», me aseguró, pero le dije que estoy lista. «Haré lo que sea, cualquier cosa», le juré al doctor mientras enumeraba los efectos secundarios de las inyecciones de progesterona —el aumento de peso, el vello facial, el dolor insoportable— para tener un bebé.

Y entonces, cuando estuvo listo un folículo maduro, que aparecía en el monitor del doctor Landry donde hacía poco se veía la imagen de un bebé con un latido y manos y pies membranosos, concertamos una cita para la extracción de óvulos, cuando el doctor planeaba meter una aguja en mi interior para extraer los óvulos de mi vientre.

Hoy era el día.

Salvo que no lo ha sido.

He pasado horas esperando a que Aaron viniera a depositar su esperma.

Tres horas y catorce minutos para ser exacta, viendo como otras parejas —seis, ocho, diez— venían y se iban por esas puertas de cristal.

He leído todas las revistas de la sala de espera dos veces.

He intentado llamar a Aaron, pero no ha respondido a mi llamada.

Le he dicho a la recepcionista, que me miraba con lástima y arrepentimiento, que Aaron llegaba un poco tarde, pero que llegaría enseguida.

Que había mucho tráfico.

Y entonces, tras otra hora de espera, he pedido hablar con una enfermera. Han ido a buscarme una y, acercándome tanto a ella que ha tenido que dar un paso atrás para recuperar su espacio vital, le he preguntado si quedaba algo del esperma de Aaron de algún análisis o de nuestro primer ciclo de fecundación *in vitro*. Seguro que les quedaba algo almacenado, unas pocas gotas, un único espermatozoide, medio muerto, aferrándose a los bordes de una placa de cultivo.

Pero ella ha negado con la cabeza, se ha disculpado y ha dicho que no.

—Lo siento. No queda esperma.

La enfermera ha dado un paso atrás, pero antes de que pudiera irse le he puesto una mano en el brazo y le he preguntado si podían extraerme los óvulos y almacenarlos en algún lugar, hasta que Aaron viniese a hacer su depósito. Me parecía algo completamente posible, como si hiciera una reserva, pero entonces me han recordado lo poco que dura un óvulo tras la ovulación. «No hay tiempo», me ha dicho, y entonces he preguntado por los donantes de esperma, una idea que había ido fraguándose en mi cabeza muy poco a poco, mientras pasaba las horas en la sala de espera de la clínica, leyendo una revista tras otra, esperando a que viniera Aaron.

Donante de esperma.

Tres palabras que nunca pensé que tendría que utilizar.

La desesperación de mi voz le ha quedado clara a todos los presentes en la sala, pero sobre todo a mí.

—¿Podemos usar esperma de un donante? —le he preguntado, aferrándome al brazo de la enfermera, clavándole las uñas en la piel.

—¿Dónde está tu marido, Eden? —me ha preguntado, apartándose, fingiendo que no acababa de pronunciar esas palabras, «esperma de un donante». Estaba hablándome con condescendencia, eso era evidente. Mientras revisaba el informe de una paciente, de otra paciente, obviamente distraída, con la mente puesta en otro lugar en el que tendría que estar, y no conmigo en la sala de espera—. ¿Dónde está Aaron?

Entonces le he dicho que debía de haberse entretenido en el trabajo, salvo que era mentira porque es lunes, el único día en que Aaron no trabaja.

He vuelto a preguntarle por el esperma de un donante —seguro que tenían tubos de esperma almacenados en algún lugar de la clínica que me pudieran servir—, pero la enfermera me ha asegurado que necesitarían mi consentimiento y el de Aaron —los dos— para usar el esperma de otra persona.

En otras palabras, Aaron tendría que estar presente para dar su consentimiento, tendría que estar allí, pero no estaba.

Aaron llegaba tarde y no aparecería en breve.

No tenía intención de acudir.

Pero no me lo había dicho.

No hasta que he llegado de la clínica de fertilidad y lo he encontrado sentado a la mesa de la cocina, bebiéndose una cerveza. ¡Una cerveza! Basta decir que he perdido los nervios por completo. Le he gritado como nunca lo había hecho, empleando palabras que jamás podría rectificar. Me he acercado a él con los puños en alto, pensando por un instante que podría golpearlo. Que lo haría. Jamás había hecho una cosa así; he detenido los puños justo antes de darle y he empezado a tirarme a mí misma del pelo, gritando como una loca. Aaron no se ha inmutado. Casi nunca le había levantado la voz, y me he quedado inquieta mucho tiempo después de que él abandonara la cocina, dejándome con la palabra en la boca. De pie en mitad de la cocina vacía, con mechones de mi propio pelo en las manos, mirando por la ventana cómo se ponía el sol —las tonalidades de rosas y azules que teñían nuestra parte de la bahía, el cielo en la tierra, como creíamos antes—, me he convencido a mí misma de que era producto de la medicación, del sinfín de medicamentos de fertilidad que me nublaban el juicio. Esa era la razón por la que le había gritado, y aun así tenía toda la razón del mundo para estar enfadada.

Aaron no se ha presentado a la cita.

No ha venido a depositar su esperma.

Mis óvulos estaban listos, pero ¿dónde estaba él?

—¿Dónde estabas? —he gritado mientras levantaba la botella de cerveza vacía de la mesa de la cocina y la lanzaba contra la pared, con la esperanza de que se rompiera en mil pedazos minúsculos, cuando en realidad solo han sido dos. Dos trozos de cristal ambarino que han caído al suelo con un ruido sordo, dejándome insatisfecha. He alcanzado entonces el correo que estaba sobre la mesa y lo he lanzado también por los aires, facturas y avisos, todo ha quedado desperdigado por el suelo como si fueran hojas secas.

—Ya te lo dije —me ha dicho cuando lo he seguido hasta el salón; su voz sonaba muy calmada, probablemente porque se había pasado medio día ensayando lo que iba a decir—. Ya he tenido suficiente. Llevamos un año con esto. Más de un año. Estamos arruinados, Eden. Todo aquello por lo que habíamos trabajado ha desaparecido. No nos queda dinero para invertir en esto —me ha recordado, mostrándome una factura, una que había llegado hoy en el correo; un recibo de la tarjeta de crédito con una deuda de diecisiete mil dólares—. Mira lo que nos ha pasado. A nuestro matrimonio, a ti. No puedo seguir haciendo esto. Lo digo en serio, Eden. Se acabó. Tienes que elegir.

Y entonces ha agarrado una bolsa de viaje que estaba en el suelo de la entrada.

La puerta se ha abierto y se ha cerrado de nuevo, y me he quedado pensando si se había acabado.

Si aquella había sido la última vez que veía a Aaron.

jessie

Estoy sentada en el sofá junto a Liam, en su apartamento. Tengo su portátil sobre los muslos. Accedo a la página web del Centro Nacional de Niños Desaparecidos, pensando que, si mi madre me robó, por alguna razón, si tenía una familia antes que ella, entonces quizá alguien denunciara mi desaparición. Quizá mi verdadera familia me echa de menos.

En la web, descubro innumerables bebés robados de sus cunas. Niños que se subieron al autobús, pero nunca regresaron a casa del colegio. Mujeres embarazadas que fueron vistas por última vez en las imágenes de las grabaciones de seguridad de algún aparcamiento. Gemelos desaparecidos después de que uno de sus padres apareciera muerto. Bebés que son robados de los nidos de los hospitales.

Una por una, voy dejándome absorber por todas esas historias tristes. Las historias de los desaparecidos. Voy abriéndolas todas. Leo sobre un niño al que se vio por última vez jugando en el porche de su casa en un pequeño pueblo de Georgia, donde vivía con su padre y su madrastra en Jeffersonville. Fue visto por última vez a eso de las diez y cuarto de la mañana de un martes, allá por 1995. Tiene el pelo rubio y los ojos verdes. Una foto procesada muestra el aspecto que podría tener en la actualidad, si acaso sigue vivo. Se lo llevó su madre en una batalla por la custodia. También aparece una foto de ella. Parece un poco rural, poco sofisticada, perversa. Tiene poco pelo y manchas en la piel.

Creo que es posible que, al igual que el niño de Jeffersonville, Georgia, yo también sea una niña a la que secuestraron en el porche de mi casa, o en mi cuna, una niña que se subió al autobús del colegio una mañana y no volvió a casa esa tarde.

—¿Qué has encontrado? —me pregunta Liam mientras bajo por la página y encuentro un formulario de búsqueda.

—Todavía nada —le respondo. Pero espero hacerlo pronto.

Relleno todo lo que creo que sé y dejo el resto en blanco. Soy una niña. Soy mujer. Esas son las cosas que sé. Me invento las fechas en las que creo que podría haber desaparecido. El periodo de tres años que va desde el día en que nació Jessica Sloane hasta el día en que murió. Tres años. Menos que una legislatura presidencial, menos de lo que va de unas Olimpiadas a otras, de lo que hay entre un año bisiesto y otro.

Veo como se cargan en la pantalla cien casos. Cien niñas pequeñas desaparecidas en un periodo de tres años. Cien niñas desaparecidas que ahora, diecisiete años más tarde, aún no han sido encontradas. Me entristece. Pienso en sus padres, en sus verdaderos padres y madres.

Una por una voy pinchando en las imágenes y me dicen todo lo que necesito: cuándo y dónde desapareció la niña; el color de sus ojos, de su pelo, cuántos años tendría. Hay fotografías procesadas para ver el aspecto que tendrían en la actualidad, pero no sé lo precisas que son. Ivy Marsh desapareció a la edad de dos años. Fue vista por última vez en Lawton, Oklahoma; una niña de ojos azules, pelo rubio y hoyuelos como yo. Kristin Tate desapareció el día de su tercer cumpleaños, fue vista por última vez en Wimberly, Texas. Ella también tenía hoyuelos.

Sigo bajando por la página y pincho en la flecha, paso a la segunda página de resultados, después a la tercera. Y a la cuarta.

—¿Qué estás buscando? —me pregunta Liam, mirando por encima de mi hombro para ver lo mismo que yo veo.

—No lo sé —respondo, pero entonces lo retiro y le digo que estoy buscándome a mí. Me fijo en las fotos procesadas de niñas que desaparecieron hace casi veinte años, preguntándome si alguna podría parecerse a mí. Aunque me digo a mí misma que la foto procesada de un bebé no tendría la misma precisión que la de una niña un poco mayor, porque la cara cambia mucho con los años. Todos los bebés tienen los ojos grandes y redondos y las mejillas regordetas. Una frente enorme. Sonrisas desdentadas. No hay nada distinguible en ellos. Todos me parecen iguales. ¿Quién puede saber cómo sería la cara de un bebé veinte años más tarde?

Y además no importa, porque, tras mirar todas las fotos de niñas desaparecidas, veo que ninguna se parece a mí.

Aparto el portátil. Busco en mi bolso y, por primera vez, le muestro la fotografía a Liam. Me pregunta quién es y le digo: «Un tipo», aunque tengo la impresión de que es algo más que eso. Porque un instinto primario me dice que estoy unida a ese hombre, que sé quién es. Le digo a Liam dónde he encontrado la foto, escondida en un agujero detrás del espejo del vestidor.

—¿Crees que es tu padre? —me pregunta. Me encojo de hombros. Agarra la fotografía entre sus manos, se la acerca a los ojos, la examina antes de volver a entregármela. Todavía me tiemblan las manos, con ese temblor que hace días que no se va. La habitación queda en silencio, salvo por el ritmo fijo de la lluvia golpeando la ventana. No es más que una llovizna, no un aguacero, aunque hace mal día y está nublado. El cielo azul de la mañana está encapotado ahora. La melodía de la lluvia contra el cristal es relajante. Me calma, me ayuda a olvidarme de todo lo demás y me dan ganas de cantar al ritmo de la lluvia, como el estribillo de una canción.

Y entonces vuelve a suceder. Se me cierran los ojos. En contra de mi voluntad. Dejo caer la cabeza hacia delante, porque mi cuello es incapaz de sostenerla. Dura un segundo. Solo un segundo.

Durante un segundo maravilloso, me quedo dormida.

Pero entonces siento una sacudida eléctrica que me recorre el cuerpo y mi cabeza vuelve en sí. Estoy despierta.

—Jessie —oigo. Y veo que Liam apoya la mano en mi rodilla. Me vuelvo para mirarlo y me fijo en esos ojos azules tan bienintencionados. Me invade un sentimiento de pertenencia que pocas veces he experimentado, solo con mi madre.

Me toca el pelo y, por un momento, noto un calor en mi interior.

Me anima a tumbarme en su sofá. Me ofrece una almohada y una manta, pero le digo que no, gracias. Que estoy bien. «Jessie», insiste, pero se lo repito. Estoy bien, aunque ambos sabemos que no es cierto.

Me excuso, me levanto del sofá como si pesara ciento cincuenta kilos. En el baño, me echo agua fría en la cara y me quedo mirándome al espejo. Mi piel ha adquirido un tono entre verde y grisáceo. Parezco enferma, como si me muriera. Tengo los ojos hundidos y unas ojeras pronunciadas. Me las aprieto con un dedo, veo como se hunden y vuelven a hincharse. Se hunden y se hinchan. Tengo los labios secos y agrietados en las comisuras, cuarteados, y las mejillas cóncavas.

Cuento los días con los dedos. Los días que llevo sin dormir.

Lo máximo que ha aguantado alguien sin dormir nada son once días.

Contemplo mi reflejo apagado, sin encontrarle sentido a lo que veo, aunque sé que mañana, a esta hora, habré muerto.

eden

23 de septiembre de 1997
Egg Harbor

Intenté que la desesperación no fuera más fuerte que yo, por miedo a lo que podría hacer si así fuera. Traté de mantenerme ocupada, haciendo turnos extra en el hospital, trabajando horas extra porque estar en casa, sola, me desequilibraba y no me gustaba esa sensación de desequilibrio, de estar desesperada, de pensar que estaba perdiendo el control.

Mi hogar, la casita utópica que había compartido con Aaron, de pronto se convirtió en una distopía para mí, un lugar donde todo era triste y donde me hallaba en un constante estado de disforia; no soportaba estar allí, de modo que me acostumbré a pasarme el día fuera de casa, todos los días, haciendo todo lo imaginable por evitar los suelos de madera de pino y las paredes encaladas, el bonito columpio colgado del árbol que una vez me llevó a pensar que este lugar era un hogar.

Me pasaba diez horas al día leyendo informes de pacientes, tratando de descifrar lo que habría que cobrarles e introduciéndolo en el sistema del hospital. Era una actividad aburrida y sin sentido, pero aun así una maravillosa forma de perder el tiempo. En ocasiones aceptaba trabajos curiosos, respondía a anuncios que pedían una señora de la limpieza por horas, o una paseadora de perros, o una conductora que llevase a una dulce anciana a sus tratamientos de diálisis, haciéndole compañía durante las cuatro horas que se tardaba en eliminar los desechos de la sangre tres veces a la semana. Me mantenía ocupada, y eso era lo que más necesitaba.

Pasó el tiempo.

La semana pasada llegué a casa y me encontré un acuerdo de separación en un sobre de papel manila, junto a la puerta de la entrada. En él, Aaron me dejaba la casa y todos nuestros activos, quitándome solo la deuda, o al menos la parte que podía pagar, las tarjetas de crédito que estaban a nombre de los dos.

Incluso en el divorcio me protegía.

Firmé los papeles de inmediato, sabiendo que cuanto antes lo hiciera antes sería definitivo el divorcio y así podría solicitar un donante de esperma sin el consentimiento de Aaron.

Mientras tanto, hice todo lo posible por mantenerme ocupada, sabiendo que pasarían meses, casi seis, hasta que el divorcio fuese oficial.

¿Podría esperar tanto tiempo para tener un bebé?

Lo intentaría.

Pero, como suele decirse, el camino al infierno está pavimentado con buenas intenciones.

Porque, en cuanto me encontré sin nada mejor que hacer, volví a pasarme por aquel pintoresco estudio de baile de Church Street y me senté en el banco del parque, viendo a las pequeñas bailarinas ir y venir, y ahora era distinto porque llevaba meses sin venir, desde primavera, aunque todo seguía igual. Las mayores salían primero de clase, seguidas de sus madres, que iban charlando y bebiendo café.

Y entonces, cuando empezaba a pensar que eso era todo, el final de la procesión, ahí aparecía la pequeña Olivia con sus piernas cortas, empujando las pesadas puertas del estudio, enfrentándose a las grietas en las aceras, tratando de seguir el ritmo a las demás. Le habían cortado el pelo, ya no lo llevaba recogido en un moño, sino sujeto con pasadores a ambos lados de la cabeza. Seguía distrayéndose con facilidad, de eso me había dado cuenta, y se paraba a mirar los pájaros y los bichos, y justo hoy se ha parado a mirar una hoja roja tirada sobre la acera, la primera señal del otoño.

Se ha parado y ha empezado a toquetearla como si estuviera viva, examinando su color rojo, la forma de sus limbos, mientras las demás se alejaban a su ritmo, agrandando cada vez más la distancia que las separaba, y esta vez la madre de Olivia estaba demasiado absorta en su conversación como para ver a su hija acuclillada, examinando la hoja con la concentración de una microbióloga. La mujer ha llegado a la carretera y ha cruzado, ajena al hecho de que su hija y ella estaban ahora separadas por una autopista, la misma autopista que una vez se cobró la vida de una niña cuando su madre tampoco miraba.

Algunas mujeres no estaban hechas para ser madres.

Y las que sí sabrían serlo, aquellas que serían las mejores madres del mundo, no tenían derecho a serlo.

No era justo.

Yo sería una madre buenísima, si el universo me lo permitiera.

De pronto Olivia levantó la vista de la hoja y, al ver que estaba sola, empezó a llorar. Fue un proceso en diferentes grados; primero la emoción de haber encontrado la hoja, seguida de la frustración porque no hubiera nadie alrededor a quien mostrársela, antes de sentir la tristeza al comprobar que las demás se habían marchado sin ella, y por último el pánico. Pánico absoluto. Al principio abrió la boca, ahogándose con su propia saliva, y después comenzó a llorar, unas lágrimas silenciosas, mientras le temblaban las rodillas bajo los leotardos blancos.

Mentiría si dijera que no se me pasaron fugazmente varias ideas por la cabeza.

¿Dónde la escondería?

¿Dónde iríamos?

¿Cómo la llamaría? Porque, si fuera una niña desaparecida, no podría pasearse por el pueblo como Olivia. Tendría que ser otra cosa.

Me incliné hacia delante para recoger la hoja del suelo y le pregunté si alguna vez había recogido hojas y las había guardado entre las páginas de un libro. Al oír mi voz y ver la hoja en mi mano, se detuvo. Levantó los ojos del suelo y se fijó en mi sonrisa, y por un momento cesaron las lágrimas, cuando le ofrecí la hoja y ella la agarró con una mano temblorosa.

Razoné pensando que sería culpa de Aaron, no mía, si me llevaba a la niña, porque a eso jugaba últimamente: a la culpa.

Si se hubiera presentado en la clínica de fertilidad...

Si no me hubiera abandonado...

Aún tendríamos una oportunidad de tener nuestro propio hijo.

No habría tenido que llevarme a una que no era mía.

—¿Por qué lloras? —le pregunté, aunque, claro, sabía bien cuál era el motivo. Me quedé sentada, sin querer asustarla si me levantaba. La temperatura estaba bajando, el otoño se acercaba. Pronto se marcharían los turistas. Me fijé en que se le había puesto la piel de gallina en los brazos, y que algunos mechones de pelo rubio se le habían quedado pegados a las lágrimas.

—¿Dónde está mami? —preguntó, examinando la calle con la mirada. Pero solo yo lo oí a lo lejos: el sonido de la risa de las niñas por encima del viento. Olivia no lo oyó.

A través de los árboles apenas pude distinguir el rojo de la manga de una chaqueta, el rosa de un tutú, una melena castaña.

—¿Has perdido a tu mamá? —le pregunté, ofreciéndole la mano—. ¿Quieres que te ayude a buscarla? ¿Quieres que te ayude a buscar a mamá? No pasa nada —agregué al ver que dudaba—. No te haré daño.

Sería mentira decir que me estrechó la mano con tranquilidad, que no se quedó mirándome durante un minuto, reflexionando, pensando que no debería hablar con extraños.

Pero entonces me dio la mano. Fue algo sorprendente sentir esa manita suave dentro de la mía, y tuve que hacer un esfuerzo por no apretarla instintivamente, sabiendo que entonces gritaría. No quería que Olivia gritara. No quería asustarla, pero sobre todo no quería llamar la atención. A todos los efectos, así era como debería ser. Yo era suya y ella era mía.

Entonces comencé a llevarla en dirección contraria a donde había desaparecido su madre. Hacia mi coche.

Olivia se detuvo y miró hacia el otro lado por encima del hombro —hasta una niña pequeña podía recordar por dónde se había ido su madre—, pero le dije que no se preocupara, que si tomábamos el coche encontraríamos a su madre más rápido que si íbamos andando.

Señalé mi coche.

—Está justo ahí —le dije.

Se lo pensó por un momento, congelada sobre la acera, vacilando, mirándonos alternativamente al coche y a mí. El cielo había empezado a nublarse, haciendo desaparecer el sol, y entonces el viento ganó velocidad y ahuyentó el calor del día. La temperatura bajó varios grados y el día se volvió gris.

Se acercaba el otoño; ya estaba aquí.

—Bueno, no pasa nada —le dije entonces soltándole la mano—. Si no quieres encontrar a tu madre, no hay por qué hacerlo. —Era psicología inversa, claro, hacerle creer que, si no se subía al coche conmigo, podría dejarla allí abandonada.

No quería asustarla, y aun así no había otra manera.

Solo estaba haciendo lo que había que hacer.

Pensé que solo conduciríamos hasta el siguiente pueblo y pararíamos a comer helado. Solo me la quedaría el tiempo suficiente para enseñarle una lección a su madre. Entonces la devolvería. No pensaba raptarla, porque no soy esa clase de persona. Una secuestradora y una ladrona. Solo quería tomarla prestada durante un rato, como un libro de la biblioteca. Para satisfacer mi deseo durante un rato.

Había dado solo un par de pasos cuando oí las pisadas de Olivia corriendo por la acera, detrás de mí. Funcionó.

Levantó la mano y me la estrechó con fuerza, con cuidado de no soltarla. Le sonreí y me devolvió la sonrisa; las lágrimas se habían evaporado.

—Tu madre debe de estar por aquí, en alguna parte —le dije entonces, y caminamos hacia allí, de la mano, durante tres o cuatro metros. Avanzábamos despacio —al ritmo de Olivia, aunque yo quería tirar de ella y salir corriendo—, y aun así tardamos veinte segundos o menos en recorrer esos tres metros. Pero en esos veinte segundos me convencí a mí misma de que nos parecíamos en algo, Olivia y yo, aunque en realidad no nos parecíamos en nada.

Me pregunté si, cuando estuviéramos sentadas la una frente a la otra en alguna cafetería, comiendo helado de fresa con nata montada, sería capaz de devolvérsela a su madre.

Y entonces se me pasó por la cabeza otra idea. Podría conducir hasta más lejos, más allá de Sturgeon Bay, de Sheboygan, de Milwaukee. Podríamos vivir en otra parte, lejos de aquí, donde la gente tal vez se creyera que éramos madre e hija.

No tendrían razones para no creerlo.

Le cambiaría el nombre. La llamaría de algún modo que no fuese Olivia.

Y, con el tiempo, llegaría a verlo como si fuera su nombre.

—No tengo sillita para niños —le dije según nos aproximábamos al coche—, pero no pasa nada. El cinturón de seguridad nos servirá. —Y, cuando nos acercamos al coche, extendí la mano para abrir la puerta de atrás y que Olivia pudiera subirse—. Solo será un momento —le prometí—. Estoy segura de que tu madre está por aquí cerca.

Lo pensé en cuestión de un segundo. Elaboré el siguiente plan: cuando Olivia estuviera en el coche, conduciría en dirección contraria, lejos del pueblo, lejos de su madre, sin detenerme hasta haber pasado Sturgeon Bay. Entonces pararía solo para comprarle un helado, algo que la calmara, para que no tuviera miedo, para aliviar sus lágrimas. Un helado y un oso de peluche, o un juguete de la gasolinera, algo que pudiera abrazar para sentirse a salvo. Conduciríamos toda la noche, todo lo lejos que pudiéramos llegar. Lejos de aquí.

Y entonces lo oí.

Alguien que gritaba con urgencia el nombre de Olivia, transportado por el aire frío.

Era un grito agudo, estridente como un pitido. Un sonido de angustia. Después las pisadas de una estampida, miles de ñus corriendo por la calle. Al menos así me lo parecía, y al levantar la mirada, con la mano a punto de abrir la puerta del coche, vi a la madre de Olivia y a su rebaño corriendo hacia mí; ocho mujeres seguidas de ocho bailarinas de *ballet*, todas gritando.

—Olivia, ven aquí ahora mismo.

—¿Qué crees que estás haciendo?

—¡Aparta las manos de mi hija!

Empezaron a sudarme las manos. El corazón me latía acelerado, más que antes. Notaba el sudor en las axilas. De pronto me dolía la cabeza. Intenté pensar en una mentira cuando una de las mujeres me señaló y dijo: «Ya te he visto por aquí antes», y traté de decir algo, pero no me salían las palabras. Mi mente las tenía prisioneras, robándome el habla, aunque lo que sí hacía era medir la distancia —calcular la distancia entre las mujeres y yo, la distancia entre yo y el coche—, haciendo los cálculos, evaluando si podría meter a Olivia en el coche antes de que su madre y las demás nos alcanzaran.

Decidí que sí podía. Pero no debía dudar.

Tenía que irme.

¡Vamos!

Tenía que marcharme ya.

Pero mis pies no se movían, y mi mano, húmeda por el sudor, soltó la mano de Olivia y de pronto la niña corrió en la otra dirección, hacia su madre, lejos de mí y de mi coche.

—¿Quién diablos te crees que eres? —me preguntó la madre de Olivia mientras estrechaba a su hija entre sus brazos—. ¿Qué creías que estabas haciendo con mi hija?

Y, aunque me había quedado sin palabras, fue Olivia la que habló por mí, la que se retorció en brazos de su madre para liberarse y, una vez que tuvo ambos pies en el suelo, sin soltar la hoja roja que llevaba en la mano, dijo:

—Te has olvidado de mí, mami.

Y entonces se alejó seis pasitos de su madre y me ofreció la hoja. Un regalo de despedida.

Acepté la hoja.

—Estaba ayudándome a encontrar a mami —murmuró Olivia con una sonrisa sin dientes, pero aun así yo no logré decir una sola palabra.

Y entonces la madre de Olivia cambió de táctica y suavizó el tono. Las arrugas de su rostro desaparecieron y, en vez de regañarme o llamar a la policía, como sugería que hiciera una de las otras mujeres, me dio las gracias. Me dio las gracias. Por ayudar a Olivia. Se puso roja y se le llenaron los ojos de lágrimas, y en ese momento creyó que, de no haber sido por mí, tal vez hubiera perdido a su hija.

—Deberías vigilar mejor a tu hija —la amenacé, con la voz y las manos temblorosas como las hojas de los árboles, que se aferran a las ramas por su vida.

eden

11 de mayo de 2016
Chicago

Estoy sentada en el escalón de la entrada, con las manos apretadas entre las rodillas para evitar que tiemblen. Miro expectante hacia la calle, en busca de ese primer destello amarillo, el autobús del colegio, con Jessie en su interior. Miro la hora en el reloj, sabiendo exactamente a qué hora llega el autobús, aunque no tengo la tenacidad para esperar tres minutos más, porque, si tengo que esperar mucho, podría echarme atrás.

Tengo que hacerlo de una vez. Necesito que esto termine.

Me he peinado y rizado el pelo. Me he puesto algo de colorete en las mejillas, no tanto para estar guapa como para que parezca que estoy viva, ya que mi palidez actual se asocia más con la muerte que con la energía. Si tengo un aspecto robusto y saludable, tal vez entonces Jessie no se preocupe tanto. Llevo una camisa bonita. Llevo la sonrisa pintada en la cara, aunque va volviéndose más forzada a medida que espero.

Ensayo las palabras que tendré que decir en seguida, las pronuncio en voz alta para poder controlar la cadencia y el ritmo, para que no me tiemble la voz como suele sucederme cuando estoy asustada. A decir verdad, estoy asustada, sí. Estoy aterrorizada.

Aunque no me atreveré a decírselo a Jessie; por su bien, me haré la valiente.

Los frenos del autobús escolar suenan para mí como el chillido de un búho. Veo a Jessie bajar los enormes escalones detrás de sus compañeros, con la mirada perdida en el suelo, como le pasa últimamente. Le pesa la mochila; va encorvada para compensar el peso y yo contengo las lágrimas, porque sé que mis días viendo a Jessie bajarse del autobús llegarán pronto a su fin.

Sonrío y, nada más llegar, ella sabe que algo va mal.

—¿Qué ocurre? —me pregunta, mirándome con la expresión impávida de una adolescente, esa expresión que esconde un sinfín de sentimientos tras una mirada en blanco. Tristeza, confusión, miedo. Sus ojos —tan azules que hasta hoy siguen conmoviéndome— son los de una cara de póquer. Pero no por mucho tiempo.

Mientras la miro me doy cuenta de que, aunque es muy lista para su edad, sigue siendo una niña. Una niña que pronto se quedará huérfana. Golpeo con la mano el escalón y le digo que se siente, maldiciéndome por esforzarme demasiado en tener buen aspecto. En ese momento me olvido de todo lo que había planeado decirle —todos esos viejos proverbios sobre la vida y la muerte que tenía preparados— y en su lugar le digo directamente: «Jessie, me estoy muriendo», con la voz inexpresiva, apenas en un susurro, tratando de mantener la calma, por su bien. «Me voy a morir», le digo mientras esa expresión impávida se quiebra ante mí y las lágrimas invaden los ojos azules de Jessie, desbordándolos al instante, en un torrente de llanto.

Me quedo mirándola estoicamente, tratando de no llorar mientras ella se desmorona ante mí. Pero es difícil. Corre hacia mí y me rodea con sus brazos. Me abraza con fuerza mientras le digo al oído: «Shh, shh. No llores. Todo saldrá bien», y le devuelvo el abrazo, dándole palmaditas en la espalda y acariciándole el pelo.

—No tengo miedo —le digo, le miento porque esas son las palabras que necesita oír—. Tarde o temprano todos morimos, Jessie. Es solo cuestión de tiempo. Y a mí me toca ahora.

Decir que no estoy destrozada sería mentir. Decir que no me siento avergonzada también lo sería.

Porque, después de todo lo que hice por conseguir que Jessie formara parte de mi mundo, voy a dejarla sola, y por ello me siento culpable.

jessie

Estoy tumbada en la cama cuando oigo un ruido procedente de fuera. Me hace dar un respingo, me elevo unos centímetros sobre el colchón.

Lo que espero ver cuando me asomo a la ventana es la tapa de un cubo de la basura que se habrá caído al suelo, una de esas de acero galvanizado. Porque ese es el sonido que oigo, el del metal al golpear el hormigón del suelo, y me imagino a una colonia de ratas subidas unas a hombros de las otras para trepar por el cubo de la basura, trabajando en grupo para transportar lo que haya dentro.

Pero, en su lugar, cuando aparto la cortina y miro, no veo nada.

La luna y las estrellas no han salido esta noche. Todo está negro como la boca de un lobo.

Me quedo durante horas mirando esa mancha negra que es la casa de la señora Geissler. Mi cuerpo tiembla por el frío, aunque, como siempre, estoy sudando. Y pienso que tengo fiebre, porque así me siento. Muerta de frío por dentro, aunque tengo la ropa empapada de sudor. Se me pega la ropa al cuerpo y me castañetean los dientes. No sé si podré sobrevivir una noche más. Me pregunto cómo será un ataque de pánico, una crisis nerviosa. Creo que es eso lo que me está pasando.

Mis ojos se acostumbran a la oscuridad, distingo las formas. Las ventanas a oscuras, el balcón suspendido a tres pisos de altura, sujeto sobre columnas, la línea plana del tejado, el porche, la puerta corredera de cristal.

Mientras miro, veo a una ardilla saltar desde las ramas de un roble hasta el tejado. Se esfuma entre los aleros justo cuando las voces comienzan a hablarme a través de la rejilla de ventilación. «Enfriamiento periférico», dicen esa vez, y «manchas en la piel». Son voces débiles y amortiguadas, lejanas. Pero esta vez no me molesto en correr y lanzarme sobre la rejilla metálica, porque sé que no me oirán. Aunque les grite a través del conducto, no responderán porque nunca lo hacen. Porque solo están en mi cabeza.

Oigo también las pisadas, unas pisadas tranquilas y contenidas que ascienden por la rejilla y se cuelan conmigo en la habitación. Una risita.

«Shh», dice alguien en voz baja. «Déjala dormir».

No puedo apartarme de la ventana. Como los bichos atraídos por la luz en mitad de la noche, no puedo apartar la mirada. La ventana es del color del ébano, del carbón. Negro azabache, con la cortina inmóvil, inerte.

Me fijo en la forma rectangular del cristal —alto y estrecho— y en la quietud de la cortina. No hay nadie allí. Tras la ventana y la cortina, la habitación está vacía, a oscuras.

Hasta que deja de estarlo.

Porque, a las tres de la mañana, se enciende la luz.

Es algo inmediato, inesperado. Tanto que casi me caigo del borde de la cama. Ocurre de golpe. Una lámpara se enciende y la cortina se abre al mismo tiempo. La habitación queda inundada de luz.

Por primera vez puedo ver con claridad el interior de la estancia. Lo que veo es una especie de dormitorio. Un ático, un espacio repartido en tres ventanas. Como un tríptico, un cuadro donde tres lienzos distintos se juntan para crear una escena.

En el primero se ve un cabecero pegado a una pared forrada de madera de roble que se extiende del suelo al techo. La cama está sin hacer, con una colcha blanca retirada unos treinta centímetros del cabecero y las almohadas planas. Hay una lámpara encendida junto al colchón que proyecta una suave luz amarilla por la habitación.

En el segundo lienzo se ve el piecero y sus dos columnas de la cama con dosel. Hay una puerta de madera en la pared del fondo que conduce a un pasillo. O a un armario. Está cerrada, así que no sé adónde da. Hay una cuerda extensible que cuelga del techo, y que aparentemente no pertenece a nada. En algún momento, pudo haber sido un ventilador, o una luz.

En el tercer marco está el hombre.

Lo que hace que me lleve una mano a la boca para no gritar.

Está apoyado contra la ventana, la misma ventana donde alguien ha estado colocándose detrás de la cortina para espiarme. Está de espaldas a mí, sentado en un anaquel, apoyado contra el cristal. Va totalmente vestido de color marrón, fundido con las paredes. Camuflaje, un disfraz. Tiene el pelo castaño, muy corto. No le veo la cara ni los ojos.

Me quedo mirándolo durante unos minutos, sin moverme; ambos congelados en nuestros respectivos lugares.

Y entonces se levanta. Y al hacerlo veo que es alto. Se estira donde está, con las manos por encima de la cabeza, arqueando la espalda. Sus pasos son largos y decididos. Atraviesa la estancia con tres zancadas —lo que a mí me llevaría ocho o diez—, siempre de espaldas a mí, como si supiera que estoy observándolo. Como si lo supiera y estuviera jugando conmigo. Al cucú tras. O a la gallinita ciega.

Las manos le cuelgan en los costados. Yo apoyo las mías en el cristal de la ventana, como si quisiera alcanzar al hombre del otro lado.

Lo percibo en los huesos, algo que no logro identificar. Hay algo en ese hombre que me remueve por dentro. Su estatura, su postura, el color de su pelo. Lo he visto antes. Como la estatua del David de Miguel Ángel. Uno reconocería la postura del David aunque nunca le hubiera visto la cara. Está de pie con la mano en la cadera y la rodilla izquierda un poco doblada. Tiene la cabeza inclinada hacia la derecha, contemplando algo en la distancia, algo que solo él puede ver. Yo no.

Cuando me fijo en su brazo derecho, observo un reloj en su muñeca. Un reloj en su muñeca derecha, lo que para mí significa que, al igual que el hombre de la fotografía, es zurdo. Pienso en el hombre de la fotografía de mi madre, con los vaqueros azules caídos. Casi como un añadido al lago, al barco y a los árboles. Un apéndice entre paréntesis. Casi olvidado, pero no del todo. Corro a mi bolso, saco la fotografía y la sujeto contra la ventana para poder verlo.

La estatura es la misma. No similar, sino la misma. Es el hombre de la fotografía de mi madre.

Y entonces se vuelve hacia la ventana, deprisa, en un momento. Yo aparto sin querer la mano de mi boca y se me escapa un grito. Contengo la respiración, me fijo en su barba recortada y en su piel bronceada, y sé que lo he visto antes. No parpadeo y no respiro. Porque conozco a ese hombre. No es un presentimiento. Porque en el antebrazo tiene la misma cicatriz, más difícil de ver desde la distancia, pero sin duda está ahí. Una raja de quince centímetros que va desde la muñeca hasta debajo del puño de la camisa, y la piel alrededor de la cicatriz está arrugada y sonrosada.

Y solo entonces recuerdo que el hombre de la fotografía también tenía una cicatriz.

Igual que el hombre del jardín. El que estaba leyendo la esquela de mi madre, con cara triste.

La cicatriz es la pista. La que estoy buscando. La que no podía ver.

No son dos hombres a los que he estado buscando, sino más bien uno solo. Y, aunque me resulta inimaginable, imposible, descabellado, sé que es cierto.

Ese hombre es mi padre.

Sabe que estoy aquí. Sabe que estoy aquí y ha venido a por mí.

Porque ¿qué otra razón iba a tener para estar ahí?

Ahora que los veo, sus ojos son como avellanas, pequeños y oscuros. Se queda mirándome. Al igual que yo, no parpadea.

Y entonces se aparta de la ventana y alcanza la lámpara. Esta se apaga y se vuelve a encender. Una señal de alarma. Un SOS. Código morse. Tres destellos cortos, tres largos y otros tres cortos. Sálvame.

Está hablando conmigo. Comunicándose.

Me levanto de la cama y me siento en el borde. Me pongo unas deportivas. Se me resisten. Han estado sudándome los pies. Están pegajosos y no entran con facilidad. Me dejo los cordones sin atar y me siguen mientras bajo los escalones traicioneros. Salgo corriendo por la puerta de entrada, dejándola abierta, y cruzo el césped empapado de rocío.

Al principio no pienso. Solo avanzo.

Las briznas de hierba me hacen cosquillas en las piernas mientras atravieso el jardín. La hierba está alta, necesita que la corten, y llevo las piernas desnudas, solo con unos pantalones cortos. El aire está frío, pero aun así voy sudando. El sudor me chorrea por el nacimiento del pelo y se acumula en las axilas.

Y entonces, a tres o seis metros de la cochera, empiezo a poner en duda mis actos. ¿Qué estoy haciendo?

De pronto tengo miedo.

Me detengo en tres ocasiones para mirar a mi alrededor. Escucho con atención. Un árbol me alcanza, me roza el brazo y deja la caricia amable de una mano humana. Doy un respingo, asustada.

Fuera está todo oscuro. Tan oscuro que no veo lo que hay a un metro de distancia. No sé lo que hay allí, si es que hay algo. El corazón me late desbocado. «¿Hay alguien ahí?», pregunto, pero nadie responde.

Sobre mi cabeza, soy consciente de que la luz del dormitorio del tercer piso se ha apagado. La casa está a oscuras, no hay luz por ninguna parte. Pienso en regresar, en darme la vuelta e irme a casa. En meterme en la cama y esconderme debajo de las sábanas, donde pueda estar a salvo.

Pero entonces llego a un punto que está a medio camino entre mi casa y la mansión de piedra. Estoy en el medio, y la idea de regresar me resulta tan siniestra como la de seguir avanzando, sobre todo porque he dejado la puerta abierta. A saber quién ha podido entrar.

Oigo a los carroñeros a lo lejos. Mapaches, cuervos, ratas. Una criatura se aleja corriendo por el jardín. Cola a rayas. Cara enmascarada. Huellas como manos humanas. Y me imagino a un humano contorsionado corriendo a cuatro patas, lanzándome gruñidos mientras huye.

Recorro el patio adoquinado de ladrillos en dirección a la puerta de entrada. Allí subo los escalones. Son casi diez, todos ellos muy estrechos. Al llegar arriba, me detengo para tomar aliento. Aspiro, aguanto el aire en los pulmones. Lo absorbo. Dejo que inunde mis células y recorra mi torrente sanguíneo como una boya en el mar.

Dos cristaleras laterales flanquean la puerta de caoba. Veo mi reflejo descompuesto en cada una de ellas, de pie con la mano en el corazón, tratando de respirar. Tengo el pelo revuelto y la piel totalmente pálida. Tengo ojeras moradas bajo los ojos.

Llamo a la puerta. Es un golpe incierto al principio, pero se vuelve más firme a cada segundo que pasa. Llamo una, dos, tres veces. No hay respuesta.

Antes de darme cuenta, he llamado veintitrés veces, cada vez más fuerte, de modo que al llegar a la veintitrés estoy aporreando la puerta. Levanto el brazo una vez más, pero, antes de poder llamar de nuevo, la luz del porche se enciende. Me sobresalta por lo inesperado. Aunque, después de todo este tiempo, es cualquier cosa menos inesperado.

De pronto ya no estoy atrapada en un agujero negro; en su lugar, me inunda una luz blanca y brillante que, por un instante, me ciega. Durante seis segundos enteros después de que se abra la puerta no veo nada. Solo fogonazos, puntos, manchas. «¿Quién anda ahí?», pregunto, aún sin aliento, sabiendo que pueden ser solo dos personas las que hayan abierto la puerta: el hombre de la ventana del ático o la señora Geissler.

—Son las tres de la mañana, Jessie —me dice ella. Sus palabras suenan cansadas y molestas. Es la señora Geissler, quien, al contrario que yo, debía de estar durmiendo, libre de una noche de insomnio, no como yo.

Enfoco con la mirada y la veo envuelta en una bata roja de algodón, atándose el cinturón y retirándose el pelo de la cara.

—¿Cuál es el problema, querida? —me pregunta con el ceño fruncido—. ¿Va todo bien?

—Está aquí —le digo de inmediato, dando dos pasos hacia ella. Pero ella retrocede.

—¿Quién está aquí? —pregunta.

—Él. Un hombre —le digo—. En el piso de arriba.

Y su expresión impávida me molesta, me fastidia. Eso y el cansancio, la irritabilidad constante producto de la falta de sueño. «Ya sabe a quién me refiero. Sabe bien de quién hablo», le digo con brusquedad, porque sé que está ahí, en su casa. Tiene que saber que está ahí. Seguro que lo conoce, porque ¿qué haría allí si no? «El hombre de la ventana de arriba. El que me observa. Está aquí».

Se lleva una mano al corazón y suelta un grito ahogado.

—¿Hay un hombre aquí? ¿En mi casa?

Se queda pálida. Mira por encima del hombro hacia el recibidor vacío y avanzo un paso más, hasta lograr meter los dedos de los pies en el interior de su casa. Pero solo los dedos. Ella se resiste, agarra con fuerza la puerta y coloca detrás un pie. Está a punto de cerrarme la puerta en las narices. Pierdo el equilibrio y tropiezo en el escalón de hormigón.

—Lo he visto en la ventana —le digo, señalando las escaleras que ascienden desde el recibidor—. Arriba. Un hombre en la ventana del tercer piso —explico, y entonces ella se relaja visiblemente y sonríe. Niega con la cabeza y me dice que no hay nadie en el dormitorio del tercer piso; lo dice con tanta seguridad que, por un segundo, la creo. Me repite que nadie sube ahí desde hace meses. Desde el incidente con las ardillas, y entonces pienso que va a volver a sacar el tema, la historia de las ardillas que viven en el tercer piso. Ahora ya sé que no es cierto, porque nunca hubo ardillas en esa habitación, sino un hombre; mi padre, al que ha estado escondiendo todos estos días.

—La escalera del ático —me dice en su lugar— es extensible. —Y entonces, como si fuera un mimo, agarra una cuerda imaginaria por encima del hombro izquierdo y tira—. Se rompió hace un par de meses. El exterminador consiguió cargársela y todavía no he podido repararla.

—Pero lo he visto —insisto.

—Debes de estar equivocada —responde sin más—. Allí no hay nadie. ¿Cómo iban a subir, Jessie, si no hay escalera?

Me parece sensato, tal y como lo dice. Y por una fracción de segundo, dudo de mí misma, como ella esperaba que hiciera. Pero entonces recuerdo su imagen —de pie en la ventana, mirándome— y sé que me miente. Que ha estado ocultándolo. Ocultándolo del mundo como siempre ha hecho mi madre.

—Déjeme entrar —insisto, empujando la puerta contra su peso.

—Tranquila, Jessie —me dice—. Has tenido un mal sueño, nada más. —Pero eso no puede ser cierto—. Estabas soñando que había un hombre en la habitación. —Extiende una mano hacia la mía, pero la aparto—. Solo un mal sueño, nada más. Por la mañana lo verás todo más claro.

—Sé lo que he visto —le digo con la voz rota. Pero su rostro se vuelve de pronto muy amable, tranquilo, y me pregunta si quiero que me acompañe de vuelta a la cochera para no tener que regresar sola. Me dice que está todo muy oscuro. Es difícil moverse a oscuras. «Pero no te preocupes», me dice. «Conozco este jardín como la palma de mi mano», y me agarra del brazo para guiarme hasta casa. Me guiña un ojo y dice: «Además, tengo linterna». Y allí está, en el bolsillo de su bata. La enciende como si la conversación hubiera terminado, como si ya me hubiera tranquilizado y ahora pudiera irme a casa, convencida de que no hay ningún hombre en su casa. Ningún hombre que me observa.

Pero aparto el brazo con brusquedad.

—¿Por qué lo esconde? —le pregunto. Alzo la voz, se vuelve aguda, defensiva—. ¿Por qué no quiere que lo vea? ¿Por qué no quiere que sepa que está ahí?

Y entonces dejo escapar la idea que ha estado arraigando en lo profundo de mi mente, que ha reemplazado a todo pensamiento lógico.

—¿Por qué oculta a mi padre? —le grito.

Ella se pone seria y palidece, más aún que antes. Niega con la cabeza, se lleva una mano a la boca, pero no dice nada. Nada al principio, antes de exhalar y habla en voz baja.

—¿Estás segura de haber visto a un hombre ahí?

El corazón me late aliviado. Me cree. Me cree.

Asiento con vehemencia.

—Entonces tal vez tengas razón. Quizá sí que haya alguien —dice preocupada mientras abre la puerta del todo y me deja pasar—. ¿Por qué no vas a ver? —me sugiere.

Pienso en mi padre, tan a mi alcance. Paso corriendo junto a la señora Geissler y subo a toda prisa los escalones de dos en dos hasta el segundo piso. Allí me encuentro bajo una trampilla que conduce al tercer piso. Escucho atentamente, no oigo pasos, pero entonces recuerdo que ya he estado allí antes y sí oí algo.

Esa noche estaba aquí. Mirándome desde allí. ¿Estaría intentando contactar conmigo, llamar mi atención? ¿Hacerme saber que estaba aquí?

Agarro la cuerda y tiro. La escalera se despliega ante mí. Dos de los peldaños están partidos. Otro ha desaparecido, como acaba de decirme la señora Geissler.

—Los peldaños, Jessie —me advierte—. No son seguros. —Pero avanzo de todos modos y me agarro al pasamanos, que tiene poca estabilidad—. Lleva contigo la linterna —me sugiere mientras intenta entregármela. Pero no la acepto.

—Hay luz —le digo—. He visto la luz. No necesito linterna. —Pero me dice que la lleve de todas formas y la sacude con insistencia. Me la llevo solo para que se calle, la sujeto bajo el brazo.

Empiezo a subir. Avanzo despacio, caminando, aunque lo que quiero es correr. El cuarto peldaño cede bajo mis pies, se astilla y grito.

—¡Jessie! —exclama la señora Geissler y me pregunta si estoy bien.

—Estoy bien, estoy bien —le digo, me agarro a la barandilla con más fuerza y sigo subiendo, pasando por encima del peldaño roto.

La señora Geissler no hace ademán de seguirme y se queda al pie de las escaleras. Me observa con los brazos cruzados. Me dice que tenga cuidado. Que vaya despacio.

Llego al último peldaño y me impulso para entrar en el ático. La habitación está oscura. A través de las ventanas, el sol está perdido en algún lugar tras el horizonte. Aún es de noche y, sin embargo, el cielo posee cierto brillo. Pronto llegará la mañana.

A duras penas distingo una lámpara, la misma lámpara que en las últimas noches desprendía luz. Una de esas viejas lámparas de estilo Tiffany, con la pantalla de vitral. Pero, cuando intento encenderla, no sucede nada. La lámpara no funciona, la bombilla está fundida. Giro el interruptor de un lado a otro, pero no sucede nada. Solo oigo ese clic suave que imita los latidos de mi corazón.

Doy vueltas por la habitación, buscándolo. Tropiezo con cosas que no veo. Aguanto la respiración y escucho, pero no oigo nada. «¿Hola?», pregunto, más a modo de súplica que de pregunta.

—Sal para que pueda verte —le susurro al hombre. Mi padre. Le digo que sé que está ahí. Que quiero verlo, conocerlo. Que llevo esperando toda mi vida. Doy pequeños pasos por la habitación, utilizando las manos como guía. El corazón me late en los oídos mientras contengo la respiración, alerta ante cualquier suspiro, o pisadas. Como una partida del juego de Marco Polo—. Marco —digo en voz alta, pero no hay respuesta.

Agarro la linterna que me ha dado la señora Geissler. La enciendo. Proyecta un haz de luz exiguo por la habitación, no es suficiente. La luz se agita sobre la pared con el temblor de mis manos.

Lo que encuentro es una pared de cajas de cartón —docenas de cajas— con agujeros. Excrementos de roedores y útiles de bricolaje. Botes de pintura, tablas, cajas de clavos y tornillos.

Hay un nido improvisado —hecho de ramitas y hojas— en un rincón del ático, y encima una cosa sin pelo en posición fetal que parece que acaba de salir del vientre de su madre. Una ardilla protege a su bebé y me mira con el ceño fruncido.

Lo que no veo es una cama con dosel. Ni una colcha blanca. Ni una cuerda que cuelga del techo. Ni un hombre. Esas cosas no están aquí. No es más que un ático abandonado y lleno de trastos, invadido por las ardillas, como me ha dicho la señora Geissler.

Siento que no puedo respirar. El dolor en el pecho es intenso, en el brazo, en la mandíbula, en el abdomen. La habitación está vacía, aunque estoy segura de haber visto aquí a un hombre, tan segura como de que respiro.

Me acerco a la ventana y contemplo la cochera. No sé cuánto tiempo permanezco ahí, mirando, pensando que tal vez aparecerá. Que de algún modo nos hemos intercambiado los papeles. Pero no aparece.

Vuelvo a bajar por las escaleras, y allí está esperándome la señora Geissler. Observo su mirada de complacencia. Su expresión de «te lo dije».

—¿Has encontrado lo que buscabas? —me pregunta, aunque no puedo hablar. Tengo un nudo en la garganta, pero no quiero llorar. No puedo llorar—. Ya te lo he dicho, Jessie. —Y entonces me doy cuenta de que lo ha hecho solo para darme el capricho—. Ahí no hay ningún hombre. Solo ardillas. —Y entonces vuelve a plegar la escalera para que las ardillas no invadan el resto de su casa.

Me acompaña hasta la puerta, pero antes de cerrarla, me pregunta:

—¿Alguna vez has pensado que solo ves lo que quieres ver, Jessie? Necesitas ayuda. —Prácticamente me echa de su casa y cierra la puerta detrás de mí. Oigo el ruido de la cerradura.

La luz del porche se apaga y, de nuevo, me encuentro sumergida en la oscuridad.

Me siento en el escalón del porche, agotada. Me duele el cuerpo de no dormir, después de diez noches sin poder pegar ojo. Es una manera horrible de morir, por falta de sueño, porque no tiene nada de asqueroso, no hay sangre ni vísceras, y aun así los efectos son igual de crueles. Lo sé porque lo estoy viviendo.

Cuando el sol comienza a salir el décimo primer día, sé que es cuestión de tiempo que me muera.

Esto es lo que se siente al saber que estás a punto de morir.

Esto es lo que debió de sentir mi madre al saber que se moría.

Me quedo sentada en el escalón hablando conmigo misma, divagando sobre lo que me está pasando, con la esperanza de encontrarle sentido, pero sin lograrlo. No le encuentro sentido. Cuento hasta diez para asegurarme de que aún soy capaz de hacerlo, pero pierdo la cuenta en el número seis. Lloro, lloro con fuerza, con hombros temblorosos, por primera vez en mucho tiempo. Me duele el corazón, la cabeza, todo. Me inclino hacia un lado sobre el escalón del porche, adopto la posición fetal, pego las rodillas al pecho y me pregunto si es aquí donde voy a morir.

De pronto levanto la mirada y no sé dónde estoy.

Pero ahora el sol está empezando a salir. El mundo pasa de negro a gris. Una por una, las personas empiezan a aparecer en la calle ante mí. Corredores, gente que se marcha a trabajar muy temprano.

Cuando la luz del día comienza a teñir el cielo, de pronto veo algo al otro lado de la calle. Es un hombre con vaqueros y chaqueta, que camina con las manos en los bolsillos. Lleva la barbilla oculta bajo el abrigo para protegerse del frío, y en su cabeza distingo un gorro, una gorra de béisbol naranja, y por esa razón sé que es él.

Pero ¿cómo ha llegado hasta aquí? ¿Cómo ha salido de casa de la señora Geissler sin que lo viera?

Y entonces me viene la respuesta. El balcón. El que sube desde la calle hasta el tercer piso.

Debió de descolgarse desde el balcón antes de que yo tuviera ocasión de subir las escaleras, se debió de escabullir mientras atravesaba el jardín de la señora Geissler. Fue entonces cuando se apagó la luz de la ventana. Se apagó porque ya se había marchado. Mientras yo examinaba el ático con la linterna, él ya estaba abajo, mirando hacia las ventanas, observándome.

Me levanto deprisa, le llamo, agito las manos para llamar su atención. Bajo corriendo los escalones del porche; seis, ocho o diez. «¡Disculpe!», le grito, pero, si me ve, si me oye, no me mira ni me devuelve el saludo. No aminora el paso. No deja de moverse. Tiene prisa. Llega tarde a algún sitio.

Corro todo lo deprisa que me permiten las piernas, que no es mucho.

El tic del ojo se me ha pasado también al otro, así que ambos me tiemblan y no logro que dejen de hacerlo. Igual que me tiemblan las manos. Me duelen los brazos, las piernas, la espalda y, mientras cruzo la calle, sin mirar a ambos lados, un coche está a punto de atropellarme. La conductora pisa el freno para evitar darme.

Me quedo ahí, en mitad de la calle, a pocos centímetros del capó del vehículo, mirando a la conductora asustada, aunque permanezco impávida. Porque no tengo energía para asustarme. La conductora me mira mal. Al ver que no me muevo, moja el cristal con el líquido del limpiaparabrisas, salpicándome, como quería. Me grita por la ventanilla, y solo entonces me muevo.

Para cuando me alejo del coche, el hombre ya ha recorrido casi media manzana. Ahora me resulta más difícil de ver que antes, está mucho más lejos. De vez en cuando veo la gorra naranja a lo lejos, pero entonces desaparece tras una rama baja y ya no lo veo.

Entro en pánico; lo he perdido.

Pero entonces reaparece y sigo mi camino.

Trato de escuchar las pisadas y, aunque estoy a media manzana de distancia, las oigo. Son pasos rápidos y decididos, y por esa razón sé que son sus pasos. Lo sigo, guiándome solo por el eco de sus pisadas, constante como el latido de un corazón.

Pero entonces, al doblar la esquina y acelerar el ritmo, oigo otra cosa más. Son palabras susurradas en mi oído. «Tierra llamando a Jessie», oigo, y de pronto me doy la vuelta y me encuentro con un hombre que va detrás de mí. Viste traje y corbata, lleva un abrigo sobre los hombros y va fumando un cigarrillo. En la otra mano sostiene un vaso de café.

—¿Qué estás mirando? —me gruñe mientras tira el cigarrillo al suelo. Lo aplasta contra la acera con la punta del zapato e inmediatamente saca otro del bolsillo de la pechera. Me doy la vuelta y no digo nada.

Y entonces se produce otro ruido. Es muy suave, muy sutil, como el susurro del aire en mi oído; llego a un semáforo en rojo y me detengo. «Chist», dice el ruido, como el zumbido de un mosquito en mi oído. Estoy en una esquina, con la mirada fija en el semáforo, a la espera de que se ponga verde para poder cruzar, con la esperanza de que suceda pronto para no perder de vista la gorra naranja. La calle está abarrotada, es la hora punta de la mañana.

«Chist. Eh, tú», oigo. «Eh, Jessie». Doy un respingo y aparto la mirada de la calle para ver quién me llama. El hombre del cigarrillo ha desparecido, ha doblado la esquina y se ha ido, dejando tras de sí un rastro de humo. A mi espalda hay una cafetería que hace esquina, la primera planta de un edificio de ladrillo de tres alturas. Hay gente alrededor de la entrada, solo un puñado de personas, aunque están todas de espaldas a mí.

«Jessie», oigo de nuevo, y trato de prestar atención. ¿Quién ha dicho eso? ¿Quién me llama?

De pronto percibo el frío en el aire. Me estremezco. Aprieto la sudadera contra mi cuerpo, miro a las personas que hay frente a la cafetería y me fijo en ellas. Pero allí no hay nadie a quien conozca.

Me doy la vuelta, pero no me quito de encima la sensación de que alguien me está siguiendo. De que alguien me observa. Es un presentimiento, lo noto, en los límites de la consciencia. Unos ojos que me miran, aunque están fuera de mi campo de visión, y se me clavan en la espalda.

Me detengo al otro lado del cruce y miro hacia atrás por última vez, porque no puedo ignorar la sensación de que me observan. Y entonces vuelvo a oírlo.

«Chist. Eh. Eh, Jessie», y me giro de golpe, como una peonza. Estoy a punto de perder el equilibrio; casi me caigo al suelo. El mundo gira sobre su eje y no sé si la culpable es la falta de sueño o la pena.

Un hombre y una mujer caminan ahora detrás de mí, de la mano. Treinta y tantos años, casi cuarenta. Parecen elegantes y sofisticados; ella es más alta que él, con unas botas de tacón alto, aunque ambos son delgados. «¿Me habéis llamado?», les pregunto, pero se miran y me dicen que no. Se separan y pasan junto a mí, uno a cada lado. Tras adelantarme, vuelven a unir sus manos y se miran antes de mirarme por encima del hombro. Se ríen. Oigo las palabras que se dicen entre risas. «Lunática» y «loca». Están hablando de mí.

Y entonces noto una mano en la espalda. Una mano cálida que me toca la piel desnuda. Me acaricia y el vello se me pone de punta. Grito sin poder evitarlo. Me vuelvo y no veo a nadie. No hay nadie caminando por la acera detrás de mí, aunque vuelvo a oírlo. Y lo noto. Unos labios pegados a mi oído, susurrando, «Tierra llamando a Jessie».

Niego con la cabeza para ahuyentar la voz, diciéndome que no es nada. Que no es más que el viento. Levanto la mirada y me doy cuenta de que he perdido al hombre que sé que es mi padre. Se ha ido. Trato de localizar sus pisadas, escudriño el horizonte en busca de la gorra naranja de béisbol. Empiezo a sentir el pánico; mis ojos miran desesperados aquí y allá, con la esperanza de ver un destello naranja a lo lejos. Me tambaleo por la calle como una borracha. Ya no soy capaz de mantener mi cuerpo erguido porque ha empezado a colapsarse. Intento correr, pero no puedo, más bien cojeo, arrastro los pies.

Una mano me agarra del brazo, una voz me pregunta si estoy bien. Miro la mano y veo que es una mano larguirucha y huesuda. Cubierta de venas azules. Tiene porquería bajo las uñas, y en los bordes de las lúnulas, y así es como me doy cuenta. Conozco esa mano; la reconocería en cualquier parte. Es la mano de mi madre.

Levanto la mirada y me fijo en la mujer vestida toda de blanco. No se parece en nada a mi madre. Y aun así me dice: «Jessie».

Estoy tan desconcertada que no logro responder. Se queda de pie frente a mí, iluminada por un halo de luz solar. Lleva una blusa blanca que ondea con la brisa de primera hora de la mañana; tiene el primer botón desabrochado, así que atisbo debajo su piel pálida. Lleva también una falda, larga, que le llega hasta los pies, de modo que no sé si están ahí debajo. Tiene un aspecto frágil, delicado. Cuando se pasa una mano por el pelo, se arranca varios mechones. Se le caen sin más y quedan atrapados entre sus dedos finos. A través de la blusa medio transparente distingo sus pechos. Son pechos planos, sin pezones. Con marcas de sutura que recorren la piel, como los tenía mi madre.

—Mamá —digo. Por imposible que parezca, la mujer que tengo delante es mi madre—. Mamá —le ruego esta vez, temblorosa, al extender el brazo hacia ella; solo deseo abrazarla con fuerza entre mis brazos. Estoy llorando, las lágrimas resbalan libres por mis mejillas—. ¡Mamá! —le suplico, pero de pronto se aparta, bruscamente, con el ceño fruncido. Abre la boca y me pregunta: «¿Necesitas que llame a alguien? ¿Una ambulancia, tal vez?». Se halla a un metro de distancia y retrocede un paso por cada paso que avanzo. La agarro de nuevo, pero retira los brazos y los coloca a su espalda.

—No soy tu madre —me dice. Y su voz suena tan asertiva, tan firme, que me detengo.

Mis ojos analizan la imagen que veo, la mujer con el pelo rojo y los ojos verdes vestida de blanco. Salvo que tiene el pelo perfecto, y lo que he confundido con marcas de sutura son en su lugar encaje.

No es mi madre.

Dejo caer las manos a los lados y vuelve a preguntarme si necesito ayuda, si puede llamar a alguien. Le contesto que no, aunque de pronto me doy cuenta de que no sé dónde estoy, de que las calles y los edificios no me son familiares. De que nunca en mi vida los había visto.

¿Dónde estoy?

¿Cómo he llegado hasta aquí?

Una sirena suena a lo lejos.

La puerta de un coche se abre y después se cierra de golpe.

La gente camina junto a mí por la acera, con prisa por llegar a alguna parte, mientras la mujer desaparece entre la multitud.

Me rodeo la boca con las manos y empiezo a gritar a un lado y a otro de la calle, llamando a mi padre.

Y entonces, casi perdida ya la esperanza, lo veo. Por el rabillo del ojo, en mi campo periférico de visión, distingo un destello naranja que cruza la puerta de cristal de un edificio de apartamentos situado al otro lado de la calle. Voy hacia allá, tiro del picaporte de la puerta para entrar detrás de él, pero descubro que la puerta está cerrada.

Pego la cara al cristal para ver en su interior. El vestíbulo del edificio está casi vacío. Es anticuado y retro, con suelos de linóleo de los años setenta, de esos que rezuman amianto. ¿Dónde estamos? ¿Vive aquí? ¿Conoce a alguien que vive aquí? Los suelos están cubiertos parcialmente por una especie de moqueta comercial, insulsa y gris, para disimular lo feo del linóleo. Un cartero separa el correo y lo distribuye en millones de casillas, y aunque golpeo el cristal para que me deje pasar, me ignora. O no me oye o le da igual. Sigue a lo suyo, separando el correo como si no estuviera allí, como si no pudiera verme, como si fuera invisible.

Y entonces me pregunto si seré invisible, si ya estaré muerta.

Vuelvo a tirar de la puerta de cristal. El marco metálico tiembla. Empujo el cristal con la palma de la mano, pero no sirve de nada.

Comienzo a bordear el edificio, en busca de otra manera de entrar. Una entrada de mercancías, quizá. Pero, antes de recorrer seis metros, un inquilino sale del edificio con la mirada puesta en un autobús que se acerca. Corro hacia la puerta y consigo meter la mano antes de que vuelva a cerrarse. Me cuelo dentro. Detrás de mí, la puerta se cierra otra vez.

Miro hacia la izquierda justo cuando un destello naranja desaparece tras una puerta. Hay junto a ella un cartel en blanco y negro en el que pone *Escaleras*, con un dibujo en zigzag que representa los escalones. Está subiendo. Así que corro hacia allí para seguirlo.

Empujo con fuerza la barra de la puerta de acero y entro en el hueco de la escalera. Corro, subo los escalones de dos en dos, aferrada a la barandilla con una mano sudorosa, ascendiendo por las escaleras de hormigón. El aire es asfixiante, cuesta respirar. Percibo aquí una notable falta de oxígeno. Es un espacio sin ventilación; no hay sitio para que pase el aire fresco. Siento que me ahogo y tardo unos segundos en recuperar la compostura, para evitar ahogarme con el aire rancio.

Hay dieciséis plantas en el edificio. Sobre mi cabeza, oigo sus pisadas según suben, mucho más rápido que yo. Va demasiado deprisa. No puedo alcanzarlo. Le llamo a gritos, pero, si me oye, no afloja el paso.

En algún momento entre el octavo y el noveno piso, mis pies resbalan en el borde de un escalón, en una especie de tacos de goma amarilla diseñados para tener justo el efecto contrario, para evitar que la gente se caiga. Pero yo no. En su lugar, mi cuerpo avanza con el impulso de la carrera. Pero, gracias a la goma táctil del suelo, mis pies se quedan atascados, dos cosas que son mutuamente excluyentes, porque no puedo parar y al mismo tiempo tampoco puedo continuar. Así que tropiezo y doy un patinazo. Me da un tirón y me agarro a la barandilla para no caer. El dolor me recorre el brazo y las manos, se me filtra por los músculos de la caja torácica, por el cuello, por la espalda. Pero sigo avanzando. Está justo ahí, a mi alcance. Esta vez no puedo perderlo.

Subo otro tramo de escaleras. Sigo corriendo, ascendiendo. Y, sin darme cuenta, hemos llegado a la última planta. La planta más alta de todo el edificio, la dieciséis. El final de la escalera, pienso al principio, pero no. Porque él sigue subiendo. Porque hay otro tramo más de escaleras, diferentes al resto. Son más industriales, como de obra. No están destinadas para el uso diario. Parece más una escalera de mano que unas escaleras normales. Pero subo de todos modos, tres metros por detrás de él. Junto a la escalera hay un cartel en el que se lee *Acceso a la azotea.*

Hay una trampilla en lo alto, una plancha de aluminio con bisagras. El hombre la empuja y yo lo sigo, recorro los últimos peldaños de la escalera y salgo a la azotea del edificio de apartamentos.

La puerta de la trampilla se cierra del todo a mi espalda, empujada por el viento, y el sonido ensordecedor me sobresalta.

Agarro el picaporte para tirar y volver a abrirla, pero está cerrada por dentro.

Me encuentro atrapada en el tejado del edificio.

La ciudad me rodea. Un paisaje asombroso. Con los brazos extendidos, no puedo evitar dar vueltas para verlo todo. Disfruto de la vista, sabiendo que esto podría ser lo último que vieran mis ojos.

Los edificios y los rascacielos se alzan como fichas de dominó a mi alrededor, y yo me encuentro subida en mi propia ficha, esperando que llegue mi turno para caer. El lago está más azul que nunca, de un azul luminoso que eclipsa el azul del cielo. La luz del sol se refleja en el cristal de los edificios, y de pronto todo el mundo brilla.

Recorro el edificio, buscándolo, buscando a mi padre. Ahora que estamos aquí, ha desaparecido. Está escondido. Le llamo, pero no responde. «¡Hola!», grito. «¡Sé que estás aquí arriba!».

La azotea en sí está llena de trastos. Un sistema de refrigeración industrial. Conductos de ventilación. Paneles de acceso de esto y lo otro. Hace que resulte difícil ver algo. Lo busco entre las distintas partes del sistema de refrigeración. Son aparatos enormes, cuadrados, que hacen ruido de vez en cuando, como el murmullo de un ventilador. Aguanto el aliento. Me niego a respirar. La respiración hace ruido y no quiero hacer ruido. Solo quiero escuchar.

Una mano me acaricia de nuevo, me susurra al oído: «Tierra llamando a Jessie».

Retrocedo, me aparto de esa caricia extraña.

En el extremo occidental del edificio hay una escalera de incendios, que sube desde el suelo hasta lo alto, algo tan básico, tan rudimentario, que me aterroriza. Es poco más que la escalera metálica de una piscina, con cuatro peldaños que te llevan desde la azotea hasta el otro lado del edificio.

Ahí es donde está mi padre. En la escalera de incendios. Ahora que se ha cerrado la trampilla, la única manera de salir de aquí, además de en caída libre, es la escalera de incendios.

Voy hacia allá con piernas temblorosas. Le llamo, con la voz más tranquila ahora que lo veo. Ahora que lo he encontrado. Ahora que está a mi alcance. Se ha subido a la cornisa que rodea la azotea, que tiene un metro de altura, para acceder a la escalera de incendios.

Alargo la mano para alcanzar la barandilla de la escalera, la agarro y me incorporo. Tengo las manos resbaladizas. Subo un peldaño. Cede bajo mi peso y caigo al suelo. Empiezo de nuevo. Un peldaño, después otro, viendo horrorizada que mi padre ha empezado a bajar sin mí, corriendo a toda prisa por las escaleras, sin dejarse intimidar por la altura.

—Para, por favor —le ruego, y percibo la angustia en mi voz—. Por favor, no te vayas.

Cuando me acerco a la cornisa, se produce un momento de calma que viene y se va tan deprisa que casi no me doy cuenta. El mundo se detiene por un segundo. Estoy en paz. El sol cada vez está más alto, de un amarillo cegador entre los edificios, dándome calor y paz. Elevo las manos al ver pasar un pájaro volando. Como si mis manos fueran alas, me imagino en ese momento lo que sería volar.

Y entonces lo recuerdo de golpe.

Estoy sola. Todo me duele. Ya no puedo pensar con claridad; ya no puedo ver con claridad; ya no puedo hablar. Ya no sé quién soy. Si es que soy alguien.

Y en ese momento lo sé con certeza: no soy nadie.

Pienso en lo que sería caer. La levedad de la caída, el peso de la gravedad, la pérdida del control. Renunciar, rendirme al universo.

Percibo un ligero movimiento por debajo de mí. Un destello marrón y sé que, si espero más, será demasiado tarde. La decisión ya no será mía. Grito una última vez. Y entonces me atrevo. Con las piernas temblorosas, paso una de ellas por encima de la cornisa del edificio para acceder a la escalera de incendios del otro lado. Tengo que obligarme a hacerlo. Me cuesta un gran esfuerzo. Lo único que hay al otro lado es una repisa exigua, un saliente que pende a diecisiete pisos de altura.

Avanzo hacia él, pero se mueve demasiado deprisa. Tengo miedo, miro hacia abajo y veo que la tierra oscila. Me invade el vértigo. Siento náuseas; creo que voy a vomitar. Los peldaños de la escalera de incendios están perforados para evitar que se acumulen la nieve y el hielo, aunque a mí ahora eso no me sirve de nada. Veo a través de los agujeros la calle que circula bajo mis pies. Personas como hormigas que caminan de un lado a otro, absortas en sus propios asuntos, sin prestarme ninguna atención. Taxis como cajitas de cerillas que pasan de largo.

Los peldaños están oxidados y desgastados. Algunos han desaparecido. En algunas partes, la escalera está separada de la mampostería del edificio, los tornillos ya no la sujetan. Bajo los peldaños de dos en dos, aunque emiten un fuerte ruido cada vez que los piso, y la estructura entera se tambalea bajo mis pies. Tengo que estirar mucho las piernas por encima de los escalones que faltan.

He recorrido solo medio tramo de escaleras cuando me ceden las rodillas.

Al hacerlo, me precipito hacia delante, trastabillando con los pies. Caigo a lo largo de la segunda mitad del tramo de escaleras. La barandilla del final está oxidada, como casi toda la escalera. Veo el color rojo anaranjado del óxido. Cuando mi cuerpo la golpea, los balaustres ceden y me cuelo por el hueco, sin nada más que evite que caiga.

Al salir precipitada de la escalera de incendios, siento la cabeza del revés.

Contemplo por última vez la enorme distancia hasta el suelo, la distancia que pronto caeré.

Y de repente estoy cayendo. Las piernas siguen al resto de mi cuerpo, mis pies hacen un último esfuerzo por aferrarse a algo, tratando en vano de anclarse al acero de la escalera de incendios. Trato de agarrarla con una mano, pero resbala una y otra vez, y me precipito en paralelo, incapaz de sujetarme.

Agito brazos y piernas. Como un perro nadando. Estiro el cuerpo, impulsado por el aire que viene de debajo, y que me revuelve el pelo. Apenas puedo ver nada. Tampoco es que haya mucho que ver, salvo el azul del cielo mientras caigo. No hay resistencia al aire. El aire no hace nada por disminuir la velocidad de mi caída. Intento protegerme tímidamente la cabeza con las manos, en un impulso condicionado, y trato de orientar los pies hacia abajo, sabiendo que la única opción que tengo de sobrevivir depende de que aterrice con los pies. No funciona. No logro bajar los pies. Veo que otro rellano de la escalera de incendios pasa volando junto a mí, pero no lo alcanzo a tiempo.

Noto los intestinos en la garganta a causa de la velocidad de la caída. Una caída que parece durar para siempre. Como si cayera durante toda la eternidad. Con la cara desencajada por el miedo.

Abro la boca para gritar, pero no me sale nada.

eden

3 de octubre de 1997
Egg Harbor

Se ha convertido en un ansia que no puedo colmar. Un hambre que no se sacia con comida. Una sequía que no se arregla ni con mil aguaceros.

La necesidad insaciable de ser madre.

Pienso en ello mañana, tarde y noche.

Por las noches me quedo tumbada en la cama, sin dormir, preguntándome si alguna vez podré ser madre.

No sé si podré esperar a que el divorcio con Aaron sea oficial.

También está la adopción, por supuesto, pero como madre soltera en pleno divorcio y con una deuda desorbitada, dudo que sea una candidata apropiada para el proceso.

Así que debo encontrar otra manera.

Llego al trabajo temprano y me marcho tarde, me paso los minutos extra mirando a los bebés a través del cristal del nido. En la hora de la comida, como deprisa para poder tener tiempo de acercarme a la planta de maternidad y mirar con anhelo a los recién nacidos mientras las enfermeras se ocupan de todas sus necesidades, los biberones, los pañales, las mecedoras.

No quiero sentirme así.

No soy una mala persona, ni mucho menos, y aun así es como una adicción. Una enfermedad. Soy incapaz de dejar de pensar en bebés, en lo mucho que quiero un bebé, lo ansío igual que uno ansía el juego o la cocaína.

He perdido el control de mi comportamiento. No sé de lo que soy capaz, no sé lo que podría hacer, y eso me aterroriza. Antes siempre acataba las normas; hacía lo que me decían.

Pero ahora mis neurotransmisores están en mal estado y, francamente, no soy la persona que era antes. Esa Eden ha desaparecido, ha sido sustituida por alguien a quien apenas reconozco.

7 de octubre de 1997
Egg Harbor

Hoy ha ocurrido algo.

Había comido a mediodía —sándwich de rosbif de la cafetería del hospital— sentada sola a una de las mesas redondas, mordisqueando deprisa, sin hacer ruido, mirando por la ventana a los visitantes y pacientes ambulatorios que iban y venían, pensando en lo sola que me sentía, rodeada de mesas de cuatro, cinco o seis personas, todas ellas hablando de cosas que no tenían nada que ver conmigo. Qué sola me sentía. Al terminar de comer, dejé la bandeja junto al cubo de la basura y fui a visitar a los bebés en el nido.

Una drogadicta en busca de su dosis.

Allí de pie, mirando a través del cristal a los recién nacidos profundamente dormidos bajo sus mantas y sus gorritos de punto, uno en particular llamó mi atención; el nombre escrito en la cuna era Jade Cutter. Fue el apellido lo que llamó mi atención, no necesariamente el bebé en sí, aunque era perfecta en todos los sentidos, desde la redondez de su cabeza hasta el rubor de sus mejillas. Pero más aún, fue el papelito rosa pegado a la cuna lo que llamó mi atención, el papelito donde aparecía su nombre, su fecha de nacimiento, el pediatra y los nombres de sus padres.

Joseph y Miranda Cutter.

Joe y Miranda.

Habían tenido a su hija. Habían tenido a su hija y no me lo habían dicho.

Estaba envuelta en una manta rosa de algodón, con los ojos cerrados y los labios entreabiertos mientras dormía. Había sacado una mano de la manta, pero Jade parecía ajena a eso, al contrario que otros bebés —según había descubierto por el tiempo que había pasado en el nido observándolos—, cuyas extremidades había que controlar en todo momento para que pudieran dormir. Por debajo del gorrito rosa asomaba una pelusilla oscura y, aunque los tenía cerrados, me imaginé que sus ojos también serían oscuros, como los de Joe, aunque esas cosas, claro, suelen cambiar con el tiempo.

Y en ese momento la pequeña Jade abrió los ojos y me miró, o eso me pareció, y me invadió la súbita necesidad de estrecharla entre mis brazos.

Entré en el nido, saludando a las enfermeras por su nombre. Había dos, una mayor y otra más joven, aunque a ambas las conocía bastante bien. ¿Cuántos meses llevaba pasándome por ahí, contando que estaba trabajando para sacarme el título y poder ser una de ellas, una de las enfermeras de maternidad que cuidaban de los bebés recién nacidos? ¿Cuántas veces me habían dejado entrar en el nido, me habían permitido mirarlas mientras cambiaban pañales y envolvían bebés con la habilidad de alguien que lo ha hecho millones de veces? ¿Cuántas veces me habían dejado acariciarle la mejilla a un bebé mientras dormía, sin tener que recordarme que me lavara las manos porque siempre me acordaba?

Pero esta vez no.

—Tendrás que quedarte en el pasillo, Eden —me dijo la mayor de las dos, una mujer que respondía al nombre de Kathy, y sentí una punzada en el pecho mientras señalaba hacia el suelo, hacia una línea imaginaria que separaba el nido del pasillo.

Debía permanecer al otro lado de esa línea.

—Pero, Kathy —intenté argumentar, pero levantó las manos y me dijo que habían recibido quejas diciendo que se habían descuidado demasiado últimamente, y la dirección del hospital había reforzado los protocolos de seguridad. Y me pregunté si ahora los bebés estarían equipados con aparatos de seguridad en las muñecas o en los tobillos para evitar que alguien saliese por la puerta con ellos. Alguien como yo.

—Pero si soy yo —le dije, levantando mi placa para recordarle que trabajo aquí.

Aunque, para entonces, Kathy ya se había dado la vuelta y estaba atendiendo a un bebé que había empezado a llorar; no iba a dejarme pasar, y noté que empezaban a temblarme las manos por el síndrome de abstinencia. Percibí la presión en el pecho y el dolor de cabeza. Durante un minuto o dos sentí que no podía respirar. Tenía taquicardia, latidos fuertes e irregulares que me mareaban, aunque ninguna de las enfermeras pareció darse cuenta; nadie se dio cuenta salvo yo.

Y entonces Joe acudió en mi ayuda, pues había ido al nido a por su hija.

—¡Joe! —exclamé, encantada de verle, sabiendo que él era la clave para llegar hasta ese bebé. Joe sacaría a Jade del nido; me permitiría tomar al bebé en brazos, porque necesitaba hacerlo.

Me saludó, dijo que se alegraba de verme, y entonces sonreí de oreja a oreja. Los latidos de mi corazón se calmaron; la tensión de la cabeza y el cuello comenzó a aliviarse.

—¿Miranda te ha llamado para darte la noticia? —me preguntó, pero le dije que no, que estaba trabajando, que había ido a visitar a los bebés al nido cuando vi a la pequeña Jade.

—¡Enhorabuena! —le dije mientras le daba un abrazo incómodo. Joe era un hombre al que no conocía bien, y lo poco que conocía era a través de las quejas de Miranda. Que era un idiota, un padre horrible. Pero no podía permitir que eso me detuviera ahora—. ¿Qué tal está Miranda? —le pregunté, y me respondió lo que me imaginaba: que Miranda estaba cansada, que solo tenía ganas de dormir, y me la imaginé, dolorida porque su hija necesitaba comer.

Kathy sacó la cunita de ruedas del nido y se la entregó a Joe, y cuando intenté seguirlo, para acompañarlo a la habitación de Miranda, donde me sentaría en un sillón con la pequeña Jade en brazos, como hiciera una vez con Carter, me dijo: «En otra ocasión mejor, Eden. Están aquí mis padres», lo que significaba que ya tenían compañía, que sus padres habían ido a ver a la pequeña Jade.

Que yo no era bien recibida en la habitación del hospital con los padres de Joe porque todo el mundo sabe que tres son multitud.

—¿Ni siquiera un minuto? —le rogué, mirándolo a los ojos; parecía agotado, sin energía. Lo vi en sus ojos: cuatro hijos eran demasiados.

Yo podría ayudarle.

Podría quedarme con uno.

Solo uno.

—Solo para darle la enhorabuena a Miranda y después me iré —le supliqué, y hasta yo me di cuenta de la desesperación de mi voz, pero Joe negó con la cabeza y me sentí entonces como una niña, como una niña de cinco años a la que acaban de decirle que no.

Joe me dijo que le daría el mensaje a Miranda y después se marchó sin mí. Caminaba deprisa a propósito, más rápido de lo que podrían avanzar mis piernas, y sentí el rechazo multiplicado por mil. Me estaba despreciando, me ninguneaba como si llevase un estigma.

El estigma de la infertilidad, el estigma del aborto, el estigma de una mujer cuyo marido estaba divorciándose de ella.

Parpadeé y Joe ya se había ido, había desaparecido por el pasillo al doblar la esquina, donde ya no podía verlo. Entonces me volvieron de inmediato el dolor de cabeza, las palpitaciones y el sudor. Las paredes del hospital comenzaron a estrecharse mientras, en una habitación cercana, una mujer de parto gritaba, y en vez de sentir compasión por ella, sentí celos y rencor.

¡Cuánto deseaba ser una de esas mujeres que gritaban durante el parto! Cuánto deseaba sentir un bebé dentro de mí, empujando con la cabeza para poder salir. Cuánto deseaba sentir a ese bebé entre mis piernas, notar cómo asomaba la cabeza mientras los médicos y las enfermeras se reunían en torno a mí diciéndome que empujara. «¡Empuja!».

Mis pies me guiaron instintivamente hacia su habitación, apoyé la mano en el picaporte y lo giré, abrí lo mínimo para poder ver el interior. Estaban pasando demasiadas cosas allí dentro como para que alguien advirtiera el crujido de una puerta. Me quedé en el umbral, ligeramente retirada para que nadie me viera. Una mirona. Por la rendija de la puerta entreabierta la vi ahí tumbada, gritando de dolor. Vi que agarraba la manta con fuerza, empujando para expulsar a su bebé. Oí sus gritos guturales, rasgados y primarios, mientras las enfermeras a su alrededor le decían que empujara. «¡Empuja!». Su marido le acariciaba el pelo sudado, retirándoselo de los ojos. Entre sus piernas había una mancha negra, y allí me quedé mirando, preguntándome exactamente dónde terminaba la mujer y empezaba el bebé mientras ella empujaba otra vez, aguantando la respiración —mientras yo la aguantaba también, y separaba ligeramente las piernas para empujar con ella—, y esta vez, cuando empujó, un bebé emergió de sus entrañas, cubierto de mucosa, y la habitación se vio inundada por la alegría.

La puerta se cerró en mis narices.

Alguien me había visto.

Salí corriendo y abandoné la maternidad.

Tenía que volver a mi mesa en pocos minutos. Las mujeres de facturación empezarían a preguntarse dónde me había metido y por qué no había vuelto ya de comer. Se lo dirían a nuestro encargado y me regañarían.

Pero no podía volver a facturación en ese momento.

Tenía que marcharme.

Me puse al volante de mi coche y empecé a conducir.

Fui hasta el asador porque necesitaba ver a Aaron, estaba desesperada por verlo, porque me abrazara, me acariciara el pelo y me dijera que todo saldría bien. Si soy sincera, me daba miedo la persona que era, la persona en quien me había convertido. Me horrorizaba lo que podría llegar a hacer si Aaron no me lo impedía. Tenía los pensamientos dispersos, plantados en mi cabeza, sin manera de saber cuáles de mis ideas llegarían a florecer; las ideas sensatas, como volver a casa y meterme en la cama, o las ideas descabelladas, en las que regresaba al hospital, entraba por la fuerza en la habitación de Joe y Miranda, gritando como una lunática, y exigía que me diesen a su hija.

Dejé el coche aparcado de cualquier manera sobre las líneas paralelas de la carretera, casi cortando el paso al restaurante. Nunca era fácil encontrar aparcamiento en el pueblo. Me bajé del coche y me torcí el tobillo al pisar un bache. Lo sacudí y seguí andando, notando como empezaban a dolerme los ligamentos bajo los zapatos.

Había empezado a llover y el cielo estaba oscuro. Los restaurantes, las tiendas de regalos y las galerías que poblaban la calle irradiaban luz. Brillaban desde dentro, mientras fuera la gente se dispersaba como cucarachas a la luz del día, guareciéndose bajo los toldos, o dentro de las tiendas, a cubierto, apiñados bajo las enormes sombrillas, abrazados unos a otros, riéndose.

Pero yo no.

Llegué hasta el asador yo sola, con la intención de entrar. De hablar con Aaron. De rogarle que me ayudara, que volviera conmigo. Estaba desesperada. ¿Qué otra cosa podía hacer? Llovía a cántaros, tenía la piel empapada, sentía el agua hasta los huesos. Pasé frente a las personas que se protegían bajo los paraguas, aunque nadie se ofreció a compartir uno conmigo. Alguien me clavó en el hombro la varilla de un paraguas al pasar, pero no se disculpó, como si fuera culpa mía, como si fuera culpa de mi hombro por ponerse en medio.

Me acerqué al asador, captando ese olor que siempre acompañaba a Aaron de vuelta a casa y hasta la cama, ese olor que nos envolvía mientras dormíamos. Grasa, salsa Worcestershire, carne.

Pero, antes de entrar, divisé a Aaron a través del ventanal del restaurante, vi su cara a través de la pequeña división que separa la cocina del comedor. Fue solo un momento, pero en ese momento percibí su alegría, su ligereza, el brillo de su piel. La lluvia chorreaba por la ventana, pero logré ver más allá, me fijé en la sonrisa de su rostro. En ese mismo instante, otro hombre dijo alguna ocurrencia, supongo, porque Aaron empezó a reírse. ¡A reírse!, como no le había visto hacer en años. Aaron estaba riéndose y era algo hermoso de ver, una carcajada con la boca abierta, nada contenida, y vi en sus ojos una felicidad que hacía tiempo que no veía. No se llevó la mano a la boca para disimular la sonrisa, en su lugar se carcajeó con todas sus fuerzas.

Aaron era feliz. Había encontrado su lugar feliz.

Al contrario que yo, su corazón se había curado y ya no estaba roto. Estaba de nuevo entero.

Deseaba tanto estar con él ahí dentro, riéndome también.

Pero no podía hacerlo, no podía hacer añicos lo que ya se había arreglado. Sabía que le destrozaría si ponía un pie dentro del establecimiento, me imaginé esa risa detenida en seco al verme entrar, aquella preciosa sonrisa evaporándose de su rostro nada más verme.

Así que, en su lugar, cuando una camarera asomó la cabeza por la puerta y me preguntó si deseaba echar un vistazo a la carta, negué con la cabeza y me alejé hacia el otro lado, como el resto de las cucarachas, buscando cobijo de la lluvia.

Entré en un restaurante de lujo, que también tenía bar; esa clase de lugares donde una puede tomarse una copa de vino mientras espera a que le preparen la mesa. La camarera me ofreció una mesa, pero pasé junto a ella y me fui directa a la barra; totalmente empapada, dejando un reguero de agua de lluvia a mi paso. Me senté en uno de los taburetes altos y pedí un chardonnay. ¡Un chardonnay! Me trajeron la copa llena hasta el borde, una dosis generosa cortesía de un camarero de hoyuelos profundos y deslumbrantes ojos azules, un hombre que debía de ser seis años más joven que yo, con apenas edad para servir alcohol en un establecimiento de lujo. Y sin embargo allí estaba, y en ese momento me sentí vieja, como si tuviera más de veintinueve años, muchos más, pero eso no importaba. Esa era la menor de mis preocupaciones.

Con el vino me trajo también un trapo, que utilicé para secarme el pelo.

El primer trago al vino me supo al ácido de las baterías.

Me atraganté al tragarlo, sintiendo que me quemaba el esófago, hasta el punto de que el camarero arqueó una ceja y me preguntó si me encontraba bien. Me llevé la mano a la boca y asentí, pero no estaba segura de encontrarme bien. El vino se me quedó en la boca del estómago y la sensación fue una mezcla de repulsión y náuseas, junto con un calor y un cosquilleo que me gustaban bastante.

Así que di otro trago; deseaba que el calor y el cosquilleo me invadieran, que me ayudaran a olvidarme de Aaron y del aborto, de todos esos meses desperdiciados intentando en vano crear un bebé.

Qué estúpida había sido al creer que con la ayuda del doctor Landry podríamos ser más listos que la naturaleza. Aaron y yo éramos estériles; eso no podía cambiarse.

El universo se reía de mí por mi arrogancia y mi vanidad.

Di otro trago al vino y esta vez no me atraganté.

Pensé en mi bebé, en mi bebé nonato. En mi bebé muerto. Me pregunté qué aspecto habría tenido de haber podido desarrollarse del todo. ¿Se habría parecido a Aaron, con su pelo oscuro y sus ojos claros, o se habría parecido a mí?

¿Habría sido una niña o habría sido un niño?

Sigo pensando en él a todas horas.

De haber sido niña, la habría llamado Sadie.

Me llevé la copa a los labios y di un buen trago, preguntándome si Aaron pensaría en ella alguna vez.

Preguntándome si pensaría en mí alguna vez.

Llegada la segunda copa, el vino ya no me sabía a ácido. Saciaba esa hambre, esa sed, como nada en el mundo. Me recorría las venas, anestesiándome los brazos y las piernas, adormilando mis sentidos. Hacía tiempo que no tomaba nada de alcohol, así que la habitación no tardó en empezar a desdibujarse, y pareció que el taburete oscilaba bajo mi cuerpo.

Con cada trago a partir de ahí, me convertí en una versión más joven de mí misma, alguien con energía, alguien más despreocupada.

Con cada trago me fui volviendo olvidadiza, y me olvidé de golpe de que pronto sería una divorciada, una mujer que jamás tendría un bebé.

Era una noche tranquila, una noche de martes, de modo que el camarero estuvo encantado de matar el tiempo charlando conmigo —de qué, ya apenas lo recuerdo—, y después de que me sirviera la segunda copa de chardonnay saqué una tarjeta de crédito del bolso, una que sabía que no denegarían, y el camarero me abrió una cuenta y me dijo que se llamaba Josh.

—Tienes una sonrisa muy bonita —me dijo, y me sonrojé, sonriente, y entonces me la señaló—. Sí, esa misma —agregó, y sonrió también. Por alguna razón, saqué un pintalabios del bolso, de un tono rosa pálido, y me pinté los labios; a partir de entonces fui dejando marcas rosas en el borde de la copa de vino, que él me rellenaba cada vez con una dosis generosa.

Me desabroché el botón de arriba de la blusa y me incliné sobre la barra, consciente de lo patético que resultaba; yo, una mujer sola y deprimida ligando con un camarero en un bar casi desierto.

Me había convertido en un cliché.

—¿Cómo te llamas? —me preguntó mientras colocaba ante mí un cuenco con cacahuetes, rozando levemente un dedo contra mi piel, y le dije que me llamaba Eden. Lo comparó con el jardín del Edén, en otras palabras, el paraíso, y sonreí y le dije que nunca lo había oído, aunque, claro, no era cierto, lo había oído de boca de todos y cada uno de los hombres patéticos que vinieron antes que Aaron, cuando intentaban ligar conmigo en bares con mucha menos clase que este—. ¿Y qué haces aquí tú sola, Eden? —me preguntó mientras limpiaba la barra con un trapo haciendo círculos.

Me encogí de hombros y le dije que no lo sabía.

¿Qué estaba haciendo allí?

Alcancé mi copa y me la terminé. Me la rellenó de inmediato, y apuré esa también, y apenas soy capaz de recordar lo que vino después.

A la mañana siguiente solo recordaba retazos, un *collage* de momentos que podrían haber sucedido. Recuerdo resbalarme del taburete con la tercera copa de vino. Reírme de mí misma mientras unas manos extrañas me ayudaban a levantarme y me rellenaban la copa. Una cara demasiado cercana a la mía. Los hoyuelos profundos. Las palabras susurradas en mi oído.

—Espérame —me dijo.

De pie en la esquina, envuelta por la noche otoñal, me apoyé en una farola que no emitía nada de luz. Me absorbió la oscuridad hasta que ni siquiera estuve segura de encontrarme allí. Seguía lloviendo, pero era una lluvia muy fina que parecía suspendida en el aire.

Y entonces sentí unos labios en el cuello, unas manos acariciando mi piel, aunque no veía a quién pertenecían. Estaba todo demasiado oscuro para ver, pero no me importaba. Solo sabía que mis extremidades estaban anestesiadas por el alcohol, y fue un momento catártico para mí, aquellas manos desconocidas que deambulaban por el paisaje de mi piel, explorando los valles y las colinas con una vehemencia que nunca había sentido. Un cuerpo pegado al mío, aprisionándome contra la farola, jadeando palabras entrecortadas en el lóbulo de mi oreja.

—¿Dónde está tu coche? Conduzco yo.

Oí el ruido de un motor al ponerse en marcha, y las estrellas en los ojos producto de la velocidad antes de que el mundo se volviera negro de nuevo, y luego el roce de la barba en la mejilla, una mano en el pecho tocándome con la impaciencia de un chico de dieciséis años. Un hombre impetuoso manoseándome, rasgándome la blusa. Algunos botones quedaron colgando de un hilo, mientras él me recostaba en el asiento trasero del coche y se movía con la destreza y la agilidad de alguien que sabía lo que hacía, alguien acostumbrado a los asientos traseros de los coches con mujeres desconocidas.

Sentí que me levantaba la falda hasta las costillas. El roce de una uña al romperme las bragas, echándolas a un lado. El sonido de un gemido, mi propio gemido forzado en aquel espacio estrecho, porque, incluso con la embestida continua de sus caderas, no sentía nada, y deseaba más que cualquier otra cosa sentir algo, sentir lo que fuera, porque sentir algo siempre sería mejor que no sentir nada, y en aquel momento no sentía nada. Al menos nada que fuera importante.

En su lugar, un aliento caliente en el lóbulo de la oreja. Tirones de pelo con las manos, consciente o inconscientemente, no lo sé. Música *reggae* en la radio del coche.

Él jadeaba un nombre rítmicamente, «Anna, Anna». ¿Se pensaba que me llamaba así, Anna, o habría otra mujer en su vida, una mujer llamada Anna, y se limitaba a fingir que yo era ella? Respondí con un «¡Sí, sí!», pues decidí que sería su Anna, si eso era lo que deseaba que fuera. La hebilla del cinturón de seguridad se me clavaba en la espalda, el plástico se me incrustaba en la piel con cada una de sus embestidas, dejando su marca, y aun así no sentía nada, nada en absoluto, no hasta que finalmente un espasmo recorrió su cuerpo como un rayo y se derrumbó encima de mí, y entonces sentí el peso de su cuerpo, que ya no sostenía con sus propias manos.

El peso de su cuerpo. Eso sí lo sentí.

Y después la ligereza.

La puerta del coche se abrió y se cerró. Y entonces silencio.

Se había ido.

Me desperté por la mañana en el asiento trasero del coche, aparcado en el extremo más alejado de un aparcamiento público, a la sombra de un árbol, con la falda aún por las costillas, con el resto del cuerpo al descubierto, oculto solo por las gotas de rocío que habían cubierto las ventanillas durante la noche.

jessie

El corazón me late dentro como un guepardo. Estoy gritando.

—Chist. Eh, tú. Eh, Jessie.

Noto una mano en el hombro, sacudiéndome. Es un gesto suave, pero insistente. Me aparto de la mano, agito los brazos. Ya no me caigo.

Percibo una boca pegada a mi oreja, hablándome con voz suave. Es un susurro teatral. «Tierra llamando a Jessie», me dice, y es una voz hipnótica. El opiáceo perfecto.

Me imagino dónde estoy. En la hierba. Con el cuerpo hecho pedazos en el suelo, sangrando, destrozada, sin poder apenas moverme. A lo lejos oigo la sirena de una ambulancia mientras mi padre se aleja del lugar, indemne.

La voz dice: «No pasa nada, no pasa nada», lo dice tres veces o más, mientras me acaricia el pelo. No puedo abrir los ojos. Y aun así la veo, una mujer inclinada encima de mí, en el jardín, mientras una multitud se arremolina en torno a ella. Me mira boquiabierta, contemplando las partes más espantosas de mi cuerpo destrozado. Una pierna doblada hacia atrás, los órganos que asoman por la piel.

Conozco esa voz. La he oído antes. Pero no logro ubicarla.

Estoy nadando bajo el agua. Oigo los sonidos amortiguados por encima de mi cabeza. El sonido de la aguja al posarse en un vinilo antiguo. Voces que hablan. Un pitido agudo. Un pitido y después nada.

Un pitido y después nada. Voces de fondo. Hablan. Dicen cosas como «morfina», «calcetines antideslizantes» y «pedazos de hielo».

Cuando me dispongo a abrir los ojos, los tengo sellados. Pegados. Es imposible abrirlos.

Levanto las manos y me sorprende descubrir que aún puedo moverlas, también los brazos. No se me han roto. No están rotos en mil pedazos sobre el asfalto.

Aprieto el borde de las manos contra los ojos, me los froto, me limpio esa secreción costrosa. Dentro, el corazón me late con fuerza. Empieza a sonar una canción. Suave. De fondo. Es una canción que conozco bien porque es la favorita de mi madre.

Cuando al fin consigo separar los párpados, lo veo todo amarillo. Es una luz amarilla y cegadora.

Y es entonces cuando sé que estoy muerta. Esa es la primera pista.

La luz amarilla me quema los ojos. Me pica y me ciega, así que vuelvo a cerrarlos, porque no puedo mantenerlos abiertos; me duele demasiado. Parpadeo varias veces, tratando de acostumbrarme a la luz. Para orientarme, para encontrar un punto de referencia, para averiguar dónde estoy.

La segunda pista por la que sé que estoy muerta es mi madre. Porque mi madre también está muerta. Y aun así, cuando abro los ojos, allí está, sentada a un metro o dos de mí. Está sentada con la espalda recta, en una especie de sillón reclinable con ruedecillas en los pies, tiene las piernas apoyadas en el reposapiés del sillón. Va vestida con una bata de hospital que le resbala por un hombro, y el pelo de su cabeza no es más que pelusa, como la última vez que la vi cuando estaba viva. Por eso sé que estamos atrapadas en el más allá. Mi madre y yo.

La habitación a mi alrededor es azul. Paredes azules. Sábanas azules. De un azul pastel muy agradable. No estoy tirada en el suelo. No estoy al aire libre, tendida a la sombra del edificio del que me he caído. Me encuentro en una habitación, tumbada en la cama.

Hay una mujer junto a mi madre, extendiéndole la crema por los brazos y las manos, masajeándole la piel amoratada. Sé quién es porque la he visto antes, en el hospital, antes de que mi madre muriera. Era la enfermera de mi madre, al menos una de ellas. Una mujer llamada Carrie que insistía más que ninguna otra en echarle crema a mi madre en las manos y en los pies, en darle la vuelta para que no le salieran escaras. Incluso cuando yo les rogaba que la dejaran en paz para que pudiera dormir.

Me mira y dice: «Vaya, ya era hora», y es entonces cuando sé que estamos todas muertas. Mi madre, la enfermera y yo. Solo estaban esperando a que yo llegase.

Sé cómo hemos muerto mi madre y yo, pero me pregunto cómo habrá muerto ella.

—Esa cosa te ha dejado frita —me dice la mujer que está agachada en cuclillas junto a mí, una segunda enfermera. Tiene la mano apoyada en mi hombro, la misma mano que hace solo unos segundos me zarandeaba, susurrándome al oído: «Chist. Eh, tú. Eh, Jessie. Tierra llamando a Jessie».

—¿Qué cosa? —pregunto, todavía mareada y confusa. Detrás de mí suena Gladys Knight en un tocadiscos. Tengo la sensación de que sigo cayendo, aunque soy muy consciente de que no me dolió cuando golpeé el suelo. Que cuando me estrellé contra el asfalto situado junto al bloque de apartamentos, no sentí nada. Ni siquiera recuerdo que sucediera. Decido que, para entonces, debía de estar muerta ya. Un ataque al corazón, el cuello roto.

La habitación da vueltas a mi alrededor. Me incorporo para ponerme en perpendicular; ya no estoy tumbada en la cama. Hay un montón de mantas arrugadas en el suelo y tengo una almohada debajo de la cabeza. La segunda mujer se levanta del suelo y tira de las cuerdas de una persiana para levantarla. La he visto antes. Es la misma mujer que me hacía compañía la noche antes de que muriese mi madre, y ahora también está muerta, como yo. ¿Cómo puede ser? ¿Cómo es posible que estemos todas muertas?

Entra más luz amarilla y cegadora en la habitación, apenas puedo ver nada con claridad. Pero sí veo a mi madre. La miro. Mi madre allí sentada. Mi madre, en carne y hueso. Ya no está lánguida. Ya no está postrada en una cama. Parece aún medio dormida, con la mirada empañada, pero aun así sonríe. «¿Le apetecen unos trozos de hielo, señorita Eden?», pregunta la enfermera Carrie, y le ofrece un trozo de hielo en una cuchara.

—El clonazepam —oigo, y tardo un minuto en darme cuenta de que la enfermera me está hablando, de que le he hecho una pregunta y me está respondiendo—. Lo que te dio el médico para que durmieras. Le encantará saber que ha funcionado. Necesitabas una buena noche de sueño. Estabas soñando —me dice—. Gritabas, pataleabas en sueños. Debía de ser un mal sueño.

Y, cuando por fin empiezo a ubicarme, me doy cuenta de dónde estoy. Estoy en la habitación de hospital de mi madre. Mi madre. Que está sentada a dos metros de distancia, con la espalda recta, succionando un cubito de hielo. No está a dos metros bajo tierra, sino a dos metros de mí. No se ha convertido en cenizas, está allí, entera.

El clonazepam. La melatonina. Eso sí lo recuerdo. Mis ojos hinchados e inyectados en sangre. El doctor, preocupado, que me ofrecía ayuda para dormir. Recuerdo ver las noticias en la tele, una historia sobre el robo de identidad, mientras esperaba a que me hicieran efecto las pastillas, y la enfermera arropándome, hablándome de su hija, que había muerto en un accidente de coche a los tres años. El bañador morado, su hija recogiendo caracolas de la playa. Eso sí lo recuerdo.

Para cuando desperté, mi madre ya había muerto, pero en realidad no había muerto.

Ha sido todo un sueño.

Mis ojos se acostumbran a la luz. Ahora resulta menos dolorosa, menos cegadora.

Y es entonces cuando veo a un hombre en la habitación, y sé de inmediato que es el hombre del sueño. Y me pregunto si seguiré soñando. Si esto será como el purgatorio de los sueños y me habré quedado atrapada entre el sueño y la vigilia, obligada a expiar mis pecados antes de despertarme del todo. Está de espaldas a mí, como casi siempre, porque se encuentra en una silla frente a mi madre. Está sentado, aunque lo veo en su postura corporal, en su actitud, sé que es él. Ya no lo persigo porque ahora está aquí.

Oigo entonces un pitido. Y otro. Me giro y veo el movimiento de las rayas en el electrocardiograma de mi madre, las subidas y bajadas de su corazón.

—Papá —murmuro con la voz pastosa y grave. Se me acelera el corazón. Porque, después de perseguirlo durante tantos días y tantas noches, tras pasarme la vida entera tratando de encontrarlo, está aquí.

Ha estado aquí desde el principio, esperando a que me despertara.

Pero, cuando el hombre se vuelve hacia mí, veo que es distinto. Su cara no es la cara de mis sueños. No tiene barba y sus ojos son de un verde grisáceo, como la salvia. No son marrones. Tiene canas y arrugas muy marcadas en la frente. Tiene cicatrices sonrosadas en los brazos.

Entonces me voy dando cuenta. Claro que no es el hombre de mi sueño. Porque, en la vida real, no llegué a verle la cara. Solo logré verle la espalda cuando era niña, antes de que mi madre me arrebatara la fotografía. Antes de que leyéramos un cuento, antes de que comiéramos helado. Ahora lo recuerdo. Nunca volví a ver esa fotografía hasta que apareció en un sueño.

Veo un libro en su regazo.

Se inclina hacia delante y le estrecha las manos a mi madre. Las de ella parecen inertes. Le acaricia la mejilla y veo esa mirada en sus ojos. Una mirada de devoción, una mirada de amor. Me siento avergonzada al verlos. Es un momento íntimo. No debería verlo.

En toda mi vida, nadie me ha mirado nunca así. Dudo que alguien lo haga.

Me sonríe con deferencia. «No, Jessie», me dice mientras le suelta las manos a mi madre y se gira hacia mí. «No soy tu padre», añade, y al principio me quedo sin palabras porque, si no es mi padre, entonces ¿quién es? Se me llenan los ojos de lágrimas. Deseo, necesito que sea mi padre. «Mamá tenía una fotografía tuya», murmuro. «Recuerdo que la vi hace mucho tiempo. Me la quitó, la escondió, pero lo recuerdo. Era una foto de mi padre. Eras tú. Tienes que ser él», digo, y entonces se aparta de mi madre y se acerca a mí.

Se sienta a mi lado en la cama, dejando un hueco entre nosotros. Me acaricia la mano y me dice que se llama Aaron.

—Conocí a tu madre hace mucho tiempo —me explica—. Estuvimos casados. Era mi esposa. —Pero entonces se detiene y se le ponen los ojos rojos. Después se sobrepone. No quiere llorar delante de mí—. Yo no tengo hijos, Jessie —me dice, como si con eso quedara todo claro, pero lo único que hace es confundirme más. Estoy más confusa y enfadada. Porque ¿cómo es posible que fuera el marido de mi madre, pero no mi padre? ¿No me quería?

Mi voz suena más acusadora, más exasperada de lo que pretendía.

—Entonces ¿qué haces aquí? —le pregunto, y veo la angustia en sus ojos, el dolor. Aparto la mano de la suya y me fijo entonces en que no lleva alianza de boda. No está casado y me pregunto si, después de que mi madre y él estuvieran casados, volvió a casarse. Supongo que se divorció de mi madre y la abandonó, y siento la rabia que me crece por dentro.

Este hombre hizo daño a mi madre.

—Quería mucho a tu madre —me dice, como si pudiera leerme el pensamiento. Pero entonces se lo piensa mejor y modifica la frase—. Quiero mucho a tu madre —asegura, antes de levantar el libro que tiene en el regazo—. Eden, tu madre, me envió esto. —Lo miro, es un libro de cuero marrón con el lomo cosido, y en la otra mano tiene una nota, escrita por mi madre en una hoja de papel. Una hoja de papel con su nombre grabado en el borde—. Es su diario —me explica, aunque yo no sabía que mi madre tuviera un diario.

Me entrega la nota. Leo las palabras de mi madre. En ellas, le cuenta que se está muriendo. Dice que quiere que se quede con su diario para que por fin pueda pasar página, para que pueda entender.

En la última línea dice: *Con amor, Eden.*

—¿Entender qué? —pregunto. Y ahí está de nuevo, la exasperación.

Pero su voz suena compasiva y cálida, como sus ojos. Se frota la frente y confiesa:

—Había algunos cabos sueltos, Jessie —me dice—. Asuntos sin resolver entre tu madre y yo. ¿Qué te dijo Eden sobre tu padre?

—Nada —respondo negando con la cabeza—. Nunca me dijo nada sobre él.

Me entrega entonces el libro, el diario. Me dice que cree que debería leerlo, que eso me ayudará a entender.

—Todo lo que hizo —me dice con la voz quebrada— lo hizo por ti. Deberías saberlo.

Y entonces se levanta para marcharse, pero no sin antes confesar:

—Yo quería ser padre, Jessie. Me habría encantado ser padre. Me habría encantado ser tu padre. Pero a veces la vida no sale como la habías planeado.

No sé a qué se refiere, pero agarro el diario con fuerza; me lo llevo al corazón, sabiendo que pronto lo entenderé.

Me dice que va a concedernos a mi madre y a mí unos minutos de intimidad. Después abandona la habitación.

Miro a mi madre. Su mirada está confusa y desorientada, tiene los párpados superiores hinchados. Me ve y, al mismo tiempo, no me ve. La saludo con la mano; me devuelve el saludo. Pero no de inmediato, como si hubiera cierto retraso en la transmisión. Tiene los labios muy finos. Están secos, cuarteados, con algo de porquería en los bordes, que nadie se molesta en limpiar. Su piel es de un tono gris apagado con manchas moradas y azules. La falta de oxígeno. La mala circulación de la sangre.

Y aun así ahí está. Sentada con la espalda recta. Saludándome.

—Estás viva —le digo mientras avanzo hacia ella una última vez.

La enfermera me guía hacia el pasillo. Miro por encima del hombro mientras salimos, y le digo en voz baja: «Es un milagro». Porque no quiero que mi madre sepa lo cerca que ha estado de morir. «Está mejor. Está mucho mejor. Así, sin más. De la noche a la mañana, está mejor», digo con una sonrisa tan ancha como el Gran Cañón. Y de pronto no sucede nada más. Solo importa mi madre. Le aprieto la mano a la enfermera, porque quiero celebrar el momento, saborearlo. El alivio me consume, ver a mi madre recuperada, al menos en parte. Ver que puede incorporarse, que puede tragar. Ya estoy pensando en los próximos pasos. Empezaremos otra vez con la quimioterapia. Quizá haya algún ensayo clínico en el que pueda participar mi madre, algún nuevo fármaco que podamos probar.

—Oh, Jessie —me dice la enfermera mientras vemos pasar a una familia por el pasillo, con flores y globos. Se pone seria. Veo su expresión empática y, durante un minuto o dos, no dice nada. Solo me sonríe compasiva. No es una sonrisa feliz. Ni de celebración, como la mía.

Es una sonrisa compasiva.

—Jessie —me dice mientras me conduce hasta un banco cercano, donde nos sentamos, al otro lado del pasillo, frente a la habitación de mi madre, para que podamos ver el interior—. Tu madre —dice, vacilante—. No le queda mucho tiempo.

—Pero... —rebato, pensando en mi madre, allí sentada, en el sillón de su habitación. Mi madre, más enérgica de lo que la he visto en semanas. Recuperándose a una velocidad asombrosa. Hay un brillo en su mirada, un punto de luz que no estaba ahí la última vez que miré, hace días, la última vez que abrió los ojos. Había pasado días en estado comatoso; no podía tragar, no podía comer. El médico dijo que no tardaría mucho. Y ahora ahí está. Obviamente el médico se equivocaba. A través de la puerta veo a mi madre, que alarga la mano hacia la enfermera Carrie y se frota la garganta. No puede hablar. Pero pide más trocitos de hielo, para beber—. Mírela. Está bien.

—Parece que está mejor, pero el cáncer sigue ahí. Esto sucede, Jessie. Una reanimación momentánea. Pero volverá a recaer, cielo, y probablemente sea pronto. Quizá sean horas, tal vez días. No hay manera de saberlo con certeza, pero su cuerpo sigue deteriorándose. El cáncer no se ha curado. Tiene metástasis en los pulmones y en los huesos. Está empeorando.

Cosa que ya sé. Claro que lo sé. Ya lo he oído antes, muchas veces. Pero viendo ahora a mi madre, no puede ser cierto. Es como si hubiera tenido una sobrecarga de capacidad intelectual y consciencia. Como si hubiera vuelto de entre los muertos.

Y entonces lo entiendo.

La lucidez terminal. Un síntoma de la muerte inminente. La bendición final que estaba esperando. Cinco minutos más de lucidez con mi madre. Eso fue lo único que pedí. Y aquí están.

La enfermera apaga la máquina cuando aparece la línea plana. Me pregunto si siempre hará eso, si alargará la mano automáticamente hacia allí en el momento en que un paciente muere, para que sus seres queridos no tengan que oír el chillido insoportable del aparato. El pitido de mi sueño se ha apagado finalmente.

El médico de mi madre acerca el estetoscopio a su pecho y nos quedamos mirándolo, a la espera de que nos diga que ha muerto, aunque ya lo sabemos. Su cuerpo yace en la cama, con la piel blanca, quedándose sin sangre. Ya la noto más fría, con un tacto más sintético que antes. Relaja las manos y los dedos de los pies; su cuerpo se afloja. El doctor habla. «Hora de la muerte», dice. «Dos y cuarenta y dos».

Y con eso siento un gran alivio.

La batalla de mi madre contra el cáncer ha terminado.

La reanimación temporal de mi madre duró un total de tres horas y catorce minutos. Parte de ese tiempo la pasó sentada conmigo en el sillón, mientras Aaron nos observaba desde un rincón de la habitación. Él pensaba que debería marcharse, que mi madre y yo deberíamos pasar ese tiempo juntas, pero le pedí que se quedara. Yo fui la que más habló. Mi madre pudo hablar cuando se le calentó la garganta, pero no le salía con facilidad.

Me pasé todo ese tiempo intentando no llorar. Pero luego, cuando ya no pude aguantar más, sollocé, tratando de tomar aire, ahogándome. Porque había cosas que decir y no me quedaba mucho tiempo. Si no las decía, me arrepentiría el resto de mi vida. «No sé quién soy sin ti», le confesé. «No soy nadie sin ti». Y, aunque no lo dije en voz alta, pensé para mis adentros que soy vapor sin mi madre cerca. No soy nada. Una insignificancia. Una piedra, un reloj, una lata de judías cocidas.

Mi madre me acarició la mano como hizo el día en que me dijo que se moría. Me acarició los dedos uno por uno y me dedicó una sonrisa tan triste como la mía.

—Tú eres tú —me dijo—. La única e inimitable Jessie Sloane. —Me acarició el brazo con una mano anémica, con la piel blanquecina y oscurecida en algunos puntos por manchas que parecían hematomas.

Me senté en el mismo sillón junto a ella, como si todavía fuera una niña pequeña. No sé cómo cupimos, pero lo hicimos. Nos quedamos así sentadas durante un rato. Entonces recuperé uno de mis primeros recuerdos, uno de los pocos que no se habían perdido con el tiempo. En él, tengo unos cinco años. Es de noche cuando mi madre entra en mi habitación. Estoy profundamente dormida cuando se arrodilla en el suelo junto a la cama y me susurra al oído: «Jessie, cielo. Despierta».

Y me despierto.

Me ayuda a vestirme. No a vestirme del todo, porque simplemente me pongo un jersey por encima del camisón y unas mallas debajo. Calcetines y zapatos. La sigo hasta la puerta de la entrada y salgo a la negrura de la noche. Le pregunto mil veces dónde vamos, aunque siempre me contesta: «Ya lo verás». Caminamos de la mano por la calle.

Noto en mi madre cierto atolondramiento en ese momento. No está contenida, como de costumbre, sino que se muestra divertida y alegre. Caminamos solo hasta la casa de al lado, pero a mí me parece una aventura increíble, una especie de viaje mágico a medianoche. Tenemos que caminar hasta el otro extremo de la casa de los Henderson, donde está la verja, y atravesamos el jardín. Mi madre se pone de puntillas —me doy cuenta de que va descalza— para quitar el pestillo a la puerta y la empuja despacio para que no cruja.

«¿Dónde vamos?», le pregunto, y me dice: «Ya lo verás».

Caminamos por la hierba hasta un árbol situado en mitad del jardín. Un árbol alto, muy alto, tan alto como puede alcanzar a ver una niña de cinco años. Aunque está demasiado oscuro, estoy segura de que la copa del árbol llega hasta las nubes. Hay un columpio que cuelga de una de las ramas, no es más que una tabla de madera con una cuerda gruesa enganchada a los agujeros de cada lado. Mi madre me dice que me monte, y al principio me resisto, pensando que no podemos montarnos en el columpio del árbol de los Henderson sin pedir permiso. Pero mi madre está radiante y no deja de sonreír.

Se sienta ella en la madera y se golpea los muslos. Me dice que me monte encima, pero esta vez se refiere a su regazo. Así que lo hago.

Me subo con torpeza y mi madre me rodea con un brazo a la altura de la tripa para que no me caiga. Me siento en su regazo, me recuesto sobre ella y se prepara para despegar del suelo. Se agarra a la cuerda con una sola mano, porque tiene la otra alrededor de mi tripa. Da varios pasos hacia atrás, todo lo que le permiten sus pies descalzos y entonces levanta los pies del suelo y, sin más, salimos volando.

—¿Te acuerdas —le pregunté, acurrucada junto a ella en el sillón del hospital—, de la vez que nos colamos en el jardín de los Henderson y nos montamos en su columpio del árbol?

Mientras viva, nunca olvidaré la sonrisa que apareció entonces en su cara. Cerró los ojos, disfrutando del momento. El recuerdo de las dos acurrucadas juntas en aquel columpio.

—Fue la mejor noche de mi vida —le dije.

Poco después de que el recuerdo se fuera, mi madre se cansó. Las enfermeras y yo la ayudamos a volver a la cama. Minutos más tarde, se quedó dormida. Regresó a un estado de consciencia mínima y falleció dos horas más tarde, conmigo a su lado.

Después de que el director de la funeraria venga a recoger el cuerpo de mi madre, me levanto por fin del sillón. La habitación está extrañamente tranquila. No hay música, ni el sonido tan familiar del electrocardiograma.

El único sonido que oigo proviene del pasillo, donde hay otras personas muriéndose.

Antes de marcharse, Aaron me pregunta si estaré bien y le digo que sí. «Puede que no sea tu padre», me dice, «pero significaría mucho para mí si pudiera ser tu amigo», y le digo que me gustaría mucho. Se marcha y, después, veo que la enfermera ya ha empezado a retirar las sábanas de la cama de mi madre. Pronto entrará allí otro paciente, otra familia que lo verá morir.

—¿Dónde vas a ir? —me pregunta, y me encojo de hombros y le respondo absurdamente: «Café», porque no se me ocurre otra cosa.

Más allá de eso, no tengo ni idea de dónde iré, ni qué haré con mi vida.

Pero hay una parte de mí que piensa que lo averiguaré con el tiempo.

Trato de reconstruir el sueño. Mientras avanzo por los pasillos brillantes del hospital, intento encajar las piezas. Pero los sueños suelen desvanecerse deprisa, la mente tiene la costumbre de borrar las cosas sin sentido. Es como si tuviera ante mí un puzle de cincuenta piezas y me faltaran todas menos cinco. He perdido cuarenta y cinco y solo algunas de ellas encajan. Solo recuerdo las ardillas. Perritos calientes. Un hipopótamo. Pero no sé qué significa todo eso.

Pero, cuando atravieso el vestíbulo del hospital y paso junto a la cafetería, me da la impresión de que falta algo. Algo que hace que me cueste respirar. Me detengo en seco y, al hacerlo, un cuerpo se choca conmigo por detrás, haciendo que se me caiga el bolso al suelo y se desparrame el contenido por el suelo del hospital. Son las cosas de mi madre —su crema, su cacao de labios, su diario—, además de las mías. Mi carné de conducir, mi tarjeta de crédito, mis billetes de dólar.

—Perdona, perdona —oigo y, al darme la vuelta, veo a un hombre que se agacha para recoger mis cosas—. No te había visto. No miraba por dónde iba —admite mientras se incorpora y me ofrece el bolso, con mis cosas guardadas dentro de cualquier manera.

Al hacerlo, me fijo en su cara por primera vez, y solo entonces lo recuerdo. Me quedo con la boca abierta. Es él. «Liam», susurro, fijándome en su pelo castaño y desgreñado, en los ojos azules, y sé con certeza que aparecía también en mi sueño. Tengo un vago recuerdo de estar sentada con él en un sofá, su mano acariciándome el pelo. La idea hace que me sonroje y doy un paso hacia él. Y, aunque no lo conozco, tengo la impresión de que sí. De que ya somos amigos. «Liam», repito.

Pero él me mira confuso. Niega con la cabeza y se queda mirándome como si me hubiera equivocado. Parece cansado. Tiene barba de varios días y el pelo revuelto. Sus ojos inyectados en sangre parecen más rojos que antes, con ríos rojizos que surcan la esclerótica. Niega de nuevo. «Jackson», me dice. «Jack». Y me quedo desconcertada, sin saber qué decir, porque no es Liam. Claro que no es Liam. Porque Liam solo era un sueño. Este es un hombre totalmente diferente, aunque nuestras confesiones nocturnas mientras bebíamos café fueron reales. Me recuerdo a mí misma que eso fue real, aunque de pronto me parece imposible saber qué es real y qué no lo es.

—Lo siento —balbuceo—. Pensaba que... —De pronto me siento idiota—. Debería marcharme —le digo, le quito el bolso con brusquedad, me excuso e intento rodearlo para marcharme. Pero no me permite marcharme. En su lugar, se planta delante de mí, alarga una mano y dice: «No llegaste a decirme tu nombre», y por un segundo tengo la sensación de que no quiere que me marche. De que quiere que me quede.

Su apretón de manos es cálido y firme. Me la sujeta un segundo más de lo necesario.

—Jessie —respondo, sabiendo por primera vez en mucho tiempo quién soy. Soy Jessie Sloane.

—¿Te marchas, Jessie? —me pregunta, y le respondo que ya no hay razón para quedarme más tiempo.

No me hace falta decirle que mi madre ha muerto, porque ya lo sabe. Lo nota en mis ojos. «¿Tu hermano?», le pregunto al pensar en el accidente de moto. Su hermano volando de cabeza contra un poste. «¿Se pondrá bien?». Por un momento Jack —Jackson— se queda callado, pero entonces dice: «Falleció anoche», y se me rompe el corazón por los dos.

Pero también siento alivio, porque, aunque hemos perdido la guerra, la batalla por fin ha terminado.

—¿Dónde vas? —me pregunta, y le digo que no estoy segura. A cualquier parte. Le digo que tengo que salir de allí y responde que sabe a lo que me refiero. Su familia espera arriba, en la habitación de su hermano, a que vengan los de la funeraria, para llevarse el cuerpo. Eso es lo último que necesita ver. Eso es lo que me dice. Cambia el peso de un pie al otro, parece nervioso y cansado, desesperado por poder dormir bien.

Le pregunto si quiere ir a tomar café, y nos marchamos juntos.

* * *

Esa noche, sola en casa, encuentro el valor para abrir el diario. Acaricio la cubierta durante quince minutos, con miedo a lo que pueda encontrar dentro. Quizá a mi padre. Quizá no.

Me siento en el sofá, en nuestra casa de Albany Park. Porque de momento no está a la venta, aunque sé que pronto lo estará. Abro con cuidado la cubierta. Una hoja de árbol cae sobre mi regazo —roja, con los bordes ligeramente doblados—, junto con una fotografía, que queda boca abajo sobre mis muslos. Hay un nombre escrito en el dorso. Aaron. Sé qué foto es incluso antes de verla. La fotografía que encontré de niña. La que mi madre escondió en su diario para que no pudiera volver a encontrarla.

Se me rompe el corazón al ver la caligrafía de mi madre.

Recorro las páginas con la mirada, con lágrimas en los ojos que me dificultan la lectura. Pero lo hago de todos modos, hecha un ovillo en el sofá, bajo la manta que compartíamos mi madre y yo, escuchando sus discos favoritos una y otra vez.

Hoy Aaron me ha enseñado la casa, comienza el diario. *Ya estoy encantada con ella; una casita azul aciano ubicada en lo alto de un acantilado de trece metros que da a la bahía. Suelos de madera de pino y paredes encaladas. Un porche cubierto por una mosquitera. Una larga escalera de madera que conduce hasta el muelle junto al agua, donde el agente inmobiliario prometió unas puestas de sol majestuosas y barquitos de vela flotando en el agua.*

eden

10 de noviembre de 1997
Egg Harbor

Cuando me desperté esta mañana, tenía una sensación desagradable en el estómago, como si me hubiera tragado una especie de ácido gástrico en mitad de la noche y se hubiera quedado ahí, perdido entre la garganta y los intestinos, sin saber hacia dónde ir. Hacia arriba o hacia abajo. Tenía muy mal sabor de boca, como si me hubiera bebido una cuba de vinagre antes de irme a la cama, y cuando corrí a por un vaso de agua para aliviarlo, acabé vomitando el agua y todo lo que tenía en el estómago en el fregadero de la cocina. Después me aferré a la encimera, con el sabor a vómito, tratando de recuperar el aliento. Tenía saliva en la barbilla y lágrimas en los ojos.

¿Qué comí anoche?

Fuera lo que fuera, no fue mucho. Hace semanas que no como mucho, me he sometido a mí misma a una vida de reclusión desde mi encuentro con el camarero en el asiento trasero de mi coche. No he salido de casa salvo para lo básico, por miedo a encontrármelo por la calle. Mi casa es mi cárcel. Me da demasiada vergüenza salir.

Vergüenza por varias razones, siendo una de ellas mi promiscuidad.

De la noche a la mañana había pasado de ser un ser humano respetable a una mirona, una secuestradora, una inadaptada, un bicho raro. La mañana posterior a mi encuentro con ese camarero, volví a casa y me encontré con moratones en el cuello donde me había succionado la piel, así que no pude salir de casa hasta que se me curaron y mi piel recuperó su habitual tono melocotón. Miraba esos moratones día y noche, despreciándome. ¿Qué clase de persona era? ¿En quién me había convertido?

Recordé la manita de Olivia en la mía.

¿Había ocurrido de verdad o solo fue un sueño?

¿De verdad le robé la hija a otra mujer?

¿A dos mujeres?

El camarero se había largado además con mi bolso, lo había encontrado en el asiento delantero mientras yo seguía tumbada detrás, medio atontada; dejó la puerta abierta y las luces de dentro se quedaron encendidas, así que por la mañana se me había gastado la batería. Tuve que caminar casi cinco kilómetros con el tobillo hinchado, sujetándome las solapas de la camisa con la mano porque se le habían soltado los botones. Me pasé esa mañana al teléfono con varias empresas de tarjetas de crédito, denunciando el robo de las tarjetas, despreciándome por haberme puesto en esa situación, por permitirme ser una fulana y una víctima. Me prometí saldar mi deuda y cortar en pedazos las nuevas tarjetas de crédito que sin duda me enviarían.

Nunca volvería a ser una víctima.

Nunca volvería a confiar en nadie.

Jamás saldría de casa por miedo a intentar robarle el hijo a alguien.

De modo que me he convertido en una reclusa, sumida en un estado depresivo en el que me paso días sin ducharme, a veces sin salir de la cama en todo el día. Como solo cuando lo necesito, cuando los pinchazos del hambre se vuelven insoportables. He perdido el trabajo, sin duda, aunque nadie me lo ha dicho, pero nadie puede esperar seguir con trabajo cuando no se ha presentado por allí en treinta y tantos días. Supongo que estoy endeudada, aunque no he encontrado la energía necesaria para arrastrarme hasta el buzón para ver las facturas, pero estoy segura de que es así, porque justo anoche, cuando pulsé el interruptor de la luz, no sucedió nada. Lo intenté varias veces y, al no conseguirlo, probé con otro interruptor.

Parecía que me habían cortado la luz por falta de pago.

Volví a meterme en la cama a oscuras, pensando en quedarme allí el resto de mi vida, que sería corta, pues también dejé de comer y de beber agua.

Pero entonces esta mañana las náuseas me han sacado de la cama, arrastrándome hasta el fregadero de la cocina, donde, mientras vomitaba una y otra vez, me preguntaba qué diablos me pasaba.

Y ha amanecido despacio, con la luz del día tomándose su tiempo, rayo a rayo.

Me había pasado en la cama treinta y tantos días desde mi encuentro en el asiento trasero del coche, y en esos treinta y tantos días no me había bajado la regla.

Y ahora las náuseas, los vómitos, y aunque mi pensamiento racional me decía que no era cierto, que no podía ser cierto —al fin y al cabo, era estéril; no había manera de quedarme embarazada por mi cuenta, sin los medicamentos del doctor Landry—, supe instintivamente que era cierto.

Estaba embarazada.

Decir que me alegré sería mentir.

No es que no saborease aquella idea durante un segundo o dos, no es que no disfrutase con la idea de tener un hijo, de dar a luz, de ser madre. No había cosa que deseara más en el mundo. Es todo lo que quería; lo único que importaba en mi vida.

Pero en el fondo sabía que ese hijo nunca llegaría a desarrollarse. Era un feto, sí, pero nunca sería un bebé. Sería como la última vez, con el latido que estaba y después desapareció, y los litros de sangre. Perdería a este bebé igual que había perdido al último, y sería mi purgatorio, mi castigo, obligada a soportar semanas, tal vez un mes, de embarazo, sabiendo que, como siempre, terminaría con sangre.

Esa sangre siempre fiel.

Así que, en vez de alegrarme, me quedé ahí, apoyada en la encimera, preparándome para otro aborto, para perder a este bebé igual que al otro. Seguro que el universo no me permitía tener a este bebé. Esta era sin duda mi penitencia, un regalo que me ofrecían para quitármelo después.

15 de enero de 1998
Egg Harbor

Parece que me he pasado de lista, porque he superado el primer trimestre sin una sola gota de sangre.

El bebé ha sobrevivido trece semanas en mi vientre baldío.

Solo he salido de casa por necesidad, acepté un trabajo en un hotel de la zona para limpiar habitaciones cuando se marchan los huéspedes. No tiene nada de glamuroso. Quitar las sábanas de las camas y lavar montañas de ropa sucia, limpiar los excrementos de otros de la taza del váter. Sin embargo, lo bueno del trabajo es que no hablo con nadie, trabajo sola en una habitación vacía o en la lavandería, donde solo trato con esporas de polvo y moho, no con la raza humana.

Pero el trabajo en sí es agotador. Y esas trece primeras semanas de embarazo fueron de todo menos divertidas y tranquilas. Las náuseas matutinas y el cansancio hacían que me resultase difícil resistirme a las camas vacías del hotel —me imaginaba tumbada en ellas, envuelta en uno de los mullidos albornoces del hotel—, pero, por mucho que lo deseaba, no sucumbí a ese capricho.

Por detrás del bebé, el trabajo era lo que más necesitaba en el mundo.

No he ido a ver al doctor Landry ni a ningún otro obstetra, aunque ya se me nota un poco la tripa, que hace que me aprieten los pantalones, así que he empezado a llevar pantalón de chándal cuando no voy embutida en el uniforme del trabajo, un polo y unos pantalones caqui, que me dejo desabrochados para no aplastar al bebé.

La casita vuelve a estar a la venta.

Ya no puedo permitirme pagarla. Hace meses que no pago, así que estoy en deuda con el banco y han empezado a llegar las amenazas de ejecución hipotecaria. Hoy ha llegado el cartel. Lo ha clavado ahí, en el suelo casi congelado. La misma agente inmobiliaria que nos vendió la casa.

A saber qué habrá pensado al verme aquí ahora. Al ver lo mucho que he cambiado.

Ella me parecía la misma, pero yo he cambiado, no soy la misma mujer que era cuando nos conocimos, hace menos de dos años.

Cuando se ha marchado, me he sentado en el columpio del árbol y he estado columpiándome, hacia delante y hacia atrás en mitad del aire frío del invierno. He estado ahí hasta que se me han entumecido los dedos y ya no podía sujetar la cuerda con las manos.

Eso ha sido lo más cerca que estará mi hijo de montar en ese columpio.

La bahía ahora estaba vacía, no había ni un barco, y los copos de nieve caían sobre el muelle, acumulándose como azúcar en polvo. Había pájaros en los árboles, pájaros invernales, cardenales y carboneros, pero todos los demás se habían marchado, estarán bronceándose en esas islas tropicales a las que soñaba con ir algún día.

La puerta del invernadero se había congelado.

Las flores del parterre han muerto.

Seguía fuera cuando he oído el timbre de la puerta y, pensando que sería la agente inmobiliaria —que ya tendría una oferta— he abandonado mi lugar para ir a ver.

Pero no era la agente inmobiliaria.

Era Aaron el que estaba de pie frente a mí, con su pelo castaño mojado por los copos de nieve. Tenía la mirada triste y desolada. Llevaba abrigo y las manos en los bolsillos. Al abrir la puerta, me sonrió.

—Aaron —dije.

—Eden.

No me atreví a invitarle a entrar, porque la casa estaba hecha un desastre; no me atrevía a mostrarle en qué se había convertido nuestro hogar. Así que salí al porche y la nieve empezó a mojarme también el pelo. Cerré la puerta a mi espalda. Iba descalza, solo con calcetines, y empecé a notar el frío del suelo. Aaron, siempre tan atento, siempre tan generoso y benevolente, se quitó el abrigo de inmediato y me lo puso sobre los hombros. «Te vas a morir de frío», me dijo, y bajo el peso de sus manos —que se quedaron apoyadas sobre mis hombros, que liberaron los mechones de pelo atrapados bajo el cuello del abrigo y me los colocaron detrás de las orejas—, me ablandé como un trozo de mantequilla fuera de la nevera.

No nos dijimos nada.

Pero vi en sus ojos que me había equivocado. Que Aaron no se había curado, como imaginé el día en que lo vi a través del ventanal del restaurante. Que aquel día solo estaba pegado con cinta adhesiva, aunque de mala manera, porque la cinta se había soltado, ya no pegaba, y él volvía a estar roto, de pie frente a mí, fragmentos de sí mismo.

¿Qué había hecho?

Se agachó ligeramente para estar a mi altura, doblando las rodillas. Me rodeó la cara con las manos —suavemente, con delicadeza—, como si esas manos acariciaran un valioso jarrón de cristal, y vi en sus ojos que lo que sujetaba era, para él, algo frágil, algo mágico, algo irreemplazable e incomparable.

Que, para él, yo era irreemplazable e incomparable, como siempre lo había sido.

Que, en todos esos meses separados, aquello no había cambiado.

Sentí el calor de sus labios al rozar los míos, sin prisa, sin brusquedad ni presunción.

—Quiero volver a estar contigo —me susurró al oído—. Te necesito. Te echo de menos, Eden. No soy nada sin ti —me dijo.

No soy nada.

¿Eran imaginaciones mías, o el bebé acababa de dar una patada?

Me aparté de Aaron y estiré el dobladillo del jersey para asegurarme de que no se me notara la tripa. En mi interior, el bebé —no el bebé de Aaron, sino el bebé de un hombre al que nunca conocería— sabía entornar los ojos y chuparse el pulgar. Cada día crecía un poco más, desarrollando las extremidades, los órganos y las células. Algún día sería una persona, una persona tal vez con hoyuelos profundos y ojos azules, pero jamás sentiría rencor hacia ese bebé por las decisiones que tomé.

«Ten cuidado con lo que deseas», suelen decir, pero jamás me arrepentiría de todo lo que perdí para tener este bebé. Y de todo lo que perderé.

«Podría hacerse realidad».

Habría hecho cualquier cosa por tener un bebé. Eso lo sé sin asomo de duda.

Me resultaba casi imposible hablar con el nudo en la garganta. Algo en mi laringe se había hinchado y los ojos me ardían llenos de lágrimas. Cuando empezaron a caer, Aaron me las secó con la yema del pulgar y volvió a besarme en los labios, diciendo que todo iba bien, que todo saldría bien. Me abrazó y me acarició el pelo. Después me estrechó las manos para que no pasara frío.

—¿Puedo volver a casa? —me preguntó.

Y pensé en cómo reaccionaría si le contaba lo del bebé.

Significaría agarrar los pocos pedazos de Aaron que quedaban y terminar de romperlos por completo. Lo pulverizaría y solo quedarían de él polvo y ceniza.

—Sí —respondí, fingiendo una sonrisa—. Sí.

Le temblaron las rodillas por el alivio. Volvió a besarme, esta vez con pasión y deseo, y estiró la mano hacia el picaporte para poder entrar.

Pero le detuve.

—Aún no —le dije—. La casa está hecha un desastre. Deja que limpie primero. —Y, aunque intentó quitarle importancia y me dijo que daba igual, que la limpiaríamos juntos, le dije que no.

Que quería que estuviese bien.

Que estuviese perfecta para él.

Que yo misma quería estar perfecta para él.

Y entonces accedió y llegamos a un acuerdo.

A la mañana siguiente, regresaría con todas sus cosas y empezaríamos desde cero. Seríamos otra vez Aaron y Eden. Solos los dos. Aaron y Eden.

Me dio un beso de despedida —sus labios acariciaron los míos, aunque solo yo sabía que aquella sería la última vez— y después se fue, se alejó con el coche por el camino de acceso y desapareció entre los árboles oscuros. Las hojas de los árboles habían desaparecido, igual que pronto desaparecería yo.

La vida está llena de arrepentimientos y este es solo uno de ellos.

No tardé en preparar una maleta.

Para cuando anocheció, ya me dirigía hacia el sur, más allá de Sturgeon Bay, más allá de Shelboygan y de Milwaukee. Pronto estaría viviendo lejos de allí. Con mi bebé.

Querido Aaron:

Anoche tuve un sueño. En él, me perseguían. Me pasaba la noche corriendo en círculos, sudando, muerta de miedo, como suele pasar en los sueños, y no alcanzaba a ver la cara del hombre que me perseguía. Más tarde, cuando al fin me desperté, delirante y asustada, me di cuenta de que eras tú, lo que me confundió mucho porque, después de lo mal que te lo hice pasar, tú siempre fuiste generoso conmigo. Amable y bondadoso.

Tú menos que nadie querría hacerme daño.

Recordé que a veces pasa eso en los sueños, que suelen ser menos literales y más metafóricos, y pensé que a veces esta clase de sueños no tratan de lo que te persigue, sino de aquello de lo que huyes.

Me he pasado los últimos veinte años huyendo del pasado, Aaron, de todas las cosas horribles que te hice pasar. Y ahora me estoy muriendo de cáncer. Me voy a morir. Pero no soporto la idea de abandonar este mundo sin explicarte las cosas para que lo entiendas. Es justo que puedas pasar página como mereces. Cada día de los últimos veinte años he pensado en llamarte, en pedirte que nos viéramos. Pero sabía que jamás sería capaz de verbalizar lo que sentía, que no sabría expresarlo con palabras, ni soportaría la idea de mirarte a los ojos y admitir lo que había hecho. Así que, por ahora, tendrá que bastar mi diario.

Tengo una hija, Aaron. Se llama Jessie y lo es todo para mí, y más. Algunos lo llamarían error, pero para mí es la perfección. Jessie se ha pasado la vida entera buscando a su padre. Deberías haber sido tú.

Con amor,
Eden

agradecimientos

Ante todo, gracias a mi ingeniosa y considerada editora, Erika Imranyi, por tener fe en mí y en mis libros, y por ayudarme a convertir los borradores en algo que brille. Estoy muy orgullosa del trabajo que hacemos juntas y sé con certeza que mis novelas son mucho mejores después de que tú dejes en ellas tu sello.

Gracias a mi maravillosa amiga y agente literaria, Rachael Dillon Fried, por respaldarme, por saber qué decir cuando necesito ánimo y por ver siempre lo positivo en todo lo que hago.

Gracias a todos los que trabajan en Sanford Greenburger Associates, HarperCollins y Park Row Books, incluyendo a mis publicistas Emer Flounders y Shara Alexander; a Reka Rubin por compartir mis novelas con el mundo; a Erin Craig y a Sean Kapitain por otro precioso diseño de cubierta; a los correctores, a los equipos de ventas y *marketing* y a todos aquellos que desempeñan un papel para que mi historia llegue a manos de los lectores. No podría hacerlo sin vosotros. Os estaré siempre agradecida por vuestra diligencia, vuestro entusiasmo y vuestro apoyo.

A mis maravillosos amigos que no me sirven de inspiración (¡lo prometo!) para mis personajes menos amables, pero que siempre me colman de ánimos durante todo el proceso. ¡Gracias! A los vendedores de libros, libreros, blogueros y medios de comunicación que leen y recomiendan mis novelas a los clientes y admiradores.

¡Sois increíbles! Y a mis lectores de todo el mundo, sois la razón por la que sigo escribiendo.

Por último, gracias a mis padres, Lee y Ellen; a mis hermanas, Michelle y Sara; a las familias Kubica, Kyrychenko, Shemanek y Kahlenberg; a mi marido, Pete, y a nuestros hijos, Addison y Aidan; a Holly, que me hizo compañía mientras escribía; siempre tendrás tu sitio junto a mí.